BRILHO

Amy Kathleen Ryan

BRILHO

VOLUME UM DE

EM BUSCA DE UM NOVO MUNDO

TRADUÇÃO

Ana Death Duarte

GERAÇÃO
jovem

Título original:
Glow

1ª edição — Outubro de 2013
Grafia atualizada segundo o Acordo Ortográfico da Língua Portuguesa de 1990, que entrou em vigor no Brasil em 2009

EDITOR E PUBLISHER
Luiz Fernando Emediato

DIRETORA EDITORIAL
Fernanda Emediato

PRODUTORA EDITORIAL E GRÁFICA
Priscila Hernandez

ASSISTENTE EDITORIAL
Carla Anaya Del Matto

CAPA
Alan Maia

PROJETO GRÁFICO E DIAGRAMAÇÃO
Megaarte Design

PREPARAÇÃO DE TEXTO
Leoclícia Alves
Carmen Garcez

REVISÃO
Karina Gercke
Luciana Moreira

Dados Internacionais de Catalogação na Publicação (CIP)
(Câmara Brasileira do Livro, SP, Brasil)

Ryan, Amy Kathleen
Brilho / Amy Kathleen Ryan ; tradução Ana Death Duarte. — São Paulo : Geração Editorial, 2012.

Título original: Glow.
ISBN 978-85-8130-073-3

1. Ficção norte-americana I. Título.

12-10496 CDD-813

Índices para catálogo sistemático:
1. Ficção : Literatura norte-americana 813

GERAÇÃO EDITORIAL

Rua Gomes Freire, 225 – Lapa
CEP: 05075-010 – São Paulo – SP
Telefax : (+55 11) 3256-4444
E-mail: geracaoeditorial@geracaoeditorial.com.br
www.geracaoeditorial.com.br
twitter: @geracaobooks

Impresso no Brasil
Printed in Brazil

Para Alice

Devemos ser como uma cidade sobre uma colina. O olhar de todas as pessoas recai sobre nós. Assim, se agirmos em falso com nosso Deus nesta obra que assumimos, sendo a causa da retirada de Sua ajuda a nós, teremos criado uma história cheia de profanação pelo mundo.

JOHN WINTHROP, membro fundador da Bay Colony de Massachusetts, em sua obra intitulada *Um modelo de caridade cristã*, de 1630

Por todo o empíreo, eles caíam;
Impelidos precipitadamente do alto céu...

JOHN MILTON, *O paraíso perdido*

1

NAVES GÊMEAS

Proposta

A outra nave pendia no céu como um pingente prateado banhado pela luz etérea da nebulosa. Waverly e Kieran, deitados sobre um monte de feno, revezavam-se em turnos para espiar através de um telescópio. Sabiam que a outra era uma nave irmã, mas ali fora, na vastidão do espaço, poderia ficar minúscula, quase invisível, ou tão imensa quanto uma estrela... Não havia pontos de referência.

— Nossas naves são tão feias — disse Waverly. — Já tinha visto fotografias, mas assim ao vivo...

— Eu sei — disse Kieran, tomando-lhe o telescópio. — Parece que têm um tumor ou algo do tipo.

A outra nave, a New Horizon, tinha exatamente o mesmo contorno irregular da Empyrean[1]: a forma de um ovo, coberta de domos que abrigavam seus diversos sistemas, o que a fazia parecer uma alcachofra de Jerusalém, do tipo que a sra. Stillwell sempre deixava com a família de Kieran depois da colheita do outono. Os motores liberavam um brilho azulado que iluminava as partículas da nebulosa, fazendo com que o bolsão de hidrogênio soltasse ocasionalmente faíscas que flutuavam no espaço. É claro que as

1 A palavra empyrean vem do latim medieval, que por sua vez se origina do grego antigo, e se refere ao lugar mais alto no céu, onde moram os deuses, santos e bem-aventurados, lugar supremo, o Empíreo, aquele que, segundo os antigos cosmologistas, era ocupado pelo elemento fogo. (N. da T.)

naves estavam em rápida aceleração quando faziam isso, não sofrendo danos com as pequenas explosões.

— Você acha que eles são como nós? — perguntou Waverly.

Kieran puxou-a de leve segurando uns cachos dos cabelos castanho-escuros.

— É claro que são. A missão deles é a mesma que a nossa.

— Eles devem querer algo de nós — disse ela —, ou não estariam aqui.

— O que poderiam querer? — perguntou Kieran para acalmá-la. — Tudo o que temos, eles também têm.

No fundo, Kieran admitia que era muito estranho o fato de poderem ver a outra nave. A New Horizon deveria, na verdade, estar a trilhões de quilômetros à frente deles, considerando que fora lançada um ano antes da Empyrean, havia quarenta e três anos. Desde que as naves tinham deixado o sistema solar da Terra, nunca haviam sequer vislumbrado a presença uma da outra. Por algum motivo, a New Horizon reduzira sua velocidade de forma a permitir que a Empyrean a alcançasse. Aliás, levando-se em conta a distância e a velocidade de ambas, a New Horizon parecia ter desacelerado havia anos... Um desvio radical do plano da missão.

A presença da outra nave se tornara uma fonte de animação para os tripulantes da Empyrean. Algumas pessoas tinham preparado grandes placas com os dizeres "Sejam bem-vindos" em letras avantajadas, e as tinham pendurado nos portais que apontavam para a outra nave. Outros estavam tomados por desconfianças, e em sussurros diziam que a tripulação da New Horizon deveria estar enfrentando alguma enfermidade... Caso contrário, por que motivo o capitão não os deixaria subir a bordo da Empyrean? O capitão Jones havia anunciado, logo depois que a New Horizon surgira, que ele e o líder da outra nave estavam engajados em negociações e que tudo seria explicado. No entanto, haviam se passado dias e nada mudara. Logo, a agitação entre a tripulação deu lugar à inquietação e, por fim, ao medo.

A New Horizon era tudo aquilo que os pais de Kieran tinham falado. Na noite anterior, ele tomava colheradas de sopa de legumes, sem fazer barulho, atento ao que os pais falavam da nave.

— Não entendo por que o capitão não se pronuncia novamente — dissera a mãe, Lena, passando nervosamente os dedos por seu cabelo de um dourado escuro. — O Conselho Central deveria pelo menos nos dizer o que está acontecendo, não?

— Tenho certeza de que haverá um pronunciamento quando compreenderem a situação — replicara, irritado, o pai de Kieran. — Não temos nada a temer.

— Eu nunca disse que estava *com medo*, Paul — dissera Lena, com o olhar voltado para Kieran, não conseguindo esconder quão temerosa realmente estava. — Acho estranho, só isso.

— Kieran — o pai se dirigira a ele em um tom firme —, o capitão Jones mencionou a nave?

Kieran balançara a cabeça em negativa, embora tivesse notado que, nos últimos dias, o capitão parecia mais preocupado e seu Mal de Parkinson havia piorado, fazendo suas mãos tremerem o tempo todo. Todavia, não tinha lhe dito nem ao menos uma palavra que fosse sobre o misterioso aparecimento da New Horizon.

— É claro que ele não falaria nada sobre isso *a mim* — Kieran respondera.

— Bem — dissera a mãe enquanto batia de leve com os dedos, pensativa, em sua xícara de chá. — Nada explícito, é claro, mas...

— Aconteceu uma coisa... — falara Kieran devagar, desfrutando o modo como seus pais esperavam pelas palavras que diria a seguir. — Fui ao gabinete do capitão cedo demais ontem, e ele estava desligando a estação de comunicações e falando sozinho.

— E o que ele estava dizendo? — quisera saber Lena.

— Só consegui captar uma palavra. Ele disse "mentirosos".

Seus pais olharam um para o outro demonstrando genuína preocupação. As rugas no rosto de Paul estavam mais acentuadas, e os dentes de Lena apertavam seu lábio inferior, o que fizera Kieran lamentar ter contado o que ouvira.

Agora, sentindo-se confortável e seguro com Waverly, Kieran havia decidido que faria perguntas ao capitão antes da transmissão daquele dia. Ele poderia não gostar do que Kieran perguntaria, mas o garoto achava que seria possível arrancar alguma informação. Afinal, Kieran era o queridinho do capitão Jones.

Mas isso ficaria para depois. Havia um motivo importante para ele ter pedido que Waverly o encontrasse ali, e não via nenhum sentido em protelar o assunto, mesmo sentindo-se tão ansioso. Forçou a respiração para se acalmar.

— Waverly — disse ele, desejando que sua voz fosse mais grave. — Já estamos namorando faz um tempinho.

— Dez meses — disse ela, sorrindo. — Mais tempo ainda se contarmos nossos beijos na escola primária.

Waverly envolveu o maxilar dele com a mão em concha. Ele amava aquelas mãos e as sentia cálidas e macias. Amava seus longos braços, os ossos fortes sob a pele cor de bronze, e os cabelos sedosos que caíam delicadamente sobre os ombros. Deitou-se sobre o monte de feno e inspirou fundo.

— Você sabe que não suporto você — disse ele.

— Também não suporto você — ela sussurrou-lhe ao ouvido.

Ele puxou-a mais para perto de si.

— Eu estava pensando em levar nosso desafio ao próximo nível.

— Combate "mano a mano"?

— Por assim dizer... — disse ele em um tom vulnerável, com um fiozinho de voz.

Waverly estava indecifrável da maneira como o olhava, esperando, sem falar nada. Kieran afastou-se dela, apoiando-se no cotovelo.

— Quero fazer as coisas do jeito certo. Não quero simplesmente me jogar na cama com você.

— Quer se casar comigo?

Ele prendeu a respiração. Ainda não tinha feito o pedido a ela, não até o fim, mas...

— Nem mesmo tenho dezesseis anos — foi o que ela disse.

— Sim, mas você sabe o que dizem os médicos.

Ele falara a coisa errada. A expressão no rosto de Waverly ficou endurecida. Ele notou rapidamente a mudança em sua fisionomia.

— Quem liga para os médicos?

— Você não quer ter filhos? — ele perguntou, mordendo o lábio inferior.

Waverly abriu um sorriso, lenta e deliciosamente.

— Sei que você quer.

— É claro que sim. É nosso dever! — disse ele num tom sério e fervoroso.

— Nosso dever... — disse ela, como se suas palavras ecoassem as de Kieran, mas sem encará-lo.

— Bem, acho que esta é a primeira vez que pensamos no futuro. — Os imensos olhos dela moveram-se depressa para fixarem-se nos dele. — Quero dizer, *nosso* futuro, *juntos*.

Não era daquele jeito que ele queria tê-la pedido em casamento.

Waverly encarou-o com uma expressão rígida, até que lentamente um sorriso insinuou-se em sua face.

— Você não preferiria casar-se com Felicity Wiggam? Ela é mais bonita do que eu.

— Não é não — foi o comentário automático de Kieran.

Waverly ficou analisando-o.

— Por que você parece tão preocupado?

— Porque... — disse ele ofegante.

Ela puxou o rosto dele para junto do seu, acariciando-o nas bochechas com as pontas rechonchudas de seus dedos, e sussurrou:

— Não se preocupe.

— Então... você aceita?

— Um dia — disse ela em tom divertido. — Provavelmente.

— Quando? — quis saber Kieran, e seu tom de voz soou mais insistente do que tinha desejado.

— Um dia desses — respondeu ela, antes de beijá-lo com gentileza na ponta do nariz, no lábio inferior e na orelha. — Achei que você não gostasse do fato de eu não ser religiosa.

— É algo que pode ser mudado — Kieran disse, provocando-a, embora soubesse que não seria uma tarefa fácil.

Waverly nunca ia aos precários serviços religiosos da nave, mas poderia ir se houvesse um pastor ali, pensou Kieran. As poucas pessoas com inclinações religiosas a bordo alternavam-se e durante seus encontros faziam o sermão, alguns deles bem... maçantes, na verdade. Isso era muito ruim. Se a nave tivesse um líder espiritual forte, Waverly poderia ver as coisas de um jeito diferente, e entenderia o valor de uma vida contemplativa.

— Talvez quando você tiver filhos — disse ele —, passe a se importar mais com Deus.

— Talvez a mudança ocorra em você. — Um canto da boca de Waverly curvou-se em um sorriso malicioso. — Tenho meus planos para transformá-lo em um pagão, como o restante de nós.

Kieran deu risada e deitou a cabeça no peito dela, podendo assim ouvir os batimentos cardíacos enquanto Waverly respirava suavemente. Esse som sempre o relaxava, e deixava-o com vontade de dormir.

Ele com dezesseis anos, e ela com quinze, eram as duas crianças mais velhas a bordo da Empyrean, e o relacionamento dos dois parecia natural, além de ser até mesmo esperado pelo restante da tripulação. No entanto, mesmo que não houvesse pressão social, Waverly seria a primeira escolha de Kieran. Ela era alta e esguia, e seus cabelos caíam em volta de seu rosto como uma moldura de mogno. Era uma menina viva e inteligente, qualidades que transpareciam na maneira confiante com que os olhos dela encontravam seu alvo e nele permaneciam, com firmeza.

Waverly enxergava o interior das pessoas e entendia suas motivações de um jeito que Kieran achava quase enervante, embora fosse uma qualidade que ele respeitava. Definitivamente, Waverly era a melhor garota a bordo. E se Kieran fosse escolhido como sucessor do capitão Jones, como todos presumiam, Waverly seria a esposa perfeita.

— Ah, não! — Ela apontou para o relógio acima da porta do armazém. — Você não está atrasado?

— Droga! — exclamou Kieran. Ele se levantou depressa e calçou os sapatos. — Tenho que ir.

Antes de sair, deu um beijo rápido na namorada.

Kieran corria em meio ao ar úmido do pomar, desacelerando um pouco o passo entre as fileiras de cerejeiras e pessegueiros, e usou um atalho, passando pela incubadora de peixes, desfrutando o vapor salgado no rosto. Seus pés golpeavam o estrado de metal, mas deu uma escorregada e parou quando a sra. Druthers surgiu do nada, carregando um tubo cheio de peixes usados como iscas.

— Nada de correr na área da incubadora dos peixes! — disse ela em tom de reprimenda.

Mas ele já não estava mais ali, e corria pelos corredores de trigo verde, onde recipientes que armazenavam a colheita pendiam de ganchos nas paredes e no teto, tremendo com o trepidar dos motores. Levou cinco minutos para chegar até a extremidade dos campos de trigo, e então fez uma curta caminhada pela câmara de cultivo de cogumelos antes de uma viagem de elevador aparentemente infinita, subindo em direção aos aposentos do capitão, onde deveria começar a gravar sua apresentação dentro de quatro minutos.

O estúdio, na verdade, era uma pequena antecâmara que ficava do lado de fora do gabinete do capitão, mas era ali que o chefe preferia gravar seus *webcasts*. A câmara tinha fileiras de grandes janelas cuja vista era a nebulosa que a Empyrean vinha cruzando ao longo do último ano e meio. Abaixo das janelas ficavam sofás baixos, dispostos lado a lado, onde qualquer um poderia sentar-se para observar a apresentação de Kieran para as crianças da Terra, ou a outra, mais longa, do capitão, que transmitia as notícias para os adultos. Na frente dos sofás havia uma câmera pequena, porém de alta sensibilidade, e acima deles uma fileira de lâmpadas de tungstênio, quartzo e halogênio que iluminavam a escrivaninha à qual Kieran se sentava para relatar as novidades.

Havia umas poucas pessoas no estúdio e Kieran passou por elas apressado e foi direto até a cadeira em que Sheryl o esperava com sua esponja de pó compacto na mão.

— Você anda chegando bem em cima da hora nos últimos dias — comentou ela, limpando o suor do rosto dele. — Está todo suado.

— Isso nunca aparece na câmera.

— Mas sua respiração ofegante, sim.

Sheryl usou um pequeno ventilador para secá-lo, o que proporcionou a Kieran uma sensação maravilhosa. Depois ela passou o pó de arroz por todo o rosto.

— Você precisa ser mais aplicado.

— Só estamos gravando. Não podemos enviar nada até estarmos fora da área da nebulosa.

— Você sabe quanto o capitão gosta de manter os arquivos atualizados — disse ela, mas revirou os olhos.

O capitão às vezes era detalhista demais.

Kieran não sabia por que ainda se davam ao trabalho de gravar os *webcasts*... Durante anos, eles não tinham recebido nenhuma comunicação vinda da Terra. A Empyrean estava tão longe de sua terra natal que qualquer sinal de rádio levaria anos para alcançar seu destino. E, no momento em que isso ocorresse, estaria tão distorcido que seria necessária uma boa correção antes que a mensagem pudesse ser compreendida. Kieran talvez nunca viesse a saber se havia alguém lá na Terra ouvindo seus noticiários, o que fazia com que se sentisse um representante de precisamente... nada.

Kieran examinou seu reflexo no espelho, ainda indeciso em relação a sua aparência. Bem que podia ser um pouco bonito, pensou, se seu nariz não fosse tão torto, e se não tivesse um queixo tão quadrado. Ao menos seus olhos cor de âmbar não eram uma parte ruim de suas feições, e ele tinha belos cabelos cor de ferrugem que caíam em desalinho como um monte espesso sobre a testa. Achou que estava bem daquele jeito, mas Sheryl passou um pente umedecido pelos cachos rebeldes, tentando alisá-los.

O capitão Jones pôs-se de pé atrás de Sheryl. Era um homem alto, um pouco barrigudo. Os dedos grossos tremiam, e ele pôs-se a caminhar de um lado para outro, parecendo não ter propósito nenhum. Na verdade, o capitão era o homem mais audaz na nave, rápido em suas decisões, quase sempre certeiras. Todos os homens da tripulação confiavam nele, embora Kieran tivesse notado que era menos popular entre as mulheres.

O capitão franziu o cenho enquanto olhava para Kieran com um ar de desaprovação, mas ele não se importou com isso, pois sabia que o homem gostava muitíssimo dele.

— Kieran, você passa tempo demais com Waverly Marshall. Eu deveria tomar alguma atitude quanto a isso.

Kieran forçou-se a sorrir, embora não gostasse quando o capitão falava daquele jeito de Waverly, como se fosse dono dela e estivesse apenas emprestando-a a ele.

— Posso confiar em você? Ensaiou? — perguntou-lhe o capitão, com as sobrancelhas ainda abaixadas, em uma tentativa de parecer austero. Soltou uma bufada de ar, agitando os fios grisalhos de sua barba, que ele alisou com o polegar e o indicador.

— Li o texto duas vezes ontem à noite.

— Em voz alta? — pressionou o capitão, com uma pontada de humor.

— Sim!

— Que bom!

O capitão entregou um *data-dot*[2] a Sammy, o técnico que estava preparando o *teleprompter*.

— Fiz algumas pequenas mudanças no final, Kieran. Sinto muito, mas você vai ter que se virar. Eu tinha planejado discutirmos antes da apresentação, mas você chegou atrasado.

— Quais são as mudanças?

— Apenas uma leve menção a nossos novos vizinhos — informou o capitão, tentando parecer indiferente. Porém, quando olhou para fora do portal, soltou um suspiro pesado.

— O que está acontecendo? — quis saber Kieran, tentando ele mesmo

---

2 *Data-dot*: texto ou imagem reduzido, em um microfilme, basicamente uma escrita cifrada para proteção da mensagem. (N. da T.)

soar despreocupado. Todavia, quando seus olhos se depararam com os do capitão Jones, o fingimento se desvaneceu. — Por que eles diminuíram a velocidade?

O capitão piscou algumas vezes do modo estranho como costumava fazer, mexendo as pálpebras rapidamente enquanto deixava à mostra só a esclera, a parte branca dos olhos.

— Eles têm uma nova capitã ou... líder, e não gosto do modo como ela fala.

— Como ela fala? — Kieran quis saber, mas o insistente e frenético Sammy o cutucou com o dedo.

— Trinta segundos — disse o rapaz.

— Mais tarde eu conto — disse o capitão Jones, conduzindo Kieran a seu assento na frente da câmera. — Tenha uma boa apresentação.

Inquieto, Kieran colocou as palmas das mãos estiradas sobre a escrivaninha de carvalho à sua frente. Em seguida, assumiu o sorriso afável que empregava no início de todos os *webcasts* e ficou observando a abertura que fora editada.

O vídeo iniciava com a tripulação da Empyrean, incluindo os pais de Kieran — jovens e cheios de vigor —, transplantando mudas de tabaco em um viveiro coberto. Depois vinha uma cena de médicos com toucas brancas inclinados sobre uma fileira de tubos de ensaio, injetando amostras cuidadosamente com o auxílio de longas seringas. Por fim, havia uma imagem das 252 crianças a bordo da Empyrean, de pé nos jardins familiares, cercadas por macieiras e pessegueiros, além de videiras que subiam pelas paredes e cestos de cenouras, batatas e aipos frescos. A imagem tinha como propósito transmitir a ideia de plenitude e prosperidade, de modo que as pessoas que passavam fome na Terra pudessem acreditar na missão.

A luz no alto da câmera piscou, e então Kieran deu início à apresentação.

— Sejam bem-vindos à Empyrean. Meu nome é Kieran Alden — disse. — Hoje vocês vão conhecer o que acontece em nosso laboratório de fertilidade. Como devem saber, em uma viagem espacial de longa duração as mulheres podem enfrentar problemas para engravidar e dar a luz a bebês saudáveis. Durante seis anos, mulheres a bordo da Empyrean tentaram engravidar, sem obter sucesso. Esse foi um período tenso, pois se não pudessem gerar filhos para substituir a tripulação original, então não haveria nenhum sobrevivente para povoar a Terra Nova. Criar a próxima geração sempre foi o aspecto mais importante desta missão. Assim, preparamos um vídeo para que vocês vejam como nossa equipe de cientistas resolveu o problema.

A câmera fez uma passagem gradual para a tela atrás de Kieran, que exibia as imagens do laboratório de fertilidade. Ele teve alguns minutos para recuperar o fôlego enquanto o vídeo estava sendo exibido.

De repente, ao fundo do estúdio, houve uma súbita agitação. Winona, a bela secretária do capitão Jones, entrou correndo e sussurrou algo ao ouvido dele. O velho saiu apressado da sala.

Kieran continuou assistindo ao vídeo, que mostrava momentos de seu próprio parto. Era um garoto tímido e, certamente, sentiu-se desconfortável ao pensar que toda a espécie humana saberia como ele era, viscoso e aos berros depois de sair do útero de sua mãe. Mas já estava acostumado. Fora o primeiro nascimento bem-sucedido no espaço.

A ocasião fora motivo para uma grande celebração, não apenas na Empyrean, mas provavelmente também na Terra, e por esse motivo ele fora escolhido para ser o apresentador das transmissões da Webvision. No entanto, Kieran nunca participava da pauta do programa; apenas lia as notícias. Seu trabalho era muito simples: dar às pessoas da Terra um motivo para acreditar que a vida que se originara no velho planeta não seria extinta. Dar a todos a esperança de que, se eles mesmos não pudessem emigrar para o novo lar, possivelmente seus netos conseguiriam.

O vídeo estava chegando ao fim, e Kieran endireitou-se na cadeira.

— Cinco, quatro, três... — sussurrou Sammy.

— Infelizmente, as coisas não saíram muito bem em nossa nave irmã, a New Horizon. Embora os cientistas deles tenham trabalhado arduamente, as mulheres a bordo da nave nunca chegaram a engravidar.

O coração de Kieran martelava-lhe o peito. Nunca ouvira aquilo antes. Até onde ele e todos sabiam, havia muitas crianças a bordo da New Horizon, assim como na Empyrean. Agora se dava conta de que a comunicação entre as duas naves tinha sido mínima por um longo período. Teria sido intencional?

Sammy, cujo rosto ficara pálido por trás dos óculos, gesticulou aflito para que Kieran continuasse lendo.

— Ninguém sabe por que a New Horizon manteve segredo sobre os problemas de fertilidade que estava enfrentando — prosseguiu ele —, mas recentemente diminuíram sua velocidade para poderem se encontrar com a Empyrean. Então, o encontro de nossas naves acontecerá em breve.

A música tema teve início, uma melodia alegre com piano e instrumentos de corda. Kieran tentou fazer com que a própria voz parecesse tão animada quanto a música.

— Esta foi a transmissão do programa 247 da Webvision, gravado no estúdio da Empyrean. Meu nome é Kieran Alden, e me despeço de vocês.

Quando a música foi sumindo gradualmente, Kieran ouviu gritos. O capitão, em geral calmo e controlado, gritava tão alto que o garoto conseguia ouvi-lo através das paredes de metal de seu escritório.

— Não me importa o que você *acha* que vai fazer! Você não vai pisar nesta nave até que eu analise a situação com o meu Conselho Central! — Ficou em silêncio por um instante, mas logo começou a gritar de novo, e ainda mais alto. — Não estou me recusando a ir a uma reunião. Venha você a bordo em um traje espacial e discutiremos!

Silêncio.

— Não entendo por que você precisa trazer a sua tripulação inteira, madame, se tudo o que deseja é conversar!

Outro silêncio, carregado de raiva. Quando o capitão se pronunciou novamente, usou um tom intimidador disfarçado de calma.

— Nunca lhe dei motivo para desconfiar de mim. Nunca *menti* para você, nem me desviei da missão sem apresentar uma justificativa... Ah, isso é baboseira paranoica! Não houve sabotagem nenhuma! Estou sempre repetindo isso!

Kieran ouviu o capitão andando de um lado para outro. Sentia-se mal em ficar escutando a conversa, mas não conseguia parar de fazê-lo. Com o silêncio que se instalara na sala, ninguém podia deixar de ouvir o capitão.

— Se nossas duas naves não podem trabalhar em conjunto...

De repente, Sammy voltou à atividade. Ligou alguns interruptores no console do estúdio até que a tela atrás da escrivaninha de Kieran reluziu com uma imagem da lateral a estibordo da Empyrean.

Alguém na sala arfou.

A New Horizon agigantava-se na tela, imensa e tenebrosa, perto demais a ponto de os portais individuais serem vistos a olho nu. A princípio, Kieran achou que a imagem devia estar ampliada, mas ao sentir o estômago apertar-se, soube que não era esse o caso. No curto período em que fizera sua apresentação, a New Horizon tinha cruzado os 300 quilômetros que distanciavam uma nave da outra e estava agora navegando no espaço sideral lado a lado com a Empyrean, muitíssimo perto.

Por quê?

Kieran captou com sua visão periférica um movimento súbito, um minúsculo ponto que se movia como um inseto, vindo da New Horizon em direção à Empyrean. Por sua forma similar à de uma bala de arma de fogo, imaginou logo tratar-se de uma nave auxiliar, criada para transportar os colonizadores e seus equipamentos de naves maiores em missões curtas na superfície da Terra Nova.

Aquelas naves auxiliares não tinham sido projetadas para ser utilizadas em viagens no espaço sideral, nem para acoplagem de uma nave à outra, mas era o que estava acontecendo. Quem quer que estivesse a bordo planejava claramente aterrissar na Empyrean.

— Ah, meu Deus! — Sheryl sentou-se na cadeira de maquiagem e cobriu sua boca cor-de-rosa com ambas as mãos.

— Quantas pessoas aquela coisa transporta? — quis saber Sammy, parecendo assustado.

O capitão irrompeu de seu gabinete e apontou um dedo para Sammy.

— Isso é um ataque! — declarou ele. — Sammy, diga ao Conselho Central para que se encontre comigo no hangar das naves auxiliares a estibordo. — Depois de pensar um pouco, acrescentou: — Chame um esquadrão de segurança também. Que diabo! Chame *todos* os seguranças!

O coração de Kieran batia descontroladamente. Sua mãe fazia parte de um dos esquadrões voluntários de segurança, trabalhando de vez em quando para intermediar e resolver alguma desavença entre membros da tripulação ou para ajudar durante algum evento da comunidade. Os esquadrões nunca portavam armas.

— O que está acontecendo, capitão? — perguntou Kieran, e sua voz falhava.

O capitão colocou uma das mãos no ombro do garoto.

— Para ser honesto, Kieran — confessou —, simplesmente não sei.

No jardim

— Tudo o que temos, eles também têm — repetiu Waverly baixinho, enquanto caminhava pelo corredor, em ritmo de marcha, até os aposentos que dividia com a mãe. Às vezes parecia que quanto mais sério Kieran encarava o relacionamento dos dois, mais arrogante era o tom de voz que usava. Se ele achava que ela seria uma esposinha passiva sem pensamentos próprios, com certeza teria uma surpresa bem desagradável.

Ainda assim, Kieran parecia ser o melhor de todos os garotos na nave, e não apenas por ser meio alto e ter um físico atraente. Também era bondoso e inteligente, e ela gostava de seu jeito enérgico, da agilidade de seu corpo, assim como da forma como ele se preparava fisicamente. Gostava de olhar para o rosto de Kieran, seu maxilar quadrado, seus claros olhos castanho-dourados, os pelos ruivos que nasciam sobre o lábio superior. E quando falava com ele, Kieran curvava-se e aproximava o ouvido dela como se não pudesse tolerar a possibilidade de perder uma única palavra do que ela dizia. Kieran seria um bom marido. Deveria considerar-se uma mulher de sorte por isso.

Mas, dentro dela, havia a semente da dúvida. Todos esperavam que os dois se casassem, inclusive seus pais e o capitão. Waverly se perguntava se fora aquela pressão toda que o levara a pedi-la em casamento. Eles se amavam o suficiente a ponto de ser felizes juntos? Se não houvesse nenhuma preocupação com a procriação, ela se casaria com Kieran, ou com qualquer garoto que fosse? Waverly não tinha certeza. Poucas pessoas entenderiam sua hesitação. Havia interesses mais importantes em jogo do que sua mera felicidade.

Waverly abriu a porta que dava para seus aposentos e entrou na sala de estar. Restos de cânhamo e algodão cobriam a mesa de jantar, eram as sobras de um vestido que ela vinha tentando costurar sem muito sucesso. Tivera que desmanchar todas as costuras que havia feito e estava considerando jogar fora toda aquela coisa malfeita. O tear de sua mãe estava lá no canto, com fios de lã pendurados, uma faixa azul já tecida... Provavelmente um cobertor para alguém. As paredes estavam cobertas de fotos da família: de Waverly quando era uma criancinha rechonchuda; de sua mãe e de seu pai com bochechas rosadas, de mãos dadas, na fria ala das coníferas; de seus avós com olhos melancólicos, deixados para trás havia tanto tempo na Terra. Havia também fotografias de oceanos da Terra, e de montanhas, das nuvens brancas em um céu pálido. "Eu gostaria que você pudesse ter visto o céu...", sua mãe costumava lhe dizer com frequência, algo que Waverly sempre achara estranho. Ela estava *no* céu, não estava? Cercada pelo céu. Mas não, sua mãe insistia, Waverly nunca tinha *visto* o céu. Nunca veria o céu até que aterrissassem na Terra Nova, dentro de quarenta e cinco anos.

Waverly ouviu um barulho na cozinha.

— Mãe! — gritou ela.

— Aqui! — a mãe respondeu.

Regina Marshall era alta e morena, tal como a filha, embora não tão esguia. Estava preparando a massa para o pão integral dos camponeses, de costas para Waverly enquanto trabalhava. Quando era dia de fazer pão, dificilmente a garota conseguia atrair a atenção da mãe, mas naquele dia ela sabia que seria diferente.

— Kieran me pediu em casamento — anunciou.

Regina girou na direção da filha, com pedaços da massa de pão voando de suas mãos e, com dois passos ansiosos, envolveu-a em um abraço.

— Eu sabia! Estou tão feliz!

— Está? — perguntou Waverly, remexendo-se, tentando se livrar do abraço apertado. — Mesmo?

— Waverly, ele é o melhor garoto nesta nave. Todo mundo concorda. — Os olhos de Regina reluziam. — Vocês marcaram uma data?

— Não. Parece estranho planejar qualquer coisa neste exato momento.

— Você diz isso por causa da outra nave? A vida segue em frente, querida.

— Mas você não acha que é estranho...?

— Ah, não vamos estragar a ocasião com conversas — disse Regina em um tom que soava tranquilo, mas Waverly viu a ansiedade estampada nos olhos da mãe. — A colheita do milho ocorrerá dentro de poucas semanas. Por que não realizar a cerimônia logo depois, quando as pessoas estiverem preparadas para relaxar?

— Tão logo assim?

— Teremos algumas flores belas. Os lírios estarão florescendo.

Waverly sentou-se à mesa, que estava posta para duas pessoas.

— Acho que Kieran vai querer alguma cerimônia religiosa.

— Argh! — Regina torceu o nariz. — Isso é uma coisa sobre os Alden que ninguém consegue entender. Por que não foram selecionados para a outra nave...

— A outra nave?

— Ah, você sabe... — Regina voltou para o pão, socando a massa com as mãos cheias de farinha. — As pessoas que projetaram a missão escolheram as tripulações com base em seus valores, para obterem grupos coesos. Então, ficamos em uma nave cuja tripulação é laica, enquanto a da outra é religiosa.

— É por isso que a outra nave voltou? Para nos converter ou algo do gênero?

Regina deu forma ao pão e colocou-o sobre o balcão.

— Não sei.

— Bem, acho que há algo estranho acontecendo. Eles já estão aqui há dias, mas ninguém veio a bordo.

— Nada de que tenhamos conhecimento.

— E o capitão deve estar conversando com eles. Por que ele não nos conta o que os outros querem?

— Não se preocupe com isso — disse a mãe, usando um tom ríspido.

Regina nunca gostava quando Waverly tecia especulações sobre o capitão, como se manter a filha calada significasse mantê-la a salvo. A salvo de algo que Waverly nunca soube o que era. Porém, quando Regina se virou, havia brilho em seu olhar.

— Você tem um casamento a planejar!

Waverly suspirou.

— Você tinha vinte e cinco anos quando se casou com o papai, certo? E haviam namorado durante dois anos.

— Sim, meu docinho, mas as coisas mudaram. Você está em seu momento mais fértil agora, e não podemos nos arriscar quanto à próxima geração.

Waverly tinha ouvido aquilo um milhão de vezes.

— Mas é cedo demais...

— Nunca é cedo demais quando está em jogo a sobrevivência da raça humana. Você sabe disso.

A missão era o mais importante na vida de todos ali. Tinha de ser, pois dela dependia o futuro da espécie. Tripulações jovens e fortes de ambas as naves eram necessárias para o assentamento no novo planeta, deixando-o pronto para dar continuidade à vida humana, e isso queria dizer que cada uma de todas as garotas na viagem tinha de ter pelo menos quatro bebês. Todos esperavam que Waverly se casasse e se tornasse mãe o mais rápido possível. Ponto final.

Waverly não sabia como pedir um tempo para que seu coração entrasse no mesmo ritmo de seus deveres.

— Gostaria que seu pai estivesse aqui — disse Regina. — Fico com tanta raiva quando penso em...

— Foi um acidente, mãe. Não foi culpa de ninguém.

Regina pareceu buscar refúgio dentro de si ao se lembrar da morte do marido. Por um instante, Waverly achou que havia notado um vago temor passar pelas feições da mãe, e uma possibilidade veio à sua mente, uma que ela não teria se permitido cogitar antes.

— Mãe... *Foi* um acidente, não foi?

— É claro que foi, querida — disse Regina com um sorriso tenso e cauteloso.

— Você está deixando de me contar alguma coisa?

Regina tomou a filha nos braços.

— Só quero dizer que sinto raiva pelo que aconteceu. Você está certa, não foi culpa de ninguém.

— Certo — disse Waverly devagar.

Desde que a outra nave chegara, sua mãe vinha agindo de um jeito estranho, parecendo aflita, e sempre assumia uma expressão taciturna quando não sabia que a filha a observava. Porém, sempre que Waverly lhe perguntava o que estava acontecendo, Regina abria um sorriso e dizia que não havia nada de errado, que estava apenas ficando velha.

— É que eu sinto falta do seu pai em momentos como este — disse Regina com um tom de saudade marcando-lhe a voz.

— Será que ele ia gostar do Kieran?

Waverly era tão nova quando o pai morreu que ele era praticamente um estranho para ela.

— Acho que sim. Eu gosto do Kieran. Ele será bom para você.

— Ele terá de ser — disse Waverly. — Sei como puni-lo se não for bom comigo.

— Olha isso! — disse Regina em tom de reprovação. — Só porque pode fazer com que Kieran saia por um *airlock*[3] atrás de você não quer dizer que deva usar isso como um trunfo.

— Não se preocupe. Ele não é tão fraco e desprovido de personalidade quanto parece. Ele só precisa de... — Sua voz foi sumindo e ela não terminou a frase.

---

3 *Airlock* é uma cabine pressurizada que provê acesso a caminhadas espaciais, entre outras atividades. (N. da T.)

Waverly não sabia ao certo do que Kieran precisava. Ele podia não ter um jeito teimoso como o dela, mas suspeitava de que havia, lá no fundo, algo forte nele. Kieran era uma pessoa quieta, pensativa, e considerava a fundo as coisas antes de falar sobre elas. Com o tempo, ele aprenderia a ser um bom líder, pensou, mas isso era algo que desejava descobrir *antes* de se casarem.

— Ele vai acabar ficando mais durão — disse Waverly, nutrindo esperanças de que fosse verdade.

— Tenho minhas suspeitas de que casar com você será mais do que o suficiente para fazer com que aquele pobre garoto se torne durão — disse Regina com um tom de brincadeira que parecia mais um ataque. — Você já foi dar uma conferida na horta hoje?

— Vou fazer isso agora.

Waverly queria ficar sozinha de qualquer forma, e trabalhar na terra sempre lhe acalmava a mente.

Seguindo pelo corredor e descendo dois lances de escada, as hortas familiares ficavam no centro da nave, em uma área tão grande que era difícil enxergar de uma extremidade à outra. As lâmpadas sobre as plantas estavam ajustadas para um brilho típico do meio-dia, e o calor nos ombros de Waverly fazia-a se sentir bem enquanto caminhava entre as fileiras de abóboras, tomates, alfaces e brócolis.

Todas as famílias a bordo da Empyrean tinham seu próprio pedaço de terra, onde plantavam uma grande diversidade de verduras e legumes considerados relíquias de família. Por não ter como saber quais plantações floresceriam na Terra Nova, todos cultivavam espécies diferentes. Waverly escolhera um bonito tomate amarelo para cultivar, que produzia frutos delicados e azedos. Não tinham um sabor tão bom quanto os tomates de verdade, os vermelhos, mas eram tão belos... Waverly ajoelhou-se diante da maior das plantas, perto da passagem principal. Uma fruta pendia encorpada e dourada, quase pronta para ser colhida, e ela passou os dedos naquela textura macia. Estava tentada a pegá-la para o jantar, mas acabou decidindo dar mais um dia para que amadurecesse mais. Então, em vez de colher a fruta, arrancou uma erva daninha.

— Como você cresceu!

Assustada, Waverly ergueu o olhar e deparou-se com Mason Ardvale, o piloto-chefe da nave, inclinado na cerca em torno de seu lote. Era quase tão velho quanto o capitão Jones, de quem era bom amigo. Waverly nunca tinha realmente gostado dele, e passara a gostar menos ainda nos últimos dois anos, quando o homem começou a olhá-la de um novo jeito, como uma cobra pronta a atacá-la.

— Eu não vi que você estava aí — disse ela, sentindo-se desconfortável.

Mason tirou da frente dos olhos uma mecha de seus cabelos loiros e finos.

— Mas eu vi você.

Waverly deu de ombros e voltou a arrancar ervas daninhas, mas quando ergueu o olhar, ele ainda estava lá.

— Todo mundo anda tenso nesses dias. As pessoas acham que vou contar coisas a elas porque sou o piloto-chefe. — O peito dele inflou quando disse aquilo, e Waverly ficou se perguntando se o homem estava tentando impressioná-la. — Fico cansado de ouvir perguntas às quais não tenho permissão de responder.

Mason olhou para ela como se estivesse incitando-a a fazer perguntas, mas Waverly não queria entrar no jogo dele. Em vez disso, disse:

— Quem pode culpá-los por ser curiosos? Depois de passarmos quarenta e dois anos sozinhos aqui no espaço, de repente temos vizinhos.

— Não se preocupe demais com isso — disse o homem com um largo e torto sorriso. — Se algo acontecer, eu a protegerei.

— Não estou preocupada — disse ela, ignorando a cantada indireta dele. — Só acho que todo mundo ficaria mais à vontade se o capitão simplesmente explicasse o que eles estão fazendo aqui.

— Você não está nesta nave para se preocupar com esse tipo de problema.

— Ah, não? — perguntou ela em um tom de desafio.

— Você está aqui para outras coisas — continuou Mason devagar.

Waverly sentou-se, apoiada nos calcanhares, e lançou-lhe um olhar frio de ódio. Quando o sorriso no rosto dele finalmente se dissipou, ela disse:

— O que você quer dizer com isso?

— Você não pode esperar que um homem adulto não preste atenção em você. Não a menos que ele seja cego.

Waverly pegou sua pá de transplante de mudas.

— O que eu posso ou não esperar não lhe diz respeito.

— É assim? — Com um sorriso alegre, ele começou a cruzar a cerca que os separava.

Waverly pôs-se de pé e atirou a ferramenta na direção do rosto dele, errando o alvo por poucos centímetros.

Mason teve que desviar para não ser atingido, depois olhou com ódio para Waverly.

— Você poderia ter arrancado meu olho!

— Todos nesta nave sabem que você é um cara sinistro, Mason Ardvale. Todas as garotas dão risada de você.

— Pai? — O filho de Mason, Seth, vinha pela passagem na direção deles, carregando um fardo de feno. — O que está acontecendo?

— Vá até nosso lote — ladrou Mason. — Estarei lá em um segundo.

— Eu posso esperar. — Seth deixou cair o fardo de feno e sentou-se nele, fixando no pai seus olhos repletos de ressentimento.

Ele está tentando me proteger?, perguntou-se Waverly.

— Você não deveria jogar coisas nas pessoas — disse Mason a Waverly. — Uma jovem dama não deve se comportar dessa forma.

— Está certo. Sou *jovem*, Mason — disse Waverly. Ela pegou um ancinho de mão, jogou-o para cima e pegou-o com o punho cerrado. — Não sou para o seu bico.

Um ar sombrio passou pelas feições de Mason. No mesmo instante ele virou a cabeça na direção de uma risada atrás dele. A sra. Turnbull e o marido estavam desenterrando nabos, a uma distância que lhes permitia ouvir o que se passava com o piloto-chefe. Mason virou as costas e afastou-se de Waverly, de um jeito sinuoso e lento, pegou um saco de estrume e continuou seu caminho pela passagem lavrada, cheia de sulcos. Seth permaneceu ali.

— Ele não é o que parece — disse Seth, incapaz de encará-la. Pegou a pá que Waverly tinha jogado e entregou a ela.

— Obrigada por ficar por perto.

Seth assentiu, envergonhado.

Seth era impopular a bordo da nave, mas Waverly sempre nutrira simpatia por ele. O mesmo acidente que a deixara sem o pai também matara a mãe dele. Seth era poucos meses mais novo do que ela, mas tinha ossos largos, voz grave e penetrantes olhos de um azul profundo. Waverly sempre notara os olhos dele, desde que se sentavam um ao lado do outro no quarto ano.

Certa vez, quando os dois ainda eram pequenos, Seth a beijara na sala de brinquedos. Eles estavam montando um quebra-cabeça juntos, e ela percebera a respiração irregular dele, e como umedecera o lábio com uma rápida passada de língua. Ela havia acabado de colocar a peça que faltava e sorriu para ele.

— Conseguimos!

Ele fez uma pausa, e com uma voz meio angustiada, disse:

— Eu amo você.

Waverly ficara boquiaberta. Puxou a saia para baixo, cobrindo os joelhos cheios de machucados, enquanto suas bochechas eram incendiadas por um rubor intenso.

— O que você quer dizer com isso?

De súbito, ele inclinou-se e beijou-a, bem suavemente. Mas não era do beijo em si que ela se lembrava tão bem: era da maneira como ele deixara sua boca por um tempo na dela, o jeito como o hálito dele acariciara sua bochecha, uma vez, duas, até que ele, de repente, saiu correndo da sala. Waverly ficara olhando para Seth enquanto ele ia embora... pensando na palavra "Fique!" Mas não chegara a pronunciá-la.

No dia seguinte, quando Seth se sentou ao lado dela na sala de aula, olhou-a, esperançoso. Waverly desviou o olhar. Era sentimento demais, e ela não sabia o que fazer com aquilo... E depois, na mesma semana, quando Kieran Alden convidou-a para ir à *Cotillion*[4] da Colheita, ela aceitou o convite. Enquanto dançava com Kieran, fingia não ver que Seth estava ali perto, parado, em pé, perto da tigela de ponche, com as mãos nos bolsos e o olhar fixo no chão.

Agora, ali no meio das plantações, diante de Seth, ela se perguntava por que tinha escolhido Kieran. Havia um motivo, mas do qual não conseguia se lembrar. Por impulso, ela disse:

— Você se lembra daquele dia do quebra-cabeça?

Ele pareceu surpreso ao ouvir a pergunta.

— É claro que me lembro. Por que você está trazendo isso à tona?

Seth ficou olhando para Waverly, esperando pela resposta. De repente, ela se deu conta de como ele era alto. Mais alto do que Kieran. Ele estava em pé, inclinando-se na direção dela, com os braços frouxos nas laterais do corpo. Waverly sentia uma força que a puxava para ele, como um tipo de gravidade.

— Por que falar nisso agora? — insistiu Seth, com a voz rouca.

— É só que... — Ela ficou olhando a seu redor. *O que poderia dizer? Como fazer para não trair Kieran?* — É uma recordação doce — disse por fim.

Um sorriso abriu-se no rosto de Seth, mas logo se desfez.

— Achei que você e Kieran ainda estavam...

— Sim. — Ela ficou meio sem fôlego.

O sorriso dele desmoronou de novo.

— Faz sentido, vocês dois juntos. Ele sendo o garotinho de ouro e tudo o mais.

— Ele não é nenhum garotinho de ouro.

— Ah, é sim.

4 *Cotillion* é uma dança de origem francesa, surgida no século XVIII, espécie de "ancestral" da quadrilha. (N. da T.)

Waverly e Seth ficaram se olhando por um instante.

— Acho que você não gosta muito dele — disse ela.

— Digamos que eu, instintivamente, não acredite na perfeição.

Waverly tentou parecer desinteressada.

— Você está a fim de alguém?

Seth ergueu o olhar até o dela e manteve-o assim. Waverly sabia que deveria fazer algo para quebrar o clima romântico que se criara entre eles, então disse a primeira coisa que lhe veio à cabeça:

— Você alguma vez já se questionou sobre o acidente?

Ele não teve que perguntar ao que ela se referia.

— Você faz isso?

— Uma coisa que minha mãe me disse hoje me fez pensar.

Seth olhou de relance na direção do pai, curvado sobre um canteiro de melões.

— É. Eu fico me perguntando, sim...

— Eu sempre achei que foi um acidente, mas...

Seth deu um passo na direção dela.

— E é isso que você precisa continuar pensando sobre o que houve. Que foi um acidente.

— O que você quer dizer? Ouviu alguma coisa a respeito?

Seth enfiou o dedão do pé nas raízes de uma pimenteira.

— Digamos que tenho motivos para duvidar do benfeitor do seu namorado.

— O capitão Jones?

— Ele não é o velho bondoso que as pessoas acham que é.

— Do que você está falando?

Seth olhou para os sapatos dela.

— Quer saber? Sou paranoico. Sempre fui.

— Me diz agora o que você sabe!

Seth voltou a olhá-la e permaneceu um tempo calado. Por fim, deu de ombros.

— Waverly, na verdade é apenas uma sensação que tenho. Não sei nada a mais que você.

Waverly apertou os olhos. Seth sabia de alguma coisa.

— Não acredito em você.

— Só tome cuidado com Kieran, certo? Os amigos do capitão Jones costumam ter... uma vida complicada.

— Você está se referindo a seu pai?

— *Nós* não estamos nos referindo a nada.

— Quem você está tentando proteger? Seu pai ou a mim?

Mais uma vez Seth encarou-a, e havia tamanha tristeza estampada no rosto dele que ela desviou o olhar. Waverly pôs-se de joelhos e começou a arrancar uma erva daninha.

O garoto virou-se na direção do pai e ela ficou observando-o se afastar, esperando que olhasse para trás, mas ele não o fez.

De repente, o alarme da nave soou. A voz do capitão retumbou através do intercomunicador, tão estridente e alta que ela não conseguia discernir as palavras. Olhou em volta e viu o sr. Turnbull deixar cair sua pá e sair pelo corredor em direção a estibordo.

— Waverly!

Ela virou-se e deparou-se com a sra. Mbewe, sua vizinha, que corria em sua direção.

— Preciso que você pegue Serafina.

— Por quê? Onde ela está?

— Tirando um cochilo, no quarto dela. Bem, é melhor você reunir todas as crianças. Leve-as até o auditório!

— Por quê? — quis saber Waverly, atônita, e soltou a pá, que caiu bem no osso do peito de seu pé. Doeu. — O que está acontecendo?

— Todas as forças de trabalho disponíveis foram chamadas para o hangar das naves auxiliares. Tenho de ir — disse a sra. Mbewe, já de costas para Waverly, falando por cima do ombro de pele negra. — É só ir até a creche e garantir que as crianças se dirijam ao auditório. Depois encontre a Serafina!

Serafina era a filha de quatro anos da sra. Mbewe, de quem Waverly às vezes cuidava, fazendo o papel de babá. Era uma garotinha doce cujos cabelos negros estavam sempre presos em duas redondas maria-chiquinhas. A menina era surda, não ouviria os avisos, e precisaria de ajuda para chegar até o auditório.

Waverly saiu correndo até a estação de comunicação mais próxima e inseriu o código de emergência para fazer um anúncio a toda a nave.

— Aqui quem fala é Waverly Marshall! Todas as crianças devem se dirigir ao auditório imediatamente!

Então saiu em disparada até a escadaria central para subir à sala da creche. Foi uma subida difícil, pois grupos de adultos desciam rapidamente no contrafluxo, e ela teve de abrir caminho com os ombros entre a multidão. Viu o sr. e a sra. Fleischman, ambos com o rosto lívido, juntando-se a um grupo de bombeiros. Queria perguntar o que estava acontecendo, mas o terror estampado naqueles rostos intimidou-a. Assim que chegou ao andar da creche, disparou pelo corredor e foi ao encontro do sr. Nightly, que segurava um pedaço de pano ensanguentado junto do rosto. Ela o interpelou.

— O senhor precisa de ajuda?

— Não dá tempo! — gritou ele.

— O que está acontecendo? — perguntou ela, mas ele já estava correndo para longe dela.

Nada fazia sentido. Suas pernas estavam frias e bambas por conta do medo, mas Waverly forçou-se a correr ainda mais rápido. Viu Felicity Wiggam andando na direção oposta, extremamente confusa, até que parou. Os cabelos loiros da garota estavam desgrenhados, as bochechas de porcelana, ruborizadas. Sua túnica pendia retorcida pelo corpo longilíneo e flexível.

— Ajude-me com a creche! — gritou Waverly, num tom estridente.

Felicity apenas ficou olhando para ela, fixamente, mas Waverly apanhou-a pelo pulso e arrastou-a pelo corredor.

Quando finalmente chegaram à creche, o lugar estava vazio. Blocos de montar e livros de colorir se espalhavam pelo chão. Uma caixa de jogos de cartas tinha sido virada sobre a mesa central.

— Já evacuaram a creche — disse Waverly, sem fôlego. — Graças a Deus.

— Eles devem ter ouvido seu anúncio — disse Felicity, através da cortina de cabelos claríssimos que cobria seu rosto.

— Felicity, o que está acontecendo?

— Não sei. Onde você estava quando tudo começou?

— Na horta. E você?

— Na minha habitação. — Ela colocou as mãos magras sobre o estômago. — Estou com medo.

— Eu também.

Waverly segurou a mão da amiga e apertou os dedos frios.

— Tenho de buscar Serafina. Você pode checar o jardim de infância enquanto segue para o auditório?

Felicity ficou apenas com o olhar fixo em Waverly, impassível. Parecia em choque.

— Vai! — gritou Waverly para a garota, já por cima do ombro, enquanto voltava para o corredor.

Nesse instante, o chão sob os pés de Waverly tremeu, e ela ouviu um grande estrondo, como nunca ouvira na vida. Algo havia dado muito errado.

Um enorme grupo de adultos surgiu em disparada e Waverly, agoniada, tentava ver o rosto de cada um na esperança de encontrar sua mãe, mas todos se moviam com demasiada rapidez.

Ela correu junto com eles e, quando conseguiu chegar ao corredor central, virou-se na direção dos aposentos da sra. Mbewe. Parou diante da porta colorida com um mural que a mãe de Serafina tinha pintado da savana africana. Apertou o botão para entrar ali, mas a porta não abriu. Era bem provável que Serafina a tivesse trancado por dentro. Havia um teclado para a inserção de um código numérico. Waverly já chegara a utilizar o código, mas não se lembrava mais e tentou diversas combinações, sem resultado.

— Serafina! — gritou, esmurrando a porta.

Mas era inútil, a menina não conseguiria ouvi-la. Teria de arrombar. Puxou do bolso o canivete que ganhara de presente ao fazer quinze anos.

Abriu a lâmina e deslizou-a por trás da placa que alojava a tranca da porta. Mexeu na placa de metal até arrancá-la, depois puxou para fora o teclado numérico, deixando à mostra uma confusão de fios debaixo dele.

Poderia cortar os fios, mas isso travaria a porta permanentemente. Não. Tinha de habilitar o mecanismo que abria a porta.

— Só tem liga e desliga — disse a si mesma, recitando a lição sobre os circuitos que tinha aprendido no ano anterior, na aula de eletrônica.

Waverly procurou pelo mecanismo que faria a porta deslizar e abrir. Ficava envolto por um plástico amarelo, mas as extremidades de cobre estavam expostas e presas sob uma placa articulada, também de cobre. Naquele momento, a placa pendia na posição aberta. Poderia ser assim tão simples? Pressionou a placa, segurando-a junto ao fio.

Um forte choque elétrico atravessou-lhe o braço e chegou até seu peito. Por um longo momento, ela ficou paralisada, ciente apenas das batidas frenéticas de seu coração e de sua mão queimando.

Emergência. Havia uma emergência. Ela não podia entrar em estado de choque. Forçou-se a respirar de modo uniforme. Quando conseguiu, voltou a pensar. Então viu que a porta se abrira com um clique.

— Serafina — sussurrou enquanto mancava pelo pequeno apartamento.

O choque elétrico havia travado parcialmente os músculos do lado direito de seu corpo, especialmente do braço. Ela foi mancando até o quarto da garota, que parecia vazio, mas viu a porta para o *closet* escancarada. Encontrou Serafina ali, encolhida na prateleira do meio, abraçando os joelhos junto do peito e os olhos fechados, bem apertados. A menina certamente sentira o tremor que abalara a nave.

Waverly pôs a mão suavemente na coxa da garotinha, que abriu os olhos, aterrorizada. Mas logo ficou aliviada ao ver quem tinha ido atrás dela.

— Temos de ir — disse Waverly esticando para Serafina a mão que não estava queimada.

A garota pegou sua mão e seguiu-a pelo apartamento em direção ao corredor. Mas assim que alcançaram a escadaria, as luzes se apagaram. Serafina cravou as unhas no polegar de Waverly, cujo coração deu um pulo, de dor e susto. Chegou a pensar que estava tendo um enfarte.

As luzes de emergência acenderam-se, lançando um brilho pálido cor--de-laranja na escadaria de metal, e as duas começaram a andar em direção ao auditório.

Waverly sentiu um novo estremecimento, como um ranger de dor emitido pelo próprio metal da nave. O ar no corredor começou a deslocar-se como se um ventilador tivesse sido ligado atrás delas.

Ambas dobraram o corredor e avistaram o auditório, cuja iluminação estava fraca. De início, Waverly achou que as outras crianças não tivessem conseguido chegar até ali, pois não se ouvia um barulho sequer. Parecia impossível que todas as 252 crianças realmente tivessem sido reunidas em uma única sala.

Devagar, Serafina e Waverly foram se aproximando da entrada, cuja porta estava aberta, e puderam divisar o interior.

— Ah, graças a Deus, conseguiram! — murmurou Waverly.

Ela conseguiu ver Felicity sentada no chão, encolhida, cercada por uma dúzia de crianças do jardim da infância, e todas miravam um único ponto à frente delas.

Quando Waverly estava a cerca de três metros da porta, os olhos de Felicity cruzaram os dela. A garota meneou bem de leve a cabeça, em sinal de negativa, e ergueu uma das mãos indicando que Waverly e Serafina deveriam ficar onde estavam. Serafina parou, mas Waverly queria se aproximar um pouco mais para verificar o que Felicity estava tentando dizer. Aproximou-se um pouco mais da porta, mancando, e acenou para chamar a atenção da amiga, mas Felicity não olhou para ela.

Nem Seth, que Waverly agora conseguia ver, e que tinha uma expressão raivosa nos rosto... Um olhar de ódio na verdade. Ele estava no canto da sala. Segurava um dos pulsos com a outra mão e torcia a pele do braço como se tentasse desembainhar uma espada.

Waverly estava prestes a se afastar dali. Já se preparava para sair correndo, quando um homem que nunca vira antes surgiu à sua frente.

— Olá — disse o homem. Um estranho.

Waverly abriu e fechou os olhos rapidamente. Nunca tinha visto um estranho antes.

Não era um homem alto, e tinha uma grande e horrível cicatriz do lado esquerdo do rosto que formava um profundo sulco quando ele sorria. Segurava uma arma usada em pousos de emergência, que Waverly reconheceu dos vídeos de treinamento que vira na sala de aula. Tais armas, chamadas de armas de fogo, eram projetadas apenas para o caso improvável de se depararem com animais hostis na Terra Nova. Ficavam trancadas em um cofre de alta segurança num canto escondido da Empyrean. Ninguém tinha acesso a elas.

O homem apontou a arma para o rosto de Waverly e balançou-a.

— Você sabe o que isto faz, não?

Waverly assentiu. Se ele puxasse o gatilho, um projétil sairia da arma, entraria em sua carne e a dilaceraria, além de esmigalhar seus ossos, levando-a à morte.

Ela olhou novamente para dentro da sala e viu diversos homens estranhos, e cerca de cinco deles olhavam para ela. Sentiu-se desorientada ao notar tantas feições não familiares: olhos castanhos amendoados, narizes massudos, lábios brancos, dentes lascados. Os homens pareciam ter a idade da mãe dela, talvez um pouco mais velhos, e estavam em pé, arfando, como se aguardassem alguma reação sua.

As crianças agachadas no chão perto do palco estavam encolhidas, as mãos agarravam os tornozelos, afastavam-se daqueles homens, visivelmente assustadas.

Waverly tentou entender o que estava acontecendo: homens segurando armas de fogo em uma sala cheia de crianças. Teria motivos para também sentir medo?

— Não se preocupe — disse o homem da cicatriz. — Esta é uma missão de resgate.

— Então por que você precisa disso? — perguntou-lhe Waverly, apontando para a arma que ele segurava.

— Para o caso de algo dar errado — disse o homem, em um tom meio infantilizado, como se estivesse falando com uma garota muito mais nova do que Waverly.

— O que poderia dar errado? — ela perguntou.

O estranho abriu um fraco sorriso.

— Fico feliz por estarmos nos entendendo — disse ele. Em seguida sacudiu a arma, indicando que Waverly deveria entrar na sala. A expressão em seu rosto deixava claro que não toleraria desobediência.

Respirando com dificuldade, Waverly olhou para baixo, para Serafina, segurou a pequena e suada mão da menina e obedeceu.

Violação

Kieran seguiu o capitão em um ritmo frenético até o hangar das naves auxiliares. A eles juntou-se um destacamento de segurança de cerca de vinte homens, armados apenas com bastões de críquete. Kieran esperava que fosse o suficiente. Procurava pela mãe, mas ela ainda não tinha chegado ali.

Ele esperava um caos, mas se deparou com um lugar silencioso e de parca iluminação. O grupo reuniu-se em volta do portal que dava para o hangar das naves auxiliares, e viram apenas as estruturas fantasmagóricas das naves e dos trajes espaciais, o que levou Kieran a se lembrar das fotos que tinha visto dos trajes de mergulho em alto-mar lá na Terra.

Olhou para o capitão, que passava a mão na barba, pensativo, enquanto caminhava até a estação de comunicações perto da entrada. O capitão pressionou o código que possibilitaria contato com seu gabinete.

— Sammy, o que eles estão fazendo? — perguntou ao microfone. — Você consegue visualizar no monitor o que estão fazendo?

A voz de Sammy saía entrecortada pelo alto-falante.

— Estão parados do lado de fora do hangar das naves auxiliares, senhor.

— Você deu *zoom* na imagem?

— Um instante.

No silêncio carregado de tensão, os membros da equipe de segurança se entreolharam. Kieran deu-se conta de que nunca tinham se deparado com o medo antes, e não gostava do que o temor fazia com o rosto daqueles homens: tensos, os olhos avermelhados, todos de boca aberta e a pele úmida de suor.

— Capitão — a voz de Sammy soava hesitante —, acho que estou vendo alguém em traje espacial perto da porta do *airlock,* do lado de fora.

Kieran olhou para o capitão e perguntou:

— O que ele está fazendo?

— Forçando a entrada.

O capitão bateu com o punho cerrado no console do comunicador e gritou:

— Violação de segurança! Todas as forças de trabalho disponíveis devem dirigir-se ao hangar das naves auxiliares a estibordo!

Ele deu um tapa para abrir a trava que dava para o tal hangar e a equipe de segurança saiu correndo porta afora. Kieran estava bem na cola do capitão, que o empurrou, para tirá-lo do caminho.

— Saia daqui, Kieran!

— Eu quero ajudar! — disse o garoto, embora estivesse tão assustado que suas pernas tremiam.

Uma multidão de membros da equipe corriam pelo imenso hangar. Alak Bhuvanath, o presidente do Conselho Central, saiu correndo até os controles manuais do *airlock* e tentou diversas vezes travá-los.

— Eles desabilitaram a trava do lado de fora!

O intercomunicador soltou um zumbido e a voz de Waverly soava estridente pelo alto-falante. Ela dizia algo sobre levarem todas as crianças para o auditório.

Que bom! Ela ficaria a salvo lá.

Kieran ficou observando uma equipe de técnicos que tentava lidar com a trava, enquanto o restante era meros espectadores. As mãos pequenas de Barbara Coolidge agarravam com muita força a pá que segurava. Notavam-se leves movimentos no maxilar do conselheiro Ganan Kumar enquanto ele não desgrudava os olhos negros e cheios de fúria da porta. Tadeo Silva balançava a enxada sobre o ombro como se fosse uma lança. Todos ali pareciam estar prendendo a respiração.

Metade da tripulação já tinha chegado até o hangar. Kieran nutria esperanças de que aquela quantidade de pessoas fosse suficiente para a luta.

A menos que...

— Pode ser que eles *queiram* que façamos exatamente isso — disse Kieran para si. — E se eles *quiserem* que todos nós fiquemos aqui, capitão?

Mas o capitão empurrou-o, afastando-o.

— Vá! Garanta que todas as crianças consigam chegar até o auditório, depois leve-as até os cilindros pressurizados e cuide para que cheguem até o Abrigo Central.

— Mas...

— Você quer ajudar, não quer? Vá! — O capitão rugiu.

Era inútil conversar com ele naquele momento. Kieran saiu correndo de volta pela imensa área do hangar, esquivando-se das pessoas que corriam, apressadas, na direção oposta. No entanto, os seus instintos diziam-lhe que era um erro terrível encher o hangar com todos os membros da tripulação. No corredor, Harvard Stapleton, seu professor de física, corria em direção ao hangar, mas o garoto agarrou-o pela manga da camisa.

— Harvard, e se for o que eles querem que a gente faça?

— Agora não, Kieran!

Mas Kieran não o deixou ir embora.

— E se...? — A ideia formava-se na mente dele enquanto falava. — E se eles estiverem planejando detonar o hangar das naves auxiliares?

Harvard parou e pôs-se a pensar, enquanto mais um bocado de pessoas entrava correndo ali.

— Temos que impedir que continuem entrando aqui — disse Kieran a Harvard, cuja face estava pálida sob os cabelos grisalhos e espessos. — Toda nossa tripulação não pode ficar concentrada aqui dentro! Eles serão alvos fáceis!

— Você está me pedindo para desafiar as ordens do capitão?

— Sim! — Kieran gritou com uma voz estridente, enquanto um outro grupo passava correndo por eles. Agora parecia que toda a tripulação cercava a porta do *airlock*.

— Harvard, você tem que dizer isso a eles! — implorava Kieran. — Eles não vão me dar ouvidos.

— Talvez você esteja certo.

O homem passou os olhos pela multidão, procurando pelo capitão. Mais uma dúzia de pessoas passou pelos dois e desse grupo faziam parte os pais de Kieran. O garoto viu as costas fortes do pai e os cabelos dourados da mãe.

— Mãe! Pai!

A mãe dele fez um aceno para que ele se afastasse.

— Kieran, saia daqui!

— Não entrem aí! — implorava Kieran. — É uma armadilha!

Mas a mãe já corria em direção ao *airlock*. Quantos estavam ali, entulhados em volta da porta, esperando? Trezentos? Quatrocentos? Pareciam tão idiotas ali em pé, segurando seus ancinhos e suas pás, fazendeiros que nem sabiam lutar.

— Por que não estão me dando ouvidos?

— Vá! — disse Harvard enquanto cruzava a entrada. — Conversarei com o capitão.

Um súbito e ensurdecedor vento passou pelos ouvidos de Kieran com uma força absurda. Ele tentou ficar em pé, mas sentiu os sapatos deslizarem pelo chão. Estava sendo sugado em direção ao que parecia um imenso buraco na lateral da nave.

Não. Não se tratava de um buraco! A porta do *airlock* estava aberta para o nada nebuloso. Kieran agarrou-se à beirada da porta.

— Ah, meu Deus! — gritou, mas não conseguia ouvir nem o som da própria voz.

Kieran procurava pelos outros membros da tripulação. Centenas de formas que pareciam cata-ventos de papel giravam do lado de fora da entrada aberta. Aquelas formas eram pessoas.

— Mãe! Pai! — gritou ele para o vento, buscando os pais.

— Kieran! — alguém gritou.

Harvard Stapleton estava a uns três metros de distância dele, de quatro no chão, lutando para chegar perto do garoto, arrastando-se com os pés e os joelhos. O vento sugava-o, puxava-lhe as roupas, alisava seus cabelos, massageava a pele de seu rosto.

Kieran estirou-se no chão e esticou os pés na direção de Harvard.

— Segure-se em mim!

— Feche a porta! — gritou Harvard enquanto lutava para conseguir se aproximar de Kieran.

— Apenas pouco mais de meio metro! Você consegue! — berrou Kieran.

Harvard lançou-se na direção dos pés dele, agarrando-os com ambas as mãos, e ergueu-se segurando em suas pernas. Conseguiram, com muito esforço, chegar ao corredor.

Kieran sentiu as mãos de Harvard soltarem-se apenas por um instante, e de repente a porta de metal que dava para o hangar fechou-se.

Não havia mais vento.

Reinava o silêncio.

— O que você está *fazendo?* — gritou Kieran. — Eles não têm ar!

— Kieran, não podemos despressurizar a nave inteira — disse Harvard, chorando.

Kieran pressionou o rosto no vidro e ficou olhando um aglomerado de sobreviventes abrirem a rampa para a nave auxiliar mais próxima. Uns poucos membros da tripulação conseguiam chegar até as naves. A maioria desmaiava no vácuo. Kieran ficou procurando por seus pais. Estava quase beirando o desespero quando viu sua mãe emergir de trás de um traje espacial, rastejando com fraqueza em direção à nave auxiliar aberta.

— Ela precisa de ar! — gritou Kieran, e deu um soco na trava, abrindo a porta, e o vento retornou, zunindo em seus ouvidos...

Kieran ficou olhando enquanto sua mãe, revigorada pelo ar, levantou-se e saiu correndo, ainda fraca, até a nave auxiliar. Ela deu um mergulho em direção à rampa, e alguém do lado de dentro puxou-a para dentro da nave.

Harvard fechou a porta de novo, livrando-se assim do vento forte.

— Sua mãe está a salvo, ok? — disse Harvard. — Agora vá até o auditório.

— E todo o resto do pessoal? — gritou Kieran. — Temos de pegá-los!

— Não podemos fazer isso, Kieran — disse Harvard. O homem parecia distante, robótico.

— Simplesmente não podemos abandoná-los!

— Kieran, eles já se foram. — Harvard agarrou com força os ombros dele. — Nós não podemos pensar nisso agora.

Kieran fixou o olhar em Harvard. Tudo dentro de si tinha sido sugado para fora do *airlock* e girava no gás rarefeito da nebulosa junto com todas aquelas pessoas queridas: homens e mulheres que ele conhecera a vida toda. Seu pai estaria com eles, já sufocado, já congelado?

— Kieran. — Alguém chacoalhava-o. As trevas em sua mente foram dissipadas. Harvard colocou um dos braços em volta dele. — Venha. Vou levar você até o auditório.

Kieran odiava-se pelas lágrimas que escorriam por seu rosto. Harvard era valente e estava calmo, mas ele queria gritar, entrar em colapso, matar alguém. Matar as pessoas responsáveis pelo que tinha acontecido.

— Por que eles nos atacaram? — disse Kieran num tom feroz.

— Eu não sei — respondeu Harvard, confuso.

O homem segurou Kieran pelos ombros e levou-o até a escadaria que dava para o auditório.

A mente chocada do garoto queria voltar no tempo, retornar à manhã daquele dia, quando tudo estava em segurança e normal, começando com sua conversa com Waverly e terminando com a sua gravação do noticiário.

O noticiário... que ele tinha terminado fazia apenas oito minutos.

O anúncio no fim.

— Eles não têm crianças — disse Kieran, inexpressivo, mas quando se ouviu pronunciando essas palavras, o terror que sentiu arrancou-o do estado de choque. — Harvard, eles não têm crianças!

Houve um mínimo movimento no rosto do homem ao ouvir aquilo.

— Samantha — sussurrou Harvard. Era o nome de sua filha.

Os dois seguiram em uma corrida alucinante, fazendo estrondo na escadaria de metal, subindo dois degraus de cada vez. Kieran foi o primeiro a chegar à porta, e escancarou-a com violência. Correram pelo estrado de metal em direção ao auditório, e logo puderam ouvir o som de choros lamentosos.

— Ah, meu Deus! — murmurou Harvard.

Harvard e Kieran se depararam com a porta do auditório fechada, e a tranca travada por fora. Harvard deu um soco com os punhos cerrados no teclado e a porta deslizante abriu-se, revelando dezenas de crianças encolhidas, juntas, perto do palco, tremendo e soluçando. As batidas do coração de Kieran ficaram mais lentas.

— Graças a Deus!

— Samantha! Onde está você? — gritou Harvard em meio ao clamor.

Kieran olhou ao redor, procurando por Waverly, mas ela também não estava lá. Desceu rapidamente pelo corredor do auditório, procurando-a entre as fileiras de assentos. Com o pânico que sentia, quase tropeçou em Seth Ardvale, estirado no chão, quase inconsciente. Ele tinha um corte feio na testa, e havia sido golpeado nos lábios.

— O que aconteceu com ele?

— Tentamos impedi-los — disse Sealy Arndt, sentado no chão ao lado de Seth, mantendo a mão firme sobre um corte horrendo em sua orelha, enquanto o sangue escorria entre os dedos. — Eles levaram todas as garotas.

— Para onde? — perguntou Harvard, gritando com Sealy. — Para onde eles foram?

— Eu não sei — foi a resposta do garoto, que estava atordoado.

— O hangar das naves auxiliares — disse Harvard. — O hangar a bombordo.

É claro. Depois de detonarem o hangar a estibordo, aquele a bombordo seria a única forma de tirarem as garotas da Empyrean. Harvard saiu correndo até o console de comunicações e gritou:

— Eles estão sequestrando nossas crianças! Todas as forças de trabalho disponíveis! Sigam até o hangar das naves auxiliares a bombordo!

Harvard pressionou um botão e a mensagem ficou sendo repetida em *loop*, com sua voz gritando ininterruptamente.

Eles estão sequestrando nossas crianças... hangar das naves auxiliares a bombordo... sequestrando nossas crianças... hangar das naves auxiliares a bombordo...

Harvard começou a correr na direção da escadaria, mas Kieran gritou:

— Não! Temos que pegar as armas de fogo primeiro!

— Não dá tempo! — Harvard berrou e saiu correndo, com Kieran seguindo-o bem de perto.

Enquanto Kieran corria, ouvia o som de dezenas de pés retumbando nos andares superiores da nave. Derrapou e deparou-se com a escadaria, então desceu os degraus que davam para o nível do hangar das naves auxiliares.

Sons estranhos, penetrantes, ecoavam pela nave, como pedrinhas atingindo metal.

— O que foi isso? — gritou Kieran, atrás de Harvard.

O homem não respondeu.

Mas Kieran sabia a resposta. Podia adivinhar.

Seu desejo agora era, mais que tudo, ter uma arma de fogo.

Missão de resgate

— Só queremos levar vocês a um lugar seguro — disse a Waverly o homem com a cicatriz, enquanto ele e seis outros escoltavam todas as garotas pelo corredor em direção ao bombordo da nave.

As meninas, as mais jovens com dois anos de idade e as mais velhas com quinze, marchavam como um pequeno exército. Waverly perguntava-se o que os homens fariam se todas fugissem ao mesmo tempo. Atirariam nelas? Depois do que tinham feito a Seth, não queria saber a resposta.

As garotas da Empyrean haviam sido reunidas como se fossem um rebanho de cabras, arrancadas dos irmãos, enganadas, com os homens dizendo em um tom animado: "As damas primeiro!" Eles tinham colocado as garotas em filas perto da porta enquanto o homem da cicatriz apontava sua arma na direção dos garotos, que haviam se encolhido e se afastado, apavorados demais para protestar.

Todos eles, menos Seth, que ficara em pé, com os punhos cerrados ao longo do corpo.

— Vocês não podem fazer isso — dissera ele, cujos olhos buscavam Waverly, que continuava observando a cena na esperança insana de que Seth pudesse fazer alguma coisa.

Seth lançara-se para cima do homem da cicatriz, mas com um movimento rápido, o estranho golpeou-o com força na cabeça usando a coronha de sua arma. Sealy Arndt tinha corrido para o lado de Seth, e o homem agitou a arma novamente, acertando a orelha de Sealy, que foi ao chão.

— É isso que acontece quando as pessoas entram em pânico — dissera o homem ao restante dos garotos, e virou-se para as meninas. — Rápido, marchem!

Agora os homens caminhavam com cautela pelos corredores, mas terrivelmente sem fôlego, e um fluxo de suor escorria-lhes pela testa. Estava claro que o homem da cicatriz era o líder, o que estava no comando, e embora tivesse uma compleição meio franzina, com braços ossudos e frágeis, ficara óbvio que era capaz de qualquer coisa.

Eles estavam com medo ou doentes? A própria Waverly mal conseguia respirar. Seus músculos ainda estavam horrivelmente afetados pelas cãibras, e seu coração parecia ter perdido o ritmo. Ela precisava recuperar o fôlego, mas tudo só piorava com o terror que sentia.

— Houve um acidente — anunciou o homem da cicatriz em resposta a uma pergunta que Waverly não tinha ouvido. — O bombordo da nave é a área mais segura.

— Então por que não levar os garotos também? — quis saber Waverly.

— Nós *estamos* levando os garotos — disse ele enérgico, como se ela tivesse feito uma pergunta tola. — Eles vêm logo atrás de nós.

Waverly queria acreditar nele, mas uma inquietação espalhava-se por seu corpo quando olhava para a arma que o estranho segurava com tanta firmeza. Se estava tentando ajudar, por que precisava de uma arma?

Mas o que ela poderia fazer? Tentou pensar em como fugir para longe daquelas pessoas estranhas, mas sua mente parecia paralisada. Não conseguia raciocinar. Então foi até onde os homens a mandaram ir e manteve-se em silêncio.

Os corredores estavam vazios, provavelmente porque a tripulação inteira tinha sido deslocada para que lidassem com o acidente. As luzes de segurança lançavam uma palidez sombria sobre todo mundo. Serafina agarrou-se à blusa de Waverly, deixando-se ser puxada com ela enquanto caminhavam lentamente pelos corredores. Toda vez que passava por algum cruzamento entre os corredores, Waverly olhava com desespero em busca de algum membro da tripulação da Empyrean. Mas não havia nenhum.

Por fim, o homem da cicatriz parou de andar, erguendo uma das mãos, um sinal para que os outros fizessem o mesmo.

Waverly olhou para a longa fila atrás de si e viu que Samantha Stapleton, uma garota alta de catorze anos, carregava Hortense Muller, que estava chorando, com os joelhos ensanguentados devido a uma queda. Samantha e Waverly tinham uma relação tensa desde que haviam brigado no sétimo ano, com direito a socos. Samantha ficara com ciúme por Waverly ter sido escolhida para o treinamento de piloto enquanto ela fora designada para o cultivo.

"Você trapaceou", tinha dito Samantha, entredentes. Waverly não vira quando o primeiro soco foi desferido, mas não deixou que um segundo a atingisse. As duas garotas tinham saído da briga com olhos roxos e, desde então, evitavam-se.

Mas agora ela podia ver que Samantha era a única garota ali não paralisada pelo terror. Estava totalmente alerta, observando os guardas, notando coisas.

Samantha voltou seus olhos arregalados para Waverly e, com isso, derreteu-se a antiga rivalidade entre as duas. Waverly gostaria de poder fazer algum sinal indicando que sairiam daquela situação de algum jeito, mas tudo que conseguiu foi sacudir a cabeça, gesto que Samantha também fez, como se dissesse: *Não acredito que isso esteja acontecendo.*

Era simplesmente isso. Waverly não conseguia acreditar que aquilo estivesse realmente acontecendo.

O homem da cicatriz fez um movimento com a mão, indicando que as garotas deveriam começar a se mover novamente. Waverly seguia logo atrás dele, assustada agora porque ele seguia em direção a uma porta. A princípio, não reconheceu o local aonde ele as levava, mas quando o homem abriu a porta, que revelou uma sala imensa, Waverly parou de andar.

O hangar! Ele havia levado as garotas até o hangar das naves auxiliares a bombordo.

O homem viu que Waverly estava encarando-o, e abriu um sorriso.

— Você não ouviu dizer que há um problema de mau funcionamento no *airlock* do outro hangar? Precisamos levar vocês até o interior de uma câmara pressurizada.

— O auditório pode ser pressurizado — disse Waverly, que vagamente foi se dando conta de que devia ser aquele o motivo que levara a sra. Mbewe a dizer-lhe para levar as crianças até lá. — Já estávamos a salvo lá dentro.

— No entanto, se a nave fosse perdida, vocês ficariam lá, presas — disse o homem.

Ele estava mentindo. Waverly sabia da existência dos tubos pressurizados que iam do auditório até o Abrigo Central, onde poderiam sobreviver durante meses se fosse necessário.

— Aonde vocês estão nos levando? — A voz de Waverly agora flutuava no ar acima dela.

— Se a nave for despressurizada, teremos de levar vocês até a New Horizon — disse o homem. — Lá vocês ficarão em segurança.

— Segurança? — disse Waverly, testando a palavra...

— Venha comigo — disse o homem, balançando a arma na frente do rosto dela, movimento que parecia exigir-lhe toda a força, e ele tinha que usar ambas as mãos para manter a arma erguida.

Havia algo de errado com aquele homem. Será que também tinha sido eletrocutado?

Waverly desgrudou os pés do chão e deu um passo em direção à entrada do hangar, que estava frio, desolador, e as paredes de metal faziam o lugar parecer uma jaula, com um teto tão alto que desaparecia em uma escuridão sombria. As formas volumosas das naves auxiliares, dispostas em um círculo em volta da sala, estavam como empoleiradas no trem de pouso da nave, como se fossem vigilantes abutres.

Os trajes espaciais estavam pendurados ao longo das paredes, cujas luvas espessas estavam estendidas em direção às meninas, como se na espera de um abraço de despedida. A área ali era tão grande que Waverly calculou que levaria cinco minutos para cruzá-la. Cinco minutos até que Kieran viesse a seu encontro, ou Seth, ou sua mãe. Qualquer um. Porque alguém viria. Eles tinham de vir.

Ela conseguia ouvir o arrastar de centenas de pés atrás dela, sons que pareciam se multiplicar com o eco do hangar. Já não sentia Serafina agarrando-se à sua blusa, mas sua dor era grande para que virasse a cabeça e olhasse para trás. Waverly viu uma nave auxiliar fora do lugar, com seu nariz em forma de cone apontando para o *airlock*, e sua parte traseira em sua direção. Aquela era uma nave auxiliar cujos *azipods*[5] reluziam com o calor. A rampa da nave estendia-se até o chão e, conforme Waverly se aproximava, conseguia enxergar a parte interna do porão de carga, e a escadaria lá dentro, aquela que dava para a área dos passageiros, acima. Havia umas poucas pessoas paradas, em pé, em volta da nave auxiliar, segurando armas de fogo. Algumas delas eram mulheres.

De repente, o sistema de intercomunicações veio ruidosamente à vida, e uma voz frenética gritava pelos alto-falantes, repetindo em *loop* a mesma mensagem, mas o hangar era tão grande que a mensagem ecoava e Waverly não conseguia discernir todas as palavras. Alguma coisa sobre crianças. *Talvez seja sobre nós,* pensou. *Estão a caminho.*

Conforme se aproximavam da nave, cercada de pessoas, Waverly notou que havia uma mulher que não estava com uma arma.

Era a sra. Alvarez, a professora do jardim de infância. Encontrava-se em pé, ao lado da rampa da nave, diante de uma mulher que parecia enfurecida e cujos olhos analisavam as garotas de um jeito mecânico. Várias das meninas mais novinhas corriam até a sra. Alvarez, que as recebia de braços bem abertos.

— Olá, pessoal — disse ela. — O capitão Jones me mandou vir até aqui para dizer a vocês que está tudo bem, e que precisam entrar a bordo dessa nave porque existe a possibilidade de despressurização da Empyrean.

---

5 *Azipods* são propulsores acoplados ao casco da nave, que possibilitam que ela gire 360º. (N. da T.)

Waverly soltou um suspiro de alívio. Afinal, tudo estava bem. Começou a subir a rampa, mas sentiu a mão de alguém em seu braço. A sra. Alvarez a analisava.

— Você não me parece bem, eles...? — a professora começou a perguntar, mas bastou que olhasse, nervosa, para a mulher que segurava a arma, para repensar sua pergunta. — O que aconteceu?

— Fui eletrocutada.

A sra. Alvarez colocou uma das mãos na bochecha de Waverly e olhou para a queimadura em sua mão, cada vez mais avermelhada. A ferida começara a soltar um fluido claro.

— Essa menina precisa de cuidados médicos — disse a sra. Alvarez à mulher que segurava a arma.

— Temos médicos na New Horizon — foi a curta e grossa resposta. O rosto carnudo e rosado da mulher destoava do restante de seu corpo, magro e pequeno.

— Não podemos esperar tanto tempo — disse a sra. Alvarez. — Ela foi eletrocutada!

— Vamos providenciar cuidados em breve — disse a mulher e então, em um tom de voz sussurrado, acrescentou: — Lembre-se do que conversamos.

A sra. Alvarez apertou de leve o ombro de Waverly.

— Entre, querida. Eles vão ajudá-la assim que possível.

No entanto, a ansiedade estampada no rosto da professora estava em desacordo com o tom reconfortante de sua voz.

Waverly começou a subir a rampa, mas acabou parando. A ficha caíra. E fora algo que a mulher estranha dissera: "Temos médicos na New Horizon".

— Vamos para a New Horizon apenas se ocorrer despressurização da Empyrean, não é? — perguntou Waverly à mulher que segurava a arma.

— É — respondeu ela, novamente curta e grossa. — É só subir e ficar lá sentada.

Waverly estava prestes a subir quando ouviu gritos. Virou-se e viu uma multidão correndo pelo hangar, pessoas soltando gritos estridentes e sacudindo os braços. A mulher empurrou Waverly, que acabou tropeçando e caindo. A sra. Alvarez jogou-se para ajudar a menina, mas a mulher atingiu-a com a coronha de sua arma, e a professora rolou rampa abaixo, indo parar no chão.

Ruídos ensurdecedores ecoavam pelo angar e Waverly ficou observando enquanto algumas das pessoas que corriam em direção ao barulho caíam. A sra. Slotsky, o sr. Pratt, o sr. e a sra. Anguli, todos ficaram lá, imóveis no chão. A sra. Anders, a mãe do pequeno Justin, caíra com os olhos abertos, fixos em Waverly, que a tudo observava esperando o momento em que a mulher piscasse, se movesse, levantasse. Mas isso não aconteceu. Ela só continuou lá, encarando-a.

Waverly sentiu-se prestes a desmaiar, sem entender o que via. Queria gritar, mas estava paralisada.

Aqueles estranhos estavam atirando nas pessoas com armas de fogo. Estavam matando seus amigos.

Cada vez mais gente, como se fosse um dilúvio, entrava no hangar. Algumas pessoas apressavam-se para chegar até seus amigos caídos, outras buscavam abrigo atrás das naves auxiliares. A sra. Oxwell entrou correndo pela porta e parou, perscrutando o caos. Apontando para Waverly, gritou:

— Estão colocando as meninas naquela nave!

Todo mundo pareceu ter se esquecido das armas, e começaram a correr na direção dos atacantes novamente. Waverly respirava com dificuldade, engolindo em seco enquanto via seus amigos cruzando a sala. Um dos estranhos gritou:

— Eles são uma multidão em fúria! Vão nos cercar e nos atacar!

Mais sons altíssimos ecoavam pelo hangar, fazendo os ouvidos de Waverly doerem. Gente continuava caindo. O sr. Abdul, pai de Jaffar. A sra. Ashton, Trevor e a mãe de Howard. Tinham caído e jaziam imóveis no chão.

— Não, por favor, não... — disse Waverly à mulher que tinha golpeado a sra. Alvarez na cabeça, mas até ela parecia aterrorizada demais para ouvir o que a menina dizia. Continuava apertando o gatilho, disparando, e as pessoas continuavam caindo, mortas.

Waverly sentiu uma mão em suas costas, e Felicity agachou-se a seu lado.

— Você tem que subir.

— Eles querem levar a gente embora daqui!

— Olhe à sua volta. Eles continuarão atirando enquanto estivermos aqui. Você tem que subir!

— Waverly! — Era Kieran, que, acompanhado de Harvard Stapleton, corria em sua direção. — Saia já daí! — ele gritou. Seu rosto estava vermelho, e um pouco de saliva escorria de sua boca. — Saia daí agora!

— Quanto mais tempo você ficar aqui, mais pessoas levarão tiros. — A voz vinha do alto, atrás dela.

Waverly ergueu o olhar e viu o homem da cicatriz parado, acima dela. Para provar o que dizia, disparou com a arma na multidão que corria.

— Ele vai fazer o que falou, Waverly — disse Felicity.

— Vamos sair daqui! — O homem da cicatriz berrou e depois se ajoelhou na parte de baixo da rampa, enquanto seus companheiros entravam a bordo da nave. Quando viu o olhar de Waverly fixo nele, apontou a arma para Kieran. — Quer que eu atire nele ou não?

Não havia decisão a ser tomada. Waverly só tinha uma opção. Apoiou-se em Felicity e subiu a rampa, mancando.

— Não, Waverly! — ela ouviu alguém gritar, alguém que não era Kieran.

Ela virou-se para dar uma última olhada no hangar e viu Seth, que estava em pé ao lado de um traje espacial, agitando-se freneticamente, movendo as mãos no ar. Sua cabeça sangrava, e ele gritou o mais alto que pôde:

— Não faça isso!

Waverly balançou a cabeça, em sinal de negativa. Tentou gritar "Sinto muito", mas só conseguiu soltar um sussurro.

Arrastou-se atrás de Felicity, e a rampa fechou-se com um baque surdo depois que ela entrou na nave.

Deixados para trás

Em um instante, Kieran estava olhando para as costas esguias de Waverly, implorando, em silêncio. *Não vá. Saia daí.* Ela virou-se, olhou para Seth Ardvale, balançou a cabeça para ele, um não silencioso, e então subiu mancando a rampa, que se fechou.

Waverly se fora.

Uma mulher começou a gemer em tom de lamento quando a nave auxiliar deu sinal de vida, os motores tossiram e cuspiram um fogo laranja, depois arderam em um tom de azul, e seus tubos de escape de fótons lançaram um brilho assustador sobre os corpos dos que tinham sido atingidos por tiros. As pessoas recuavam, afastando-se da aeronave, porém sem tirar os olhos dela.

Kieran olhava para os rostos mais próximos dele, desesperado em busca de alguém que fizesse alguma coisa, mas todos pareciam paralisados. A sra. Anderson estava boquiaberta. O sr. Bernstein caíra de joelhos, enquanto a nave erguia-se do chão e fazia sua lenta virada em direção à porta do *airlock*.

— Usem o sistema manual para lidar com o *airlock*! — gritou Seth. Ele mesmo começou a mexer nos controles, mas levou as mãos à cabeça e caiu de joelhos.

De súbito, o hangar estava em plena ação novamente. Uma dúzia de pessoas corria em direção ao painel de controle na parte traseira, perto da imensa porta. Harvard foi o primeiro a chegar lá, e apertou os botões do teclado, mas as luzes do painel estavam mortas. Ele socou-o com punhos cerrados, soltou um lamento, e disse:

— Eles mexeram na porta, para que respondesse apenas aos comandos de dentro da nave que eles pegaram!

— Vá até o Comando Central! — gritou Kieran para Harvard. — É possível travar a porta a partir de lá.

Harvard gritou no intercomunicador:

— Sammy! Você está me ouvindo?

Nada além de silêncio como resposta.

Harvard clicou diversas vezes no botão de transmissão.

— Central? Alô? — Ele olhou para Kieran, horrorizado. — Não tem ninguém lá.

Todos tinham corrido para salvar seus filhos. Todo mundo tinha abandonado seus postos. Quarenta e dois anos de isolamento pacífico haviam feito deles totais incompetentes face ao ataque.

— Eu vou — disse Kieran, e saiu correndo em direção ao local de onde tinha vindo. Passou por Seth, que estava apoiado nas mãos e nos joelhos, estupefato, encarando uma poça de vômito.

— Todo mundo para dentro de uma nave auxiliar! — ele ouviu Harvard gritar.

Quando Kieran conseguiu chegar ao corredor, fechou a porta do hangar como precaução e saiu correndo. A nave parecia vazia. Os corredores que antes pareciam lotados de fazendeiros, engenheiros, professores e recrutas, famílias e amigos, estavam agora desertos.

Quantos já tinham morrido? Onde estava seu pai?

Kieran afastou tais pensamentos e subiu quatro lances de escadas até entrar com tudo no andar administrativo da nave, onde virou à esquerda e pegou outro corredor até o gabinete do capitão. Tinha esperanças de que o capitão Jones, de alguma forma, estivesse lá, sentado à sua escrivaninha como sempre, calmo e no controle, mas é claro que ele não estava. Era bem provável que nem mesmo estivesse vivo.

Kieran foi correndo até o Comando Central, onde os oficiais controlavam os diversos sistemas de bordo da nave. Geralmente aquela sala ficava repleta de pessoas, todas conversando através dos intercomunicadores, comunicando-se com várias partes da nave, lidando com questões de manutenção. Mas naquele momento não havia ninguém ali. A sala parecia muito pequena.

Kieran moveu-se devagar em torno dos *displays* dos computadores, procurando por aquele que controlava a porta do hangar das naves auxiliares, mas nenhuma das estações de trabalho tinha etiquetas de identificação. Lamentou em desespero, captou seu reflexo no portal e ficou encarando-o como se aquela imagem pudesse lhe dizer o que fazer.

— O computador do capitão deveria ser capaz de fazer qualquer coisa — disse Kieran a seu reflexo.

Sentou-se na cadeira do capitão. Um *display* preso a um braço flexível deslizava-se à sua frente. Ao longo do lado direito da beirada da tela havia uma fileira de botões, e ele apertou aquele onde se lia "*status*", e selecionou "hangar das naves auxiliares a bombordo" em uma lista de rolagem. Uma imagem de vídeo do hangar piscou e veio à vida, e Kieran viu uma nave auxiliar na sequência de lançamento, movendo-se na direção da porta do *airlock*, ainda fechada. Então apertou o botão que controlava a porta, onde se lia "trava".

Agora, a nave auxiliar do inimigo não teria como sair.

Kieran reclinou-se em sua cadeira e soltou um suspiro, aliviado. Conseguira!

No entanto, a imagem do vídeo mudou e o que ele viu foi o rosto em pânico de Harvard.

— Destrave a porta! — o homem berrava. — Eles já se foram!

— Mas eles ainda estão na sequência de lançamento!

— Somos *nós*! — gritou Harvard. — Abra a porta do *airlock*!

Kieran ficou remexendo nos botões para inserir o comando de destravamento. Um *display* de vídeo surgiu mostrando a porta que começava a se abrir. Ela era tão lenta...

Quanto tempo a atitude dele teria custado a seus amigos no hangar?

Harvard estava de volta à tela.

— Onde eles estão, Kieran? Você consegue ver algo do lado de fora nos *displays* de vídeos?

Os dedos de Kieran nunca foram tão desajeitados como nos instantes em que fazia a rolagem pelas imagens do lado de fora da nave, das câmeras que monitoravam os motores, das antenas de comunicação, dos telescópios e do radar. Cada *display* mostrava apenas o frio casco externo da Empyrean, até que ele olhou em direção à popa da nave, onde um ponto minúsculo chamou-lhe a atenção.

Kieran ampliou a imagem e viu uma nave avançando lentamente e passando pelos motores, dirigindo-se a estibordo da Empyrean. Parecia uma minúscula formiga rastejando e passando pelos imensos túneis de exaustão.

Kieran conectou o *display* à nave auxiliar de Harvard.

— Eles estão lá atrás, perto dos motores — disse Kieran.

— Por que *lá* atrás? — perguntou Harvard.

Kieran ampliou a imagem ainda mais, e viu um segundo pontinho, menor ainda, pairando próximo à nave auxiliar desgarrada. Mal conseguia discernir a forma humanoide vestida com o traje espacial.

— Aquele traje espacial é um dos nossos? — perguntou Kieran.

— Aquela pessoa no traje espacial está se movendo na direção do sistema de resfriamento da nave! — gritou Harvard. — Kieran, reúna todos os garotos no Abrigo Central!

Poderiam eles realmente ter a intenção de sabotar os reatores?

Kieran clicou no *display* do auditório e viu que os garotos ainda estavam lá, aninhados em grupos no chão. Viu Sealy Arndt em meio à multidão, ainda cuidando de sua orelha machucada. Ele nem mesmo gostava de Sealy, mas o garoto conseguiria motivar o restante deles a se mexer. Ligou o intercomunicador e pronunciou-se através do microfone do capitão:

— Sealy, reúna todos esses garotos e leve-os até o Abrigo Central *agora mesmo*! Os reatores podem explodir a qualquer momento!

Sealy olhou para a câmera, confuso, até que Kieran complementou sua mensagem:

— Mova essa *bunda*!

Sealy pegou alguns garotos pelos ombros e foi empurrando-os para a frente. Era rude com os que ficavam para trás, mas eles precisavam daquilo para se apressar. Logo todos os garotos seguiam em marcha para fora do auditório.

Kieran não fazia ideia de onde estava Seth Ardvale, nem se importava com isso. Agora que tinha um tempo, queria ver onde estava sua mãe.

Olhou para o *display* do vídeo do hangar a estibordo, fantasmagórico e vazio, com a porta do *airlock* fechada. Não havia ninguém lá. Ampliou a imagem para procurar algum sinal, qualquer que fosse, de sua mãe. E o que viu o deixou alarmado. A nave auxiliar em que ela havia entrado se fora. Não estava mais lá. Devia ter partido durante o conflito.

Aonde haviam ido?

Kieran alternou, na tela, para a imagem de uma vista do hangar a bombordo, na esperança de encontrar a nave de sua mãe. Em vez disso, viu dezenas de corpos espalhados, mortos no chão. Só conseguia ver alguns rostos, mas reconhecia todos: Anthony Shaw, que o ensinara como debulhar milho; Meryl Braun, que fazia pipoca para as crianças nas noites de exibições de filmes; Mira Khoury, que cantava com uma bela voz; e Dominic Fellini, que soldava esculturas de metal, fazendo-as com gastas peças sobressalentes. Todos mortos. Não mais respiravam. Exterminados.

As pessoas que haviam feito aquilo também tinham capturado Waverly.

Kieran voltou ao *display* da popa da Empyrean e viu a pessoa com o traje espacial, o inimigo, pairando perto da área a estibordo do sistema de resfriamento. Desejava poder ver o que ele fazia, mas podia imaginar. Estava tentando bloquear os motores, a única fonte de energia a bordo. Se fosse bem-sucedido, todas as plantas da Empyrean estariam mortas em poucos dias. Todas as pessoas morreriam em uma semana, de frio ou asfixiadas.

A voz de Maxwell Lester surgiu no intercomunicador:

— Kieran, estamos colocando nossos trajes para ir atrás daquela pessoa lá fora que está tentando nos sabotar. Vá até a tela da manutenção e encontre o sistema de gerenciamento do reator. Diga-nos quais são as informações contidas nele.

No momento em que Kieran encontrou a tela certa, diversos garotos tinham chegado ao Comando Central, e observavam o que ele fazia por cima de seu ombro. Ele ouvia o restante dos garotos vindo pelo corredor no Abrigo Central, muitos dos quais choravam ou conversavam aos sussurros. Ao contrário dos adultos, que estavam em pânico, os garotos falavam baixo, em um quase silêncio solene.

— Algum de vocês sabe como encontrar os registros do sistema de resfriamento? — perguntou Kieran aos presentes na sala.

— Vou dar uma olhada — respondeu alguém com uma voz cansada. Era Seth, que foi mancando até um *display* de vídeo e ficou alternando entre as imagens, aninhando a cabeça em sua mão.

— Provavelmente você está com uma concussão — disse-lhe Kieran.

— Não brinca! — murmurou Seth enquanto apertava os olhos para analisar os diagramas dos sistemas à sua frente.

Kieran perguntava-se como Seth poderia estar tão familiarizado com os sistemas de computadores, mas sabia que ele passava muito tempo no Comando Central com o pai, o piloto-chefe da nave.

— O sistema de resfriamento parece estar normal — disse Seth a Kieran, que retransmitiu a mensagem pelo sistema de comunicações.

— Isso é bom — falou Maxwell. — Agora quero que você conte quantos garotos estão aí. Assim que você tiver conferido, quero que vede o Abrigo Central.

— Não posso fazer isso! — protestou Kieran. — E todo o resto do pessoal na nave?

— Assim que você tiver vedado o reator, pode nos deixar entrar. É só uma medida de precaução.

Kieran percebeu que ele estava certo.

— Seth, você faz essa contagem? — perguntou Kieran.

Seth fez um gesto para que todos os garotos o seguissem até o lado de fora do Comando Central, e então fez um grande esforço para ficar de pé e fazer a contagem. Kieran mudou o *display* de vídeo para aquele que mostrasse as imagens do lado de fora da nave.

O inimigo no traje espacial ainda estava sobre os tanques resfriadores, cujos propulsores reluziam conforme mantinham sua aceleração alinhada à da Empyrean. A nave auxiliar da New Horizon estava por perto. A da Empyrean acelerava na direção da nave inimiga e, do outro lado, três outras pessoas com trajes espaciais seguiam ao longo da extensão da nave, embora não tivessem a mínima ideia do que pretendiam fazer. Não havia muita coisa que *pudessem* fazer. Não havia nenhuma arma a bordo das naves auxiliares nem nos trajes espaciais.

— Todos os garotos estão aqui — disse Seth, que voltara sem que Kieran o tivesse notado. — Arthur Deitrich está vedando o Abrigo Central agora.

— Veja se conseguimos captar a transmissão entre aquelas duas naves auxiliares! — latiu Kieran.

— Não grita!

Seth perdeu um pouco o controle, mas logo voltou a si e sentou-se na frente do monitor de seu pai. Seus dedos voavam sobre o *display* à sua frente, então Kieran pôde ouvir a voz baixa, mas enraivecida, de Harvard:

— ...poderíamos ter compartilhado nossos conhecimentos. Você não teria que...

— Nós tínhamos o mesmo conhecimento que vocês. — Era a voz de um homem, de alguém que Kieran não reconhecia, e que parecia implorar. — Foi tarde demais para nós.

— Teríamos ajudado vocês, se tivessem sido honestos conosco.

— Do que eles estão falando? — Seth perguntou em um tom de sussurro, mas Kieran fez "shhh" para ele.

— Nós *tentamos*! — insistiu o homem. — Imploramos que seu capitão se encontrasse conosco, mas ele se recusou!

— Tenho certeza de que o capitão Jones só estava tentando proteger a nossa nave — disse Harvard.

— Isso é o que *nós* estamos fazendo! Não podemos ser extintos!

Kieran ficou observando enquanto o inimigo com traje espacial se soltava do casco da Empyrean e acelerava em direção à nave auxiliar desgarrada.

— O que ele fez? — perguntou Seth em um tom agourento.

De súbito, uma explosão fez a Empyrean balançar. A tela com o vídeo de Kieran exibiu o lampejo de uma luz brilhante, e ele protegeu os olhos. Um intenso estrondo moveu-se pela nave.

— Oh, meu Deus! — gritou Seth, enquanto alternava as telas para avaliar os danos.

O inimigo acelerou em direção à New Horizon. A nave auxiliar de Harvard seguiu a mesma rota, perseguindo-o, junto com três outros vestindo trajes espaciais da Empyrean.

— Aonde eles estão indo? — quis saber Seth, abandonando por completo seus modos geralmente reservados.

— Não sei — disse Kieran.

O garoto olhava para o console de comunicações, incapaz de respirar, até que uma mensagem de texto piscou e veio à vida no computador do Comando Central: "Blecaute. Manter curso. Encontro".

— Eles vão tentar alcançar a New Horizon. Estão procurando resgatar as garotas — Kieran disse.

— Em blecaute? — Seth releu a mensagem, pensativo.

— A única chance que eles têm é surpreender a outra tripulação — explicou-lhe Kieran. — Para fazer isso, precisam cessar todas as comunicações conosco.

Seth assentiu, sombrio. Não gostava que as coisas lhe fossem explicadas, era algo que Kieran havia notado. Geralmente era Seth quem dava as explicações.

De repente um alarme ecoou alto pela nave. Kieran deu um pulo no assento.

Imensas letras vermelhas surgiram no monitor de Kieran, piscando, com urgência: *Vazamento de material radioativo.*

A radiação estava se espalhando pela sala dos motores. E não havia nada que Kieran pudesse fazer para impedir.

2

CATIVAS

O diabo pode citar as Escrituras para seus propósitos.

William Shakespeare

Na nave auxiliar

A nave auxiliar inclinou-se um pouco para o lado quando saiu da Empyrean, e depois assumiu uma navegação tranquila. Para Waverly, acostumada com as imensas alas de cultivo da nave que era seu lar, aquela onde estava parecia pequena e asfixiante. Os assentos dos passageiros ficavam alinhados nas paredes, e as 130 garotas estavam sentadas de frente para o centro do compartimento. Olhavam para os portais e se entreolhavam, assustadas.

Samantha Stapleton estava sentada no chão com as pernas cruzadas, em posição de índia, e retorcia as mãos no colo. Fitava Waverly com olhos aflitos.

Waverly, por sua vez, tinha náuseas por causa da gravidade zero. Sentia-se imobilizada, nem conseguia perceber o peso de seu corpo. Com a palma da mão, tocou o assento onde se sentara para certificar-se de que estava mesmo lá. Tinha uma estranha sensação de não existência, como se seu corpo tivesse ficado para trás e estivesse agora flutuando acima daquelas pessoas assustadoras.

Deveria ter dado ouvidos a Seth. Deveria ter fugido.

Ainda estou viva, pensou.

Waverly sabia que estava viva porque sentia a perna de Felicity ao lado da sua. Queria esticar a mão e encostar na garota, segurar a mão dela como quando eram crianças, o que nem fazia muito tempo, mas Felicity parecia distante agora, então ficou quieta. Waverly não queria *estar* com tanto medo, assim como também não queria *agir* como uma pessoa apavorada.

A mulher de rosto avermelhado que havia dado início aos tiros flutuava no alto da cabine, presa em um cinto conectado à parede por um gancho, e segurava sua arma junto do peito. Mantinha os olhos fixos nas garotas, mas algo nela parecia não estar bem, de tempos em tempos ela fungava. Waverly chegou a achar que pudesse estar chorando, mas um monstro como aquele não seria capaz de produzir lágrimas.

Waverly cutucou Felicity e até mesmo o leve movimento fez doer todo o seu corpo. Estava muito fraca.

— O que foi? — quis saber Felicity, em um sussurro quase inaudível.

— Formamos um grupo mais numeroso do que eles — disse Waverly, baixinho. Estava ofegante antes mesmo de terminar de falar. — Talvez possamos tomar o controle desta nave.

— Eles têm armas.

— Se eles nos colocarem a bordo da New Horizon, nunca poderemos fugir.

— Mas estaremos vivas.

Waverly tentou pensar em uma resposta, mas sentiu pontadas nas costas, o que a fez curvar-se para trás. A mão de Felicity tocou suas costas.

— Fique quieta e não se mexa. Você está machucada demais para fazer qualquer coisa — cochichou a garota.

Mas Waverly não se conformava. Tinha de haver algo que pudessem fazer, *alguma coisa* para modificar aquela situação, mas quanto mais se preocupava, mais suas pernas fraquejavam, e mais fortes ficavam as batidas de seu coração, assim como menos clara ficava sua mente. Tombou no ombro de Felicity, que a envolveu com um dos braços, e concentrou-se nas batidas do coração da amiga, que mantinham um ritmo regular. Só pensava em acalmar-se.

A porta deslizante da cabine do piloto abriu-se, e todas as garotas se encolheram.

Uma mulher gorducha de meia-idade entrou no compartimento. Os cabelos grisalhos estavam puxados para trás em um coque, os olhos tinham um ar gentil, e seu sorriso era sereno. Estendeu as mãos como se fosse abraçar todas as meninas que estavam ali. Por um instante, Waverly perguntou-se como a mulher conseguia ficar em pé, no chão, com a gravidade zero, mas então percebeu que ela usava botas magnéticas para prender-se ao solo. Todo o pessoal a bordo daquela nave parecia perturbado pela ausência de gravidade, menos aquela mulher.

— Garotas, meu nome é Anne Mather, e estou aqui para ajudá-las. Vocês passaram por muita coisa, e sinto muito por tudo o que aconteceu.

— Você *sente* muito? — gritou Samantha Stapleton. — Vocês *mataram* pessoas!

— *Matamos*? Ah, meu Deus, meu Deus! — gritou a mulher enquanto caminhava até Samantha. Ergueu o queixo da garota até ver o ódio estampado nos olhos dela. — Não, minha querida. Sinto muito se você entendeu as coisas do jeito errado! Ninguém foi morto em nossa missão de resgate! Algumas pessoas foram nocauteadas e deixadas inconscientes devido a sedativo, mas garanto que acordarão sãs e salvas.

Muitas das meninas endireitaram-se em seus assentos. Os olhos cheios de esperança agora estavam fixos naquela mulher de aparência agradável e ar maternal.

— Minha mãe vai ficar bem? — quis saber Melissa Dickinson, com seus cabelos desgrenhados que mais pareciam os pelos de um ratinho.

— Garanto a você que sim, minha querida.

Melissa abraçou a garota que estava a seu lado, chorando aliviada. Laura Martin ergueu seu braço magérrimo e pigarreou. Waverly pensou em como era absurdo que as garotas já agissem como se estivessem em uma sala de aula normal, como se aquela mulher fosse uma professora normal. Estavam todas muito abaladas e dispostas a se agarrar a qualquer indício que fosse de normalidade.

— Aquela era uma missão de resgate? Resgate de quê? — indagou.

— Vocês não sabiam? — disse a mulher, com um tom de voz amoroso. — Meus docinhos, um dos *airlocks* não estava funcionando, o que causou uma descompressão explosiva. Tentamos consertá-lo pelo lado de fora, mas quando nossa tentativa falhou, sabíamos que tínhamos de tirar as garotas da nave, o mais rápido possível!

Waverly viu que algumas das meninas estavam caindo naquela conversa. Parecia que finalmente ali estava um adulto de confiança, colocando as coisas nos eixos. Mas isso não funcionou com todo mundo. Samantha fitava a mulher, borbulhante de ódio, como se fosse capaz de estrangulá-la até a morte. Sarah Hodges, uma garota baixinha e atlética cujo esporte favorito era atormentar os professores, balançava a cabeça em escancarado desafio.

— Assim que soubermos que a Empyrean está segura para vocês — continuou a mulher —, vamos devolvê-las a seus pais.

— Eu vi a coisa toda — pronunciou-se Waverly, o mais alto que pôde, mas somente as meninas que estavam mais perto conseguiram ouvi-la. — Eles caíram muito rápido... como se estivessem mortos.

A mulher colocou uma das mãos suadas na bochecha de Waverly. Os olhos eram de um forte azul-turquesa, o sorriso era gentil e amável, os cabelos grisalhos pareciam fios de seda, e sua pele era delicada, sem rugas, apesar da idade. Waverly *queria* gostar dela. Desejava acreditar nela. E quase conseguiu, mas havia algo suspeito no jeito determinado como a mulher falava.

— Querida, injetamos neles uma droga potente que agiu com muita rapidez. Vocês devem ter ficado assustadas ao vê-los caírem daquele jeito, mas garanto que ficarão bem assim que conseguirmos consertar a Empyrean.

— Mas *por que* vocês atiraram neles? — Era Sarah quem perguntava agora. Sarah, a garota difícil e teimosa, que sempre desafiava os professores, atrapalhando as aulas. Mas ali naquele cenário aterrorizante, Waverly gostou de seu tom desafiador. — Por que vocês os drogaram?

— Eles entraram em pânico — explicou a mulher. — Tentavam subir a bordo da nave, mas tínhamos de mantê-los fora. Esta nave foi designada para um uso específico: vocês, garotas. Ter muita gente aqui seria sinônimo de morte para todos nós.

— Por que vocês pegaram só as meninas? — quis saber Waverly, que mal conseguia ouvir as próprias palavras. A cada minuto que passava, sentia-se mais fraca.

— Pretendíamos colocar os meninos a bordo de uma segunda nave — disse a mulher, em um tom de lamento. — Porém, depois do motim, não pudemos arriscar mais nossa tripulação. Vocês não acham que parece mais seguro agora, sem corrermos o risco de ser atacados por uma multidão enfurecida?

Apenas as meninas mais novinhas pareciam satisfeitas com tais respostas. As mais velhas estavam chocadas. E ficaram em silêncio. Sarah e Samantha tinham os olhos cheios de ódio fixos no chão. Sarah ficara pálida, apesar de suas incontáveis sardas marrons, e os cabelos avermelhados caíam na frente de seus olhos. A expressão de Samantha era assassina.

Felicity contemplava o nada, inexpressiva, mas não havia conforto algum nisso. Sentada em uma posição ereta, parecia estar sendo avaliada pela pose. Os olhos miravam os próprios dedos graciosos, ainda entrelaçados em seu colo. A garota havia se retirado para um seguro e interno refúgio.

Muitas das meninas, no entanto, pareciam aliviadas. A mulher tinha aparecido e apresentado uma história reconfortante, e elas haviam se apegado na esperança de... de que fosse verdade.

— Meninas, preciso voltar à cabine do piloto — disse a mulher. — Se precisarem de alguma coisa, é só chamarem titia Anne, e virei até aqui imediatamente, certo? Assim que estivermos a bordo da New Horizon, arrumaremos para vocês comida decente e algo reconfortante para beber. Estarão sãs e salvas.

A mulher abriu um sorriso tão cálido às garotas que algumas lhe retribuíram também sorrindo. Então ela caminhou na direção da cabine. A porta deslizante fechou-se assim que ela entrou.

Waverly entendeu que qualquer possibilidade de levante contra a tripulação da nave se fora. A história de Anne Mather havia funcionado perfeitamente. Não haveria revolta. Não *poderia* haver nenhuma revolta. As outras garotas não cooperariam com um motim, pois a maioria desejava acreditar naquela história.

A respiração de Waverly foi ficando mais lenta, e ela apoiou o corpo dolorido em Felicity, cedendo à dor e à exaustão. Fechou os olhos e, apesar do medo, dormiu.

O novo horizonte

— Acorde!

De início, a voz pareceu se formar no ar em torno de Waverly. Quando veio a si, ouviu com grande alívio o longínquo zunido que ouvira a vida toda... o ruído familiar dos motores da Empyrean. Sentiu a mão de alguém tocar sua nuca, e abriu lentamente os olhos. Estava de volta a seu lar, a salvo. Sob a luz difusa, conseguia discernir as formas arredondadas de uma mulher, por volta dos cinquenta anos, cuja pele era cor-de-rosa, com cabelos de um castanho-claro com toques grisalhos, e solenes olhos castanho-claros.

Waverly sufocou um lamento. Não estava a bordo da Empyrean. Ela e todas as outras garotas tinham sido levadas à New Horizon.

— Experimente tomar um gole disso, docinho — disse a mulher.

Waverly abriu a boca, que acolheu uma canja de galinha com salsa que cheirava muito bem.

— Você passou por maus bocados — continuou a mulher.

Waverly ouviu o deslizar de uma colher em contato com uma tigela de cerâmica, que era levada a seus lábios. O caldo estava quente e delicioso. Enquanto o engolia, deu-se conta de que estava faminta.

— Está tão bom assim? — perguntou a mulher com gentileza.

Algo na maneira como a mulher encostava em Waverly, demonstrando preocupação e lhe falando com tanta delicadeza, fez com que ela se sentisse preciosa. A garota assentiu, perturbada com aquela estranha intimidade.

O modo como a nave vibrava, o som dos motores, o cheiro da plantação de milho, a forma oval dos portais, e a vista da nebulosa que reluzia do lado de fora: tudo era idêntico à Empyrean. Parecia o seu lar, mas não era.

— O que aconteceu comigo? — quis saber a garota, com uma voz rouca.

A mulher colocou a colher na mão de Waverly e então desabou em uma cadeira perto da cama. Parecia cansada e movia-se como se seu corpo pesasse uma tonelada. Era a mesma exaustão que Waverly havia notado nos homens e nas mulheres que haviam sequestrado as garotas do auditório. Estariam todos doentes na New Horizon?

— Sou sua enfermeira — disse a mulher. — Meu nome é Magda.

— Onde estão as garotas? — perguntou Waverly entre duas colheradas da sopa que agora tomava sozinha.

— Estão a salvo.

Waverly estava odiando o modo como a mulher não respondia *exatamente* às suas perguntas.

— Estamos a bordo da New Horizon?

— A Empyrean ficou ainda mais comprometida depois da nossa operação de resgate. — O modo controlado como ela falava fez com que Waverly achasse que a mulher recitava um texto decorado. — Tivemos de trazer vocês a bordo da New Horizon.

— Onde nós estamos? — Waverly ergueu o pescoço para olhar para fora do portal. — Onde está a Empyrean?

— Ela não pode ser vista daqui. Tivemos de colocar alguma distância entre nós e a sua nave, querida. Só para ficarmos em segurança.

— *Por quê?*

— A Empyrean não era mais segura.

— Por que vocês trouxeram apenas as meninas?

— Um pouco de cada vez, certo? — disse a mulher, indicando a colher que Waverly segurava, embora parecesse estar falando das informações: não muito de uma só vez.

O caldo parecia um elixir de cura que, mesmo sem querer, Waverly engolia com enorme avidez. Se estivesse mais forte, começaria a fazer greve de fome, exigiria ser levada de volta para sua mãe, mas força era algo que Waverly não tinha agora. Seus dedos tremiam, as pernas doíam, e a garganta estava seca de um jeito sufocante. Não importava quanto caldo tomasse, sua garganta continuava ardendo.

— Fui eletrocutada?... — mencionou Waverly, meio que se questionando, mas na verdade lembrando-se.

— Sim. Seu coração e seu sistema nervoso foram afetados e você sofreu queimaduras. Precisou de cuidados imediatos. Foi por isso, em parte, que nos apressamos em tirar você de lá.

— Vocês atiraram nas pessoas — disse Waverly, com os olhos castanhos fixos no maxilar anguloso da mulher. — Nos meus amigos.

A enfermeira desviou o olhar para os joelhos de Waverly enquanto mexia, inquieta, os dedos magros.

— Houve pânico. Eles tinham de controlar a multidão, mas foram poucas as baixas.

— Por que eu deveria acreditar em você?

Waverly pensou ter visto o medo nos olhos da mulher. A sala parecia silenciosa de um jeito ameaçador, como se as paredes estivessem contaminadas por uma vibração hostil.

— Você não tem outra opção senão confiar em nós — disse a enfermeira, lentamente.

Havia uma mensagem na maneira como os olhos dela se fixaram nos de Waverly, desejando que ela entendesse: *Você não tem opção.*

Waverly sentia-se muito frágil.

— Já tomou caldo suficiente?

Waverly assentiu. Seu estômago tinha encolhido assim que começou a perceber o que estava acontecendo. Talvez nunca mais fosse rever sua mãe, nem Kieran, nem Seth, e nenhuma das outras pessoas com quem tinha crescido. Quase vomitou.

— Sei o que pode animar você. — Com um sorriso sagaz, a enfermeira deixou a sala, mas logo estava de volta, acompanhada de Felicity, que vinha logo atrás dela. — Esta garota deve ser amiga sua. Ela estava perguntando de você. Agora vocês duas podem conversar à vontade.

Felicity parecia mais magra, os cabelos claros estavam puxados para trás, bem presos com um laço. Usava um vestido azul-claro sem estampa que destacava o azul de seus olhos, e tinha sapatilhas formais nos pés. Felicity soltou um suspiro de alívio ao ver Waverly e sentou-se na cama dela.

— Ficamos tão preocupadas com você — disse ela. — Você está bem?

— As garotas estão em segurança? — quis saber Waverly.

Felicity mediu as palavras:

— Eles não nos machucaram.

Waverly olhou por cima do ombro da garota. A enfermeira estava sentada em uma cadeira perto da porta, com as pernas cruzadas, e as pernas da calça que ela vestia eram tão curtas que deixavam expostos os punhos de suas meias. A mulher fingia observar o quadro do estado de saúde de Waverly, mas estava claro que prestava atenção ao que as duas conversavam.

— Há quanto tempo estamos aqui? — perguntou Waverly.

— Eles nos mantêm afastadas dos relógios. Tudo que sei é que dormi duas vezes.

— Onde está a Empyrean?

O lábio inferior de Felicity tremeu.

— Eles dizem que não tiveram nenhuma comunicação com a nave desde que partimos. Que estão procurando pelos destroços.

A cama pareceu inclinar-se e, por um instante, Waverly sentiu como se fosse cair.

Destruído. Seu lar. Tudo que ela conhecera. Sua mãe. E Kieran.

Não. Impossível. Não teria como continuar vivendo. Waverly agarrou as mãos de Felicity e esperou até que os olhos das duas se encontrassem, e então falou aos sussurros:

— Isso é o que *eles* disseram, não é?

Felicity inspirou com dificuldade por entre os lábios vermelhos.

— É sim.

— Não se feche.

— O que você quer dizer com isso? — Felicity perguntou, com um ar distante.

Waverly conhecia a amiga muito bem. Quando o pai de Waverly morrera no acidente com o *airlock*, Felicity tinha se afastado dela, de forma covarde. Sempre que Waverly falava sobre o pai e de como sentia falta dele, percebia que Felicity estava *tentando* ouvi-la, *tentando* dizer a coisa certa, mas sempre conseguia mudar de assunto, e redirecionava a atenção de Waverly para algo mais animador.

"Eu não quero me animar! Eu *quero* sentir a tristeza!", Waverly chegara a gritar uma vez, mas Felicity não pareceu dar ouvidos a ela.

A amizade entre as duas mudara depois da morte do pai de Waverly. Eram grandes amigas só "por título" mesmo, mas nunca mais foram tão próximas quanto antes. Waverly sabia que não era culpa da amiga, sabia que ela só não era muito forte. Mas aquilo doía.

Naquela situação, porém, as garotas não tinham nenhuma outra opção além de ser fortes.

Waverly esticou a mão, buscando a de Felicity, e segurou-a com tamanha firmeza que a garota quase gemeu.

— Preciso que você seja valente junto comigo, Felicity. Você consegue fazer isso?

— É claro que consigo — foi a resposta de Felicity, mas retirou os dedos das mãos de Waverly.

Alguém bateu à porta. A mulher grisalha, Anne Mather, inclinou-se para dentro do quarto com um sorriso no rosto.

— Como vai a nossa paciente?

Waverly não respondeu.

A mulher sentou-se em uma cadeira perto da cabeceira da cama. Movia-se da mesma forma como fazia a enfermeira, e Waverly notou que seu rosto estava úmido de suor.

— Você é uma garota que se recupera rápido — observou Anne Mather.

Waverly olhou para os próprios joelhos. Não gostava de ficar olhando para a mulher porque se sentia atraída, persuadida pela conversa dela.

— Você passou por muita coisa, criança — disse a mulher, em um tom suave.

Waverly ergueu o olhar.

— Não sou uma criança.

— Oh, minha querida, é verdade. Você provavelmente já passou por toda a puberdade, não é?

Aquela era uma pergunta tão estranha que Waverly não conseguiu ter outra reação além de ficar encarando a mulher.

— Ah, eu sinto muito. Nós somos muito abertos e francos aqui a bordo da New Horizon sobre essas coisas. Quarenta e três anos sozinhos no espaço fazem com que as pessoas... sintam-se confortáveis umas com as outras, não?

A enfermeira deu uma risada que mais parecia o relinchar de um cavalo, mas parou depois de um olhar frio de relance vindo de Anne Mather.

— Waverly — disse a mulher —, estamos fazendo tudo que está a nosso alcance para buscar os sobreviventes da Empyrean. Não desistam deles ainda, certo?

— É verdade? Vocês estão tentando ajudá-los?

— Isso mesmo. Estamos fazendo tudo que nos é possível.

Anne Mather colocou, de um jeito amigável, uma das mãos em um dos joelhos de Waverly.

— Querida, vamos contar com você para nos ajudar com as outras garotas. Felicity tem sido maravilhosa...

Os olhos de Felicity voltaram-se irritados para a mulher, o que não foi notado por Anne Mather, embora a garota estivesse parada, em pé, bem ao lado dela.

— Achamos que a confiança das garotas precisa ser restaurada. E precisamos de você para isso, já que é a mais velha.

Algo não estava certo na maneira como Anne Mather observava cada mínima mudança no rosto de Waverly.

— O que quer dizer com isso? — foi a pergunta de Waverly. — Confiança restaurada em relação a quê?

— De que elas estão em boas mãos aqui. De que vamos cuidar bem delas. Muito bem.

Waverly franziu os olhos, tentando discernir o que a mulher realmente queria dizer com aquilo.

— Elas passaram por muita coisa. E a missão de resgate deve tê-las deixado confusas. As meninas confiarão em você quando lhes disser que foi feito o melhor.

Anne Mather inclinou-se para trás, afastando-se um pouco de Waverly, esperando que ela dissesse alguma coisa em resposta.

Mas poderia ficar eternamente esperando se quisesse. Waverly estava com muita raiva para oferecer-se a cooperar. Precisava pensar.

A mulher pronunciou-se novamente, agora com a voz mais firme.

— Sei que você passou por grande provação, mas todas as garotas vivenciaram isso. Este não é o momento para autopiedade.

Waverly sentiu-se assolada por uma onda de fúria. Desejou que fosse mais forte para tomar aquela mulher pelo pescoço, com suas próprias mãos, e apertá-lo até matá-la.

Mas e se o que a mulher dissera fosse verdade, e as garotas tivessem mesmo sido resgatadas e não sequestradas? Será que *poderia* ser verdade?

— Não há nenhuma grande jornada sem atribulações — disse Anne Mather, com seus olhos cinzentos passeando pela sala. — Será tão mais fácil se pudermos trabalhar juntas.

— E se isso não for possível? — perguntou Waverly em um tom sombrio. — O que vai acontecer então?

— Esperamos não ter que descobrir — disse Anne Mather.

Não havia mais doçura em sua voz. A mulher devolveu o olhar fixo de Waverly e ficou esperando até que a garota piscasse antes de pronunciar-se novamente.

— Nós só estamos felizes de ter vocês a bordo, meninas — ela falou, com o tom meloso de volta. — É um prazer tão grande ver rostos jovens novamente, não é, Magda?

— Foi bom termos surgido naquele momento — disse a enfermeira, em um tom alegre.

Magda voltara a ficar parada atrás de Felicity, que tinha se encolhido aos pés da cama de Waverly e agarrava-se à grade com os nós dos dedos já brancos. Magda riu e colocou a mão no ombro de Felicity, que sob aquele toque, pareceu esmorecer, murchar...

— Está na hora de você dormir um pouco, Waverly. — Anne Mather fez um sinal com a cabeça para Magda, que foi até um armário.

De uma gaveta, a enfermeira puxou uma ampola cuja superfície ela perfurou com uma agulha.

— O que é isso? O que vocês estão fazendo? — O pânico se espalhou pela garganta de Waverly como um ácido e ela começou a se levantar, mas a enfermeira empurrou a agulha para dentro de um fio que seguia seu curso e entrava no braço da garota. O tempo todo o fio estivera lá, e ela não havia notado.

Eles a estavam mantendo drogada? Era por esse motivo que se sentia tão fraca?

— Durma agora, criança — murmurou Anne Mather a seu ouvido. — E quando estiver bem o bastante para nos ajudar com as outras meninas, vamos deixar de administrar a você esses remédios e poderá se juntar ao grupo. Está entendendo?

— Então, se eu não ajudar vocês, continuarei sendo mantida assim? — perguntou Waverly, com a voz já abafada.

Não obteve resposta, mas sentiu dedos secos acariciando-lhe a bochecha e em seguida descendo por seu pescoço, até segurá-lo fortemente por um breve e aterrador instante.

Waverly queria levantar os braços e fazer algum sinal a Felicity, implorar para que ela ficasse ali, mas seus braços estavam tão pesados... Viu a sombra de Anne Mather ao lado da enfermeira, e as duas mulheres estavam aos sussurros. O que fariam com ela uma vez que estivesse dormindo e indefesa, sozinha no escuro? Lutava para manter os olhos abertos, mas sentia como se eles estivessem cheios de areia, pesados demais para não se fechar. Sua alma vagava rumo a um canto profundo em seu interior.

Todo o som e toda a luz desapareceram e, por fim, Waverly sentiu-se segura.

Dormitório

Quando Waverly abriu os olhos, viu Magda parada acima dela, com uma seringa na mão.

— Que horas são? — quis saber, falando com uma voz letárgica.

— Certo, então — disse Magda em um tom animado. — Você quer se juntar a suas amigas, ou quer continuar dormindo?

— Eu quero ver as minhas amigas — foi o que disse Waverly, a boca tão seca que seus lábios grudavam um no outro.

Magda colocou a seringa de lado e sentou-se na beirada da cama.

— A pastora Mather ficará feliz em saber disso.

Waverly olhou ansiosa para o jarro de água sobre a mesa ao lado da cama. Magda pareceu entender o que ela queria e ergueu-o, fazendo uma expressão involuntária de surpresa com o peso, e despejou a água em um copo para a garota. Depois de sentar-se na cama e tomar todo o copo, ela mesma se serviu novamente, e depois de mais outro copo, e finalmente se reclinou, apoiando-se nos travesseiros. Beber aquele líquido deixou-a incrivelmente renovada. Até mesmo se sentiu forte o bastante para exigir algo.

— Quero ver as outras garotas agora mesmo.

— A pastora Mather vai querer conversar com você primeiro. — Magda pressionou um botão na mesa ao lado da cama de Waverly. — Enquanto isso, venha, você tem que tomar banho e se vestir.

A mulher preparou um banho para Waverly, deu-lhe uma esponja felpuda e macia e um pouco de sabonete que cheirava a jasmim, depois saiu do aposento. A sensação da água tépida nas juntas enrijecidas de Waverly era tranquilizante. Todo seu lado direito estava muito ferido por causa do choque elétrico que sofrera, mas sentia que começava a melhorar, que se curava lentamente. Tinha de manter seca sua mão queimada, então demorou um pouco para se lavar. Inebriou-se na fragrância do sabonete, fazendo de conta que estava em casa, que sua mãe poderia bater à porta a qualquer segundo, para importuná-la, dizendo *Waverly! Anda logo!*

Ela queria ficar ali, escondida dentro do banheiro para sempre, mas podia sentir que alguém a esperava do outro lado da porta. Então saiu do banho e secou-se com uma toalha de algodão, depois colocou o vestido cor-de-rosa que estava pendurado em um gancho no canto do banheiro. Era um vestido de garotinha, bem diferente das calças feitas de tecido de cânhamo que estava acostumada a usar. Era confortável e até mesmo bonito, mas parecia uma fantasia. Penteou os cabelos molhados, pesados, afastando-os da testa, inspirou um pouco, uma, duas vezes, profundamente, e por fim abriu a porta.

Anne Mather esperava por ela, sentada na cadeira ao lado da cama de hospital, escrevendo coisas em um bloco de papel. A mulher abriu um sorriso quando Waverly apareceu.

— Você está com uma aparência muito melhor. Como está se sentindo?

Waverly flexionou o pulso. As bordas de sua queimadura repuxavam-se e ardiam um pouco, mas a dor era tolerável.

— Estou bem.

— Fico feliz em ouvir isso. Eu queria ter uma conversa com você antes de reuni-la com o restante das garotas.

A pastora deu uns tapinhas de leve na cama, indicando que Waverly se sentasse ali, bem perto de sua cadeira, mas ela sentou-se mais longe, aos pés da cama.

— Chegue mais perto, querida, eu não vou morder você.

Waverly não saiu de onde estava, e olhou com firmeza para a mulher que a encarava por cima dos óculos.

O cenho da pastora Mather enrijeceu-se, mas sua voz permanecia suave e ritmada.

— Querida, receio que tenhamos notícias terríveis. Nossos sensores não conseguiram encontrar nenhum sobrevivente da Empyrean.

Waverly afundou-se num estado profundamente sombrio. Sobre seus olhos parecia ter se formado uma película cinza.

Mas não. Aquela mulher era uma mentirosa, e Waverly não aceitaria nada que ela dissesse. Kieran e sua mãe estavam vivos.

A pastora Mather estudou o rosto inexpressivo de Waverly. Mas algo devia estar se conectando atrás do olhar contemplativo da menina, e a mulher disse:

— Você deve estar sentindo um terrível choque.

— Devo estar — falou Waverly com a voz embargada.

— Querida, eu sei que este é um momento terrível para você, mas precisamos que nos ajude com as meninas mais novas. Elas precisam de uma figura mais forte, familiar, alguém em quem possam confiar. Felicity vem nos ajudando o máximo que pode, mas, bem... — Anne Mather abriu seu sorriso cálido. — Temo que ela não tenha a mesma força de caráter que você...

Waverly forçou-se a sorrir humildemente com o elogio da pastora.

— Bem, eu sou a mais velha — disse.

— Isso é verdade. E com isso vêm as responsabilidades, certo?

— Tentarei — disse Waverly.

Anne Mather estudou-a até se sentir satisfeita.

— Então deixarei você anunciar que estamos fazendo uma varredura na área, procurando pelos pais de vocês. Elas gostarão de saber que não desistimos. — A mulher levantou-se e segurou a mão de Waverly. — Creio que neste momento elas estejam tomando o café da manhã. Você poderá fazer seu comunicado lá no refeitório.

Anne Mather conduziu Waverly por um corredor até o interior de um grande salão-refeitório cheio de mesas longas. A pastora parecia exausta e sem fôlego apenas por ter atravessado aquele corredor. *Deve ter havido alguma espécie de doença aqui*, pensou Waverly.

As 130 garotas da Empyrean estavam sentadas às mesas, comendo. Todas trajavam variações do mesmo vestido cor-de-rosa frufru que Waverly usava, e os cabelos estavam puxados para trás e presos em rabos-de-cavalo. Não se ouviam conversas entre as meninas. Apenas o barulho de talheres batendo em bandejas de metal quebravam o silêncio instalado no ambiente.

A pequena Briany Beckett ergueu o olhar de seu prato cheio, viu Waverly e soltou um gritinho esganiçado. Seguiu-se uma gritaria generalizada, enquanto todas corriam até Waverly, que, de súbito, foi esmagada pelas garotas, todas indo em sua direção, tocando-a, agarrando-a, dando-lhe tapinhas nas costas, gritando-lhe perguntas. Ela, por fim, ergueu as mãos e disse:

— Estou bem! Estou bem!

Anne Mather havia se afastado e sentado em um banco, mas permanecia em uma posição relativamente próxima, de onde podia observar o rosto de Waverly. Quando seus olhares se cruzaram, a mulher ergueu as sobrancelhas, com ar de expectativa.

Waverly forçou a voz para dizer com calma:

— Pessoal, tenho um anúncio a fazer!

Esperou até que as meninas se aquietassem, observando os olhos delas, atentos e cheios de esperança.

Todas pareciam iguais, com fitas e vestidos semelhantes, enquanto encaravam Waverly, esperando que se pronunciasse. Serafina Mbewe, que era surda, aproximou-se dela com seu jeitinho silencioso e envolveu o indicador dela com seu punho gorducho, erguendo o olhar para o rosto de Waverly, de modo que pudesse ler seus lábios.

— A pastora Mather transmitiu-me algumas informações...

— A titia Anne? — perguntou Ramona Masters, acenando com sua pequena mão acima de sua cabeça. Olhou à sua volta, no refeitório, viu onde a pastora estava sentada e foi sentar-se no colo da mulher.

Outras meninas pequenas seguiram-na, encostando-se em Anne Mather, ou apenas sentando ao lado dela no banco. Cercada de crianças, a pastora parecia uma bondosa e velha vovozinha, e aparentava estar bem ciente do efeito que causava. Ria e seus olhos cintilavam.

Aquela mulher era mestra na arte da manipulação. Nos poucos dias em que Waverly estivera inconsciente, Anne Mather conseguira fazer com que a maioria das garotas a vissem como uma amiga. Waverly sentiu arrepios só de pensar nisso.

— A tripulação desta nave está tentando com muito esforço encontrar os nossos pais. — Ela quase se engasgou na mágoa que se erguia em sua garganta. — Eles não desistiram, nem vocês devem desistir.

Waverly ouviu alguém soltar um som de escárnio, e viu Samantha Stapleton encarando-a com desdém declarado. Sarah Hodges estava ao lado dela, balançando a cabeça, em sinal de negativa. Waverly conversaria com as duas depois.

— Quando veremos nossas mamães? — quis saber Winnie Rafiki, que era uma das crianças mais novinhas. Seus negros cachos pairavam sobre sua cabeça como uma nuvem de chocolate. — Sinto falta da minha mamãe.

— Eu também sinto — disse Waverly.

Uma imagem do sorriso de sua própria mãe passou por sua mente e, de repente, ela desejou gritar.

Finja! Finja! Finja!, disse Waverly para si. *Seja forte!*

A sala estava tão quieta que todas as garotas conseguiam ouvir seus próprios suspiros.

— Não sei quando veremos nossos familiares novamente. Nós só temos que ter esperança.

— E rezar — disse Anne Mather, que uniu as mãos em concha, como se estivesse segurando algo invisível e precioso no ar. Sua voz elevou-se em um tom melodioso. — Caro Senhor, por favor, proteja a tripulação da

Empyrean. Envolva-os com seu amor e mantenha-os a salvo. E se for a sua vontade, Senhor, por favor, mostre-nos o caminho até eles. Ajude-nos a encontrar nossos irmãos perdidos, e a trazê-los à nossa congregação. Até lá, ajude essas queridas crianças a saberem que são preciosas. Cada uma dessas meninas será cuidada como se fosse nossa própria filha. Haveremos de amá-las e mantê-las a salvo, até o dia em que possam se reunir com suas famílias, seja nesta vida... ou na próxima. Amém.

Nesta vida... ou na próxima. Waverly ouviu aquelas palavras e sentiu vontade de retrucá-las, mas engoliu seu pesar e abriu um sorriso para Anne Mather. Samantha e Sarah encararam-na com ódio, e ela deixou seu olhar fixo nas duas por um tempo, até que a expressão nos olhos de Samantha suavizou-se um pouco. E então Waverly perguntou:

— Agora, onde pego o meu café da manhã? Estou faminta!

Serafina conduziu-a pela mão até a área da cozinha, onde as bandejas de pão, frutas e frango estavam dispostas. Waverly preparou para si um prato e voltou para o refeitório. Encontrou Anne Mather conversando com Samantha e Sarah, que estavam em silêncio, os olhares fixos em suas próprias mãos. Waverly sentou-se de modo que pudesse ver Samantha, e esperou até que a outra olhasse para ela. Waverly não fez nenhum gesto, apenas ficou encarando-a, com um ar bem sério, mostrando que não havia cedido. Quando Samantha voltou-se para o rosto da pastora Mather, viu que os olhos da mulher a fuzilavam.

Waverly sentiu-se menos sozinha sabendo que não era a única a não confiar em Anne Mather. Se a mulher estava mentindo, fazia-o bem. Sua história era quase plausível, porém Waverly não conseguia se esquecer de que aqueles que as haviam "resgatado" também tinham disparado contra outras pessoas.

Felicity também tinha presenciado os tiros e poderia ajudá-la a conversar com as outras garotas, ajudá-la a fazer com que entendessem a fraude que era Anne Mather.

Waverly teria de descobrir um jeito de conversar com Felicity a sós.

Aliados

A oração de Anne Mather ecoava nos ouvidos de Waverly enquanto ela tentava adormecer no quarto coletivo da New Horizon pela primeira vez. Algo que a mulher tinha dito a havia feito arrepiar-se. *Cada uma dessas meninas será cuidada como se fosse nossa própria filha.* Havia algo de sinistro nessas palavras, girando como uma engrenagem, aproximando-se lentamente, avançando, e chegando perto de uma assustadora verdade que estivera em seu inconsciente a noite inteira, e que permeava seus sonhos.

Como se fosse nossa própria filha.

Waverly sentou-se na cama com um sobressalto. Sabia qual seria o próximo passo de Anne Mather.

Tinha de falar com Felicity imediatamente.

Olhou na direção da entrada, onde podia ver uma mulher pequena e rechonchuda sentada em uma cadeira. Anne Mather a havia chamado de "inspetora", mas Waverly sabia que ela era, na verdade, uma vigia. Embora não conseguisse ver o rosto da mulher, sabia que ela poderia estar dormindo. O mais silenciosamente possível, deslizou para fora das cobertas e avançou lentamente em direção à parede do outro lado, onde havia visto Felicity.

Rastejando, com o farfalhar de sua camisola parecendo excessivamente alto, conseguiu chegar perto de Felicity e chacoalhar os ombros da garota. Quando os olhos de Felicity se abriram rapidamente, Waverly colocou uma das mãos sobre a boca da menina:

— Shhh!

— O que você está fazendo? — sussurrou Felicity.

— Acho que eles vão nos separar. Vão nos colocar para morar com as famílias daqui.

— O quê?

— Eles vão nos separar, para que não possamos conversar entre a gente.

O maxilar de Felicity ficou travado quando finalmente ela entendeu o que Waverly estava lhe dizendo.

— Como pode ter tanta certeza disso?

Waverly tentou pensar numa explicação, mas tudo que conseguiu dizer foi:

— Porque é isso que *eu* faria se quisesse controlar um aglomerado de crianças.

Felicity assentiu, pensando no assunto, mas quando olhou para Waverly, seus olhos tinham uma expressão dura.

— Bom, e daí?

Waverly balançou a cabeça.

— Como assim?

— O que a gente pode fazer?

Waverly sentou-se nos calcanhares.

— Waverly, eles detêm todo o poder — disse Felicity. — Eu não me importo se você acha que sou covarde. Pretendo sobreviver. Não vou dar início a nada com você, está me entendendo?

— Mas o que eles fizeram...

— O que eles fizeram? Nos tiraram de uma nave que estava prestes a explodir.

— Eu não acredito nisso.

Waverly olhou de relance para a vigia, mas a mulher não havia se movido.

— Você viu o que aconteceu no hangar.

— Vi pânico. Isso é tudo que sei.

— Como você pode...?

— Pare! Pare com isso!

Felicity cerrou os punhos e colocou-os contra os olhos.

— Felicity — A voz de Waverly saiu cansada, e ela empurrou os dedos contra os lábios para se impedir de chorar. Quando se sentiu calma, sussurrou: — Preciso de você. Não consigo fazer isso sozinha.

— Fazer isso o quê? Não há nada a ser feito.

— Não podemos ficar aqui — disse Waverly, com os olhos marejados.

Felicity envolveu Waverly com os braços e puxou-a em um abraço. Waverly descansou a cabeça no ombro da amiga, sentindo o aroma doce e suave dela.

— Tem que haver uma maneira — disse.

Felicity recuou, e falou entre os dentes:

— Não vou deixar que você acabe fazendo com que eu seja morta.

— Se você acredita na história deles sobre o que aconteceu, por que está com medo de ser morta?

Os lábios de Felicity se crisparam.

— Se você *não* acredita na história deles, por que *você não está* com medo?

Eu estou com medo!, pensou Waverly.

Uma cama rangeu, e ela viu Samantha Stapleton apoiando-se no cotovelo para ouvir a conversa das duas. Os olhares de Waverly e de Samantha se encontraram, e a garota acenou-lhe com a cabeça.

A mulher que estava perto da porta soltou um pigarro. Não se movera, mas parecia acordada. Waverly apontou um dedo para Felicity.

— Certo. Desista. Mas fique fora do meu caminho!

Waverly não esperou por uma resposta, e o mais depressa que pôde foi rastejando até a cama de Samantha.

— Você também não acredita na história deles? — sussurrou.

— Não. Quando você acha que eles vão nos separar? — quis saber Samantha, com expressão sombria.

— Logo. Precisamos dar um jeito de nos comunicar depois que formos separadas...

As luzes piscaram e acenderam-se. Waverly se esticou no chão. Quando ergueu o olhar, Samantha parecia ter enlouquecido. Estava esfregando os olhos, e a boca estava aberta, em aparente agonia.

— O que você...? — quis perguntar Waverly, mas foi interrompida por uma voz enérgica.

— O que você acha que está fazendo?

A inspetora erguia-se acima de Waverly, com os curtos braços dobrados sobre o peito inchado, e os vívidos olhos fixos nela.

— A culpa do choro é minha! Waverly estava tentando me confortar! — gritou Samantha. De alguma forma, ela conseguiu produzir lágrimas de verdade. — Ela me ouviu chorando e veio até aqui ver se estava tudo bem comigo.

A mulher sentou-se na cama e abraçou Samantha, que se dissolveu nas mais convincentes lágrimas de crocodilo que Waverly já tinha visto.

— Que amor! — disse a mulher em um tom suave e reconfortante, embalando Samantha. — Que coração bondoso!

A mulher assentiu para Waverly, como se dissesse que confiava nela. Waverly então voltou para sua cama e ficou olhando enquanto Samantha soluçava nos ombros da velha mulher, uma visão que quase fez um sorriso nascer em seu rosto. Então ela enterrou o rosto no travesseiro. Quando as lágrimas de Samantha pararam de cair e a mulher desligou as luzes, o medo de Waverly já dera lugar a outra coisa. Algo objetivo e ardiloso.

A hora de acordar, levantar-se e vestir-se chegou logo. Todas as garotas estavam sentadas às mesas do café da manhã, comendo quietas, quando Anne Mather entrou no refeitório com uma expressão de lamento no rosto. Ao seu lado vinha o primeiro homem que Waverly via desde que fora colocada na New Horizon. Era o homem da cicatriz que tinha levado as garotas até o hangar das naves auxiliares. Ele abriu um sorriso bajulador para ela. Waverly encolheu-se.

Anne Mather ergueu uma das mãos.

— Garotas, tenho algumas notícias sobre a Empyrean.

As meninas foram parando de falar até que a sala ficou em silêncio, na expectativa. Waverly achou que todas estavam prendendo a respiração, pois o único som audível vinha do homem com a cicatriz, que roçava os dedos sobre a calça, na altura de sua coxa.

— Localizamos alguns destroços, queridas — disse Anne Mather. — Receio que não signifique boa coisa.

Diversas meninas derreteram-se em lamentos.

— O que você quer dizer com destroços? — quis saber Sarah, com uma expressão neutra no rosto.

— Acho que o melhor é mostrarmos para vocês. Venham comigo, por favor — disse Anne Mather.

A mulher ergueu as mãos até que algumas das meninas mais novas fossem até ela, e guiou-as para fora da sala, como uma pastora com suas ovelhinhas.

Serafina Mbewe começou a chorar e Waverly pegou-a no colo. Outras garotas saíram correndo para alcançar Anne Mather, puxando a túnica dela, fazendo perguntas desesperadas. A procissão parecia um sonho. As garotas seguiam Anne Mather e seu acompanhante pelo corredor, que era muito parecido com os da Empyrean. Era a primeira vez que Waverly saía da área do dormitório e do refeitório, e doía caminhar por um lugar tão semelhante à nave em que crescera. Eles viraram à esquerda, em direção ao bombordo da nave. Uma porta deslizante se abriu diante deles, e mais uma vez encontravam-se em um hangar de naves auxiliares.

Waverly ficou ofegante. O lugar era idêntico àquele da Empyrean, até mesmo o local onde ficavam os trajes espaciais e as naves auxiliares. As lembranças dos tiros inundavam-na enquanto caminhava em direção à porta do *airlock*. Olhou para a nave auxiliar mais próxima, onde havia entrado, ainda na Empyrean. Tinha sido a última vez em que vira Kieran, ele e Seth implorando para ela que não entrasse a bordo. Se ao menos tivesse corrido como eles a mandaram fazer...

De repente, sentiu tanta falta de Kieran que mal conseguia respirar.

Anne Mather fez um gesto para que as garotas ficassem em volta do que, a princípio, parecia uma pedra, mas que Waverly percebeu que era um grande pedaço de metal derretido.

— Antes que eu explique o que é isso, meninas, gostaria de dizer que ainda estamos procurando por seus familiares.

As garotas formaram um círculo em torno do objeto sólido e disforme que estava no chão, todas com os olhos fixos nele. O homem da cicatriz puxou uma banqueta para o meio, e Anne Mather sentou-se nela, com as mãos nos joelhos e uma expressão de tristeza no rosto.

— Este é o primeiro pedaço dos destroços que localizamos. Realizamos alguns testes e ficou bem claro que faz parte do casco da Empyrean. Sinto muito, mas isso confirma que a nave de vocês foi destruída.

Alguém soltou um grito. Waverly achou que era Felicity, mas não quis olhar para ter certeza. Sentia-se tão enojada que tinha de se concentrar para ficar em pé e respirar. Aquele metal à sua frente revelava que talvez seu lar, na verdade, já não existisse mais.

Anne Mather bateu palmas para chamar a atenção de todo mundo.

— Ainda temos esperança de que existam sobreviventes a bordo de naves auxiliares, e ainda estamos procurando por eles, mas creio que devemos nos preparar para o pior. A forma como o metal ficou degradado sugere que houve uma explosão termonuclear. Eles podem não ter recebido avisos suficientes para uma evacuação completa da nave.

O choro das meninas ecoava pelas paredes. A mãe de Waverly, Kieran, Seth, todo mundo que conhecia... evaporados, reduzidos a nada. Teriam sofrido? Ela não conseguiu mais se conter. Dias de medo e tristeza transbordaram. Cobriu o rosto com as mãos e chorou.

— Garotas, vocês precisam ter *fé* — disse Anne Mather. — Pode ser difícil realizar uma busca nessa nebulosa. Nosso radar tem um alcance limitado, mas ainda estamos procurando por naves auxiliares. Pode ser que elas ainda estejam no espaço. Para falar a verdade, eu *creio* que estão.

As garotas aquietaram-se. Voltaram olhares esperançosos para Anne Mather. Até mesmo Waverly sentia que estava se apegando àquela história, desejando que Anne Mather e sua tripulação fossem bem-sucedidos na busca.

Waverly percebeu um olhar austero vindo de Samantha. *Não acredite nisso,* ela parecia dizer. Waverly assentiu, limpou as lágrimas, e desejou agarrar-se à esperança. Não àquela esperança oferecida por Anne Mather. Mas à sua própria.

Sentiu um puxão em seu vestido. Serafina estava mordendo o lábio com tanta força que o sangue escorria em uma fina linha vermelha entre seus lábios. Waverly ergueu-a e mexeu os lábios, articulando bem as palavras, sem emitir som: "Vai ficar tudo bem".

Serafina ergueu o olhar em dúvida, mas seus dentes soltaram o lábio que sangrava.

Anne Mather levantou mais uma vez uma das mãos.

— Até que encontremos sobreviventes, quero saber se vocês estão confortáveis. Como estão acomodadas nas camas dobráveis do dormitório?

Algumas das garotas balançaram a cabeça, dando a entender que não estavam confortáveis.

Amanda Tobbins ergueu uma das mãos e disse:

— Meu cobertor me dá coceira.

— Vocês não gostariam de ter suas próprias camas? Seus próprios quartos? Com cobertas melhores?

Waverly ergueu a mão e falou em voz alta:

— Eu gosto de ficar com as minhas amigas. Não quero me separar delas.

Como Waverly esperava, um choro foi se erguendo entre as meninas, e ela podia ver várias amigas agarrando-se umas às outras, aterrorizadas só de pensar na possibilidade de serem separadas. Anne Mather estudou Waverly, fria e calculadamente.

— Tudo bem — disse a mulher em um tom indulgente. — Vocês podem ficar no dormitório até que uma situação mais permanente possa ser arranjada. Enquanto isso, gostariam de ver as outras partes da nave? Acho que já passou da hora de fazermos um passeio para vocês conhecerem a New Horizon, não concordam?

Waverly ficou olhando para ela enquanto Anne Mather fazia o maior esforço para ficar em pé com a ajuda do homem marcado pela cicatriz. O próprio homem movia-se como uma lesma, do mesmo modo que a enfermeira, Anne Mather, e também a inspetora. Todos os adultos a bordo daquela nave pareciam fracos e esgotados.

Em algum canto da mente de Waverly, uma ideia começou a tomar forma. Deveria haver algum motivo por trás da fraqueza deles, algo que ela poderia usar a seu favor. Ela *sabia* disso. Só tinha de pensar a respeito.

— Querida — Waverly sentiu a mão de alguém fechar-se em volta de seu cotovelo e virou-se, deparando-se com Anne Mather, que sorria para ela —, gostaria de saber se poderia trocar umas palavrinhas com você.

— Sobre o quê?

Sua pele havia ficado arrepiada onde a mulher tocara, mas acabou deixando que a mulher a conduzisse pelo corredor, agarrada ao braço.

— Preciso de seus conselhos. — Waverly manteve o silêncio até que a mulher prosseguiu: — Por que não pulamos a parte do passeio pela nave e você vem tomar chá comigo? — Anne Mather sorria para Waverly, que se encontrava retribuindo o sorriso, de um jeito quase natural. — Creio que você e eu deveríamos nos conhecer melhor. Você é uma garota esperta, e estou certa de que tem muitas perguntas a fazer.

— Parece uma boa ideia — disse Waverly, na esperança de que sua voz não traísse as batidas aceleradas de seu coração.

O passado

Anne Mather conduziu Waverly ao lugar que correspondia ao gabinete do capitão na Empyrean, mas naquela nave a sala tinha um quê de feminino. Tapeçarias bordadas com cenas do Livro Sagrado pendiam nas paredes, douradas e reluzentes, e uma pomba entalhada em madeira pairava sobre a mesa. Claramente, aquele era o gabinete de Anne Mather, e ela era a capitã da nave, embora Waverly tivesse notado que ninguém se referia a ela dessa forma. Todos a chamavam de pastora.

Havia um bule de cerâmica sobre a escrivaninha, e Anne Mather serviu uma xícara do chá a Waverly e, depois, uma para si mesma. A mulher olhou em direção ao portal, exibindo seu delicado perfil a Waverly, como se estivesse consciente da cena que criava.

— Quando entramos na nebulosa pela primeira vez, achei-a bela. E você, não achou?

Waverly olhou de relance pela janela para o gás avermelhado que ia ficando para trás rapidamente. Devido à densidade dos gases, visibilidade era algo praticamente inexistente.

— Sinto falta das estrelas — disse Waverly, soltando um suspiro.

— Sim, é exatamente assim que me sinto.

Waverly sorveu um gole de chá, recusando-se a aceitar que tinha até mesmo aquela pequena coisa em comum com Anne Mather.

— Camomila. É bom para os nervos — disse a pastora.

Anne Mather ficou fitando Waverly por cima da xícara. Quando a garota voltou seu olhar para ela, a mulher bebeu um gole do chá e colocou a xícara de volta sobre a escrivaninha, como se tivesse notado algo novo em Waverly.

— Eu já havia me esquecido como seu rosto é bonito. Verdade seja dita, é um deleite olhar para você.

— Por que não há crianças na nave? — quis saber Waverly.

Não era a pergunta que mais a consumia, que mais a queimava por dentro, mas tinha uma sensação de que era a chave para entender tudo que havia acontecido.

Anne Mather olhou-a com um ar de determinação.

— Você conhecia bem o capitão Jones?

— Eu o via todos os dias.

— Você o achava... honrado?

Waverly abaixou o olhar.

— Ele era um bom líder.

— Com certeza ele era carismático e inteligente, mas parecia ser um bom homem?

— Sim — mentiu Waverly, ignorando a lembrança dos olhos do capitão perscrutando seu corpo de cima a baixo cada vez que passava por ele no corredor. Quando o corpo de Waverly começara a assumir as formas de uma mulher adulta, ela passou a sentir repulsa por muitos homens na Empyrean.

— Eu fiz treinamento com ele antes de deixarmos a Terra Velha — disse a pastora. — Você sabia disso?

Waverly não sabia, mas seu olhar não entregou nada a respeito disso.

— Estávamos em uma das biosferas orbitais enquanto os climatologistas projetavam os ecossistemas das naves. Passamos anos juntos, como uma pequena tripulação.

Waverly pegou sua xícara de chá e tomou um gole. O líquido tinha sido adoçado com mel, e ela lambeu o gosto doce em seus lábios.

— Vou poupar você dos detalhes, Waverly, mas o capitão e eu não nos dávamos bem.

— Por que não? — quis saber Waverly, observando as folhas de chá no fundo de sua xícara.

— Tínhamos ideias diferentes em relação à moralidade. Decência. — A última palavra proferida pela mulher saiu por entre seus dentes como se fosse um caco de vidro. — Ele acreditava que as pessoas poderiam e deveriam fazer o que desejassem com quem lhes aprouvesse. Eu não.

— Você está falando em relação ao sexo?

Anne Mather abriu um sorriso amargo.

— Não exatamente.

Waverly tomou mais um gole de chá. Sentia-se inquieta.

— Você não acredita em mim, não é?

A pergunta pegou Waverly desprevenida, mas ela conseguiu esconder a surpresa.

— Em relação a quê?

— Sobre o motivo pelo qual fomos atrás de vocês, menina.

Waverly deu de ombros.

— Eu não a culpo. — A mulher levantou-se e olhou para fora, pelo portal, com os dedos nodosos atrás das costas. — Não contei a você a história inteira. Há um motivo pelo qual resgatamos as garotas primeiro. — Anne Mather deu a volta na escrivaninha e colocou as pontas dos dedos sobre as mãos de Waverly, que tremiam. — Vocês não estavam a salvo na Empyrean. Sabíamos que as mais velhas entre vocês estavam prestes a virar mulheres, e não queríamos que vocês vivenciassem o que foi feito a *nós*.

— A quem se refere como *nós*?

— Eu mesma. Magda. Ruth e a inspetora que ficou de vigia com vocês ontem à noite. Há outras. As mulheres que são velhas o bastante para se lembrar de quem o capitão Jones realmente é.

Waverly fixou o olhar no lado de fora do portal, para o nada. Não queria ouvir nada daquilo.

Anne Mather sentou-se desajeitadamente sobre a escrivaninha e inclinou-se para Waverly.

— Não sei se consigo descrever como era na biosfera com o capitão Jones e os amigos dele. — Ela cravou os olhos nos de Waverly. — Diga-me... alguma vez os homens na Empyrean fizeram você se sentir... assustada?

— Não — foi a resposta de Waverly, negando a lembrança de Mason Ardvale nos jardins e da maneira insinuante como falara com ela. — Todo mundo era... é... realmente legal lá.

— É mesmo? Porque as mulheres na biosfera tiveram uma experiência muito diferente...

Waverly não disse nada.

— Tudo começou com elogios. O capitão Jones... bem, ele não passava de um tenente na época. Foi ele que começou. Na hora das refeições, fazia comentários sobre a beleza dos meus olhos. Coisas do gênero. — Anne Mather deu risada ao notar a expressão no rosto de Waverly. — Você não teria como saber ao olhar para mim agora, Waverly, mas eu já fui bonita. Eu me sentia lisonjeada com as bajulações dele. Não tardou para que os outros seguissem seu exemplo, e todas as mulheres na biosfera estavam recebendo elogios aos montes. A princípio, nós gostávamos daquilo.

Ela apoiou-se no tampo de madeira, que rangeu, e saiu de cima da escrivaninha. Foi caminhando de volta até sua cadeira e desabou, soltando um suspiro.

— Depois de um tempo, pareceu que os elogios começaram a mudar. Como posso descrever a mudança? Algumas vezes eu tentava passar a Jones um relatório sobre o progresso de algumas mudas, por exemplo, e ele interrompia o que eu estava falando para fazer um comentário sobre como minha blusa era bonita. Só que ele não estava falando da minha blusa. — Ela deu um puxão em sua túnica e alisou-a sobre seu peito com mãos trêmulas. — Não tardou até parecer que eu não conseguiria realizar nenhum trabalho sem que alguém me interrompesse para me dizer quanto eu era bonita. E então... — Sua voz foi sumindo e ela olhou pela janela do portal. — O tom que eles usavam mudou.

Uma parte de Waverly não conseguia evitar, não tinha como não dar ouvidos ao que Anne Mather falava. Ela mesma tinha recebido todos os tipos de elogios de alguns dos homens a bordo da Empyrean. O capitão Jones sempre fazia algum comentário sobre como sua cintura era fina e, assim como aquela mulher, ela também não sentia que ele estava realmente se referindo a sua cintura. E os homens no Conselho Central pareciam voltar para ela olhares avaliadores. Era como se todos os homens na Empyrean tivessem aprendido com o capitão Jones como se comportar com as garotas. Ou talvez o capitão Jones tivesse escolhido uma tripulação que pensava da mesma forma que ele.

— Eu me lembro de uma noite — prosseguiu Anne Mather com sua história —, em que os homens pararam de nos dar ouvidos. Estávamos no refeitório, comendo nossas rações, e Ruth fez algum comentário ao tenente Jones sobre como deveríamos verificar algo na instalação de tratamento de água. Nenhum dos homens respondeu. Eles simplesmente continuaram a conversar uns com os outros, como se não tivessem ouvido o que ela tinha dito. Ruth repetiu o que dissera, e até mesmo eu tentei chamar a atenção deles, mas eles riram, como se nem estivéssemos no mesmo ambiente. Foi então que comecei a sentir medo.

A mulher serviu-se de mais uma xícara de chá, e Waverly notou que o líquido caía refletindo os movimentos tremidos daquelas mãos. Anne Mather tomou alguns goles pequenos e colocou a xícara de lado novamente antes de continuar:

— Aconteceu com Ruth primeiro.

— O *que* aconteceu?

— Eles chamaram de “festa”. Nem consigo descrever como aquilo a modificou. Ruth deixou de ser uma jovem mulher vibrante e tornou-se...

— O *que* aconteceu? — Waverly elevou a voz. — Do que está falando?

Um dos guardas olhou para dentro da sala, mas Anne Mather dispensou-o com um aceno de mão.

— Acho que você sabe do que estou falando, Waverly. Posso ver isso na expressão em seu rosto...

— Não faço a mínima ideia...

— Sim, você sabe do que estou falando. Conhece os homens a quem me refiro. Quem eles são e como eles são. Você *sabe*! — Ela deu um soco forte na escrivaninha. — Eles foram atrás de todas as mulheres da tripulação.

— Não acredito na senhora!

— Não foi nada *exatamente* violento, e essa é a parte difícil. Foi algo persuasivo, provocador, incessante. Conversas sobre como estávamos construindo uma nova sociedade, que as velhas regras não mais se aplicavam, como tínhamos que maximizar nosso potencial, que tínhamos de nos certificar de que haveria muitos bebês. Eles tiveram a audácia de alegar que tudo era em nome da *fertilidade*. Demonstramos piedade, nos mostramos menos severas, tivemos compaixão. Cada uma de nós desistiu de lutar. Paramos de resistir.

A mulher fez uma pausa longa. Depois continuou:

— Suponho que foi por causa do medo, pois desejávamos desesperadamente ser escolhidas como parte da tripulação em uma das naves. — Ela soltou uma risada amarga. — As pessoas têm uma imagem romântica a respeito da Terra Velha, mas, acredite no que estou dizendo, era um lugar horrível na época em que saímos de lá. Quase o planeta inteiro tinha virado um deserto. Era um lugar horrível de se viver, especialmente para as mulheres. Precisávamos demonstrar que éramos capazes de jogar o jogo deles. Entrar na onda. Então, fizemos o que tínhamos de fazer. Nós... — Anne Mather suspirou e prosseguiu com a voz distante — permitimos que eles fizessem...

De súbito, Waverly estava ciente dos motores vibrando no chão sob seus pés. Começou a sentir-se confusa, a cabeça doendo.

— E isso nem é o pior de tudo. — A mulher abriu um sorriso lúgubre. — Quando ambas as naves enfrentaram problemas de fertilidade, talvez você se lembre de que a equipe de pesquisas na Empyrean teve um progresso revolucionário.

Waverly envolveu o corpo com os próprios braços.

— Eles nos transmitiram uma fórmula. Era uma droga que tinha como propósito estimular os ovários. Bem... — De repente, Anne Mather enfiou o rosto entre as mãos. Quando ergueu a cabeça novamente, seus olhos estavam vermelhos, marcados pelo choro. — A fórmula que propagaram *matou* nossos ovários. Eles nos sabotaram.

— Isso não é possível. A tripulação da Empyrean não faria uma coisa dessa. Meus pais...

— Talvez não os seus pais, mas e o círculo próximo do capitão? Você tem certeza de que eles não fariam algo assim?

Waverly balançou a cabeça em negativa. Imagens passavam por sua mente, do capitão e de Mason Ardvale rindo juntos. Eles sempre lhe pareceram repugnantes, mas seriam mesmo capazes de fazer uma coisa daquela?

— Vou mostrar os registros a você, se quiser, Waverly.

— Mas isso é loucura. Por que eles iam querer que vocês ficassem estéreis?

— Poder. Eles nunca gostaram da maneira como fazíamos as coisas na New Horizon. Éramos mais religiosos e tínhamos menos... creio que eles chamavam de "pensamento livre". Creio que queriam transformar a Terra Nova na ideia que tinham de uma sociedade livre. — Ela estremeceu. — Bem, eu não poderia deixar que fizessem isso. Não era algo que dizia respeito apenas ao nosso futuro, Waverly. Tinha a ver com o futuro de vocês também. E de todas as gerações de mulheres que viessem na Terra Nova. Você entende o que estava em jogo nesse caso?

Waverly foi tomada por uma onda de revolta. Estava furiosa por Anne Mather fazer com que duvidasse de si mesma. Mas de fato tinha aquelas dúvidas. Não conseguia evitar... Uma grande parte da história que acabara de ouvir fazia sentido, e era até mesmo confirmada por suas próprias impressões a respeito das mulheres mais velhas na Empyrean, que pareciam ressentidas em relação a alguns dos homens. Muitas vezes, sua própria mãe a tinha segurado pelos ombros e dito que nenhum dos homens a incomodaria. A mãe nunca explicitara sua preocupação, mas Waverly sabia que tentava protegê-la de algo. A história da pastora se encaixava em todo esse cenário.

— Estou vendo que você está um pouco confusa, Waverly. Se, por um lado, odeio fazer você sentir dor, realmente acredito que você precisa ver isso.

A mulher virou uma tela de vídeo na direção de Waverly e apertou um botão. A imagem de um capitão Jones, muito mais jovem, surgiu falando com Anne Mather em um comunicado oficial. Ele estava esquisito sem a barba. O rosto era mais magro e, de alguma forma, seus olhos pareciam mais azuis.

— Anne — dizia ele — eu não sei o que você espera que nós façamos. Enviamos nossas pesquisas a vocês, não vejo como é possível ajudá-los ainda mais.

— Vocês nos enviaram uma fórmula adulterada — dizia, em resposta, a voz de Anne Mather quando era mais jovem. — Vocês nos arruinaram.

— Deve ter sido algum engano no laboratório.

— Não. A fórmula que você nos mandou foi projetada com o propósito de arruinar nossa fertilidade.

— Estamos falando de uma molécula de fenol que estava no lugar errado, Anne. Um erro fácil de ser cometido.

Seguiu-se uma pausa, e então a voz de Anne Mather preencheu o vácuo, saindo trêmula devido à fúria.

— Como você sabe do fenol? Eu nunca mencionei isso a você!

— Quando ouvimos falar dos problemas de vocês, nós mesmos verificamos a fórmula. — O capitão, nervoso, segurou o lábio superior entre os dedos. Por um instante, parecia estar com medo, mas suas feições se contorceram e assumiram um tom de quem se sentia ofendido. — Você sabe do que está me acusando?

— É claro que sei. E agora espero que conserte as coisas. Temos que nos encontrar, o mais rápido possível, e precisamos que algumas de suas famílias entrem a bordo da New Horizon, ou todos nós aqui estaremos mortos dentro de sessenta anos.

— Um encontro entre nossas naves seria impossível! Vocês estão quase um ano-luz à nossa frente!

— Vocês podem acelerar mais. Se desacelerarmos, poderemos nos encontrar dentro de uns poucos anos.

— Você sabe o que isso faria com nossa tripulação?

— Não se esqueça de que a força ainda seria bem menor do que a gravidade da Terra. Não mais do que aquela para a qual nossos corpos foram preparados.

— Depois de uma vida inteira em baixa gravidade? Não posso pedir isso a eles!

— Você deve fazer isso! Ou reportarei seus crimes às autoridades na Terra. O que resultará em um motim.

— Não há nada que eles possam fazer para me prejudicar, Anne, e você sabe disso.

— Então você admite! Você admite que nos sabotou!

O rosto do capitão Jones assumiu uma expressão odiosa, e ele apontou com o dedo para a tela do vídeo.

— Escuta aqui, sua vadia frígida, eu não vou arriscar a saúde da minha tripulação para satisfazer suas paranoias.

— Vou perguntar mais uma vez. Como você sabia sobre o fenol, capitão, se não nos enviou uma fórmula adulterada?

Com um sorriso azedo, o capitão falou:

— Qual é o problema, Anne? Está desapontada porque não será a profeta da Terra Nova?

Anne Mather apertou um botão e a imagem do capitão ficou congelada. O olhar dele assustava Waverly.

— Então você está vendo... — falou Anne Mather. — Não tivemos escolha. Eu sinto muitíssimo que você e todas as outras meninas tenham ficado no meio disso tudo, mas nossa sobrevivência está em xeque.

Waverly não queria acreditar naquela história. Além do mais, algo parecia estranho em relação ao vídeo do capitão, tão estranho quanto a história de Anne Mather.

— Então vocês estavam mentindo sobre a descompressão — constatou Waverly. — Não foi por isso, então, que vocês vieram atrás de nós.

— Não, eu não estava mentindo. Havia uma descompressão, mas ela meramente acelerou nossas ações. Não tivemos tempo de usar mais diplomacia. Tínhamos que fazer o resgate das meninas de imediato, de qualquer forma. — Ela cerrou os olhos, como se sentisse dor por causa das lembranças. — Nós tentamos impedir a perda de vidas. Mas cada vez mais está parecendo que falhamos.

As duas se entreolharam, analisando-se mutuamente.

— Creio que talvez seja o bastante por hoje, querida. Ainda há muita coisa a ser assimilada...

A mulher fez grande esforço para ficar de pé. Colocou uma mão nas costas de Waverly e acompanhou-a até a porta. Waverly sentia-se tão confusa que seu desejo era sair correndo, até algum lugar abandonado naquela nave, onde ninguém a pudesse encontrar. Mas só lhe era permitido seguir os guardas enquanto eles caminhavam fatigados, pelo corredor, em direção ao elevador.

Tudo o que Anne Mather dissera girava na mente de Waverly como um nauseante giroscópio, remoendo seus pensamentos. Enquanto seguia os guardas, tentava encontrar algum furo na história contada, mas não conseguia. O fato era que acreditava no que a mulher havia lhe contado sobre o modo como o capitão Jones se comportava com as mulheres na biosfera, pois sua própria experiência confirmava tal comportamento. Ainda assim, não confiava em Anne Mather. Não conseguia confiar.

Mal notou quando os motores aceleraram repentinamente, fazendo com que o chão trepidasse. A gravidade artificial subiu um ponto. Sentiu-se mais pesada quando ergueu um dos pés, e depois o outro, enquanto pensava em tudo o que a pastora tinha dito. Os guardas pareciam sentir o mesmo que ela. Caminhavam encurvados, respirando com dificuldade, e gotas de suor escorriam-lhe pela nuca. A aceleração da nave parecia ter sido aumentada naquele exato momento, e o resultado foi também o aumento da gravidade artificial.

Waverly parou no meio do caminho.

Gravidade.

A súbita compreensão caiu sobre Waverly como um dilúvio. Não tinha como... não era possível que o grande pedaço de metal que se encontrava no hangar das naves auxiliares fosse da Empyrean, assim como a New Horizon não tinha como estar conduzindo qualquer busca por sobreviventes. Acima de tudo, por fim, entendeu por que os adultos a bordo da New Horizon pareciam tão doentes e fracos.

— Ande mais depressa — disse um dos guardas para Waverly, ele mesmo sem fôlego.

Waverly saiu correndo até chegar ao elevador, onde os guardas a esperavam.

Quando a porta se abriu e ela entrou, teve certeza de que a Empyrean ainda estava no espaço, e de que tinha descoberto a chave para voltar à sua nave.

Figueira-de-bengala

Waverly encontrou-se com o restante das garotas na ala de produção tropical.

Embora o restante da nave fosse idêntico à Empyrean, as alas agrícolas eram muito diferentes. Os cafeeiros eram duas vezes maiores do que aqueles com os quais Waverly estava acostumada. Na verdade, todas as plantas na New Horizon pareciam vicejar particularmente bem. O guia do passeio, um homem bem pequeno na casa dos cinquenta anos, cuja voz era gentil, falava com orgulho sobre como a tripulação havia feito experimentos com diversas técnicas de fertilização que aumentavam em vinte por cento a produção da safra. Fingindo interesse, Waverly foi abrindo caminho entre as garotas até estar perto de Samantha e de Sarah ao final do grupo.

— Aonde aquela bruxa levou você? — perguntou Sarah, sibilando.

Mais uma vez Waverly apreciou a impetuosidade da garota. O pequeno corpo de Sarah fazia-a pensar em uma muda de planta: se alguém a curvasse demais, ela voltaria e chicotearia esse alguém no rosto. Waverly percebeu que havia subestimado Sarah, que sempre fora uma menina que se metia em confusão na escola, mas por trás daquela fachada havia uma mente com raciocínio rápido, além de uma determinação que Waverly achou muito reconfortante naquele momento.

— Ela me levou até seu gabinete para conversarmos — sussurrou Waverly, de olho nos dois guardas suados que estavam parados ao lado do guia, exibindo sorrisos bondosos às meninas enquanto tomavam fôlego.

Felicity estava parada, em pé, mais distante das meninas, passando os dedos pelo colar que pendia de seu longo pescoço. Waverly observava os dois guardas e o guia, esperando que um deles olhasse para Felicity com desejo, da mesma forma como muitos homens a bordo da Empyrean o faziam. No entanto, eles mal olhavam para ela, nem mesmo de relance. Na verdade, estavam exibindo cálidos sorrisos para as garotinhas menores, sentadas no chão, que olhavam para eles, sorrindo.

— Os homens aqui são diferentes — ela disse em voz baixa. Sarah e Samantha olharam para ela, confusas. — Alguma de vocês já se sentiu...? — Waverly parou por um instante. O guia do passeio tinha feito uma pausa em sua fala e olhava para ela, aguardando que prestasse atenção no que ele dizia. Tão logo ele voltou a explicar a morfologia de uma vagem de baunilha, Waverly prosseguiu: — Vocês nunca se sentiram estranhas quando estavam perto de algum dos homens na Empyrean? Os amigos do capitão? Ou homens do Conselho Central?

— Por quê? — quis saber Samantha, com um ar de suspeita. — O que aconteceu hoje?

— Garotas — interrompeu o guia —, vocês estão falando algo que gostariam de compartilhar conosco?

Todas as outras viraram-se para olhar para as três. Waverly abriu a boca para apresentar uma desculpa, no entanto, mais uma vez, Samantha estava preparada.

— Estávamos nos perguntando que tipo de árvores são aquelas. — Ela apontou para algumas árvores enormes, retorcidas, enfileiradas do outro lado da ala. — Acho que não tínhamos essa espécie lá na Empyrean.

O guia pareceu satisfeito.

— São figueiras-de-bengala, da Terra Velha, e temos alguns espécimes magníficos! Venham!

O homem e os guardas conduziram as garotas entre as fileiras de amendoinzeiros até as tais figueiras, cujas raízes estavam mergulhadas em uma camada lamacenta do solo. As árvores eram diferentes de qualquer outra que Waverly já tinha visto na vida. Imensos tentáculos saíam de uma base de raízes que se contorciam, juntas, para formar um tronco, e então se desemaranhavam em direção ao teto em amplos galhos.

— Esse tipo de figueira é uma das mais maravilhosas criações da Terra Velha — disse o ecologista em um tom de deslumbramento.

— Elas parecem boas para escalar! — sugeriu Sarah, e o restante das garotas concordou com ela.

— E são mesmo! — exclamou o guia. — Por que vocês não sobem nelas? Já ficaram me ouvindo falar por um bom tempo. Vamos fazer um intervalo e vocês podem partir para a exploração. Só não saiam desta ala. — Ele olhou para um guarda, com um aceno de aprovação, e o homem apertou alguns botões em um controle remoto. Para trancar a porta, supôs Waverly.

Ela agarrou-se a um galho baixo da figueira mais próxima. Samantha seguiu-a, e Sarah escalou outro que ficava um pouco acima. O guia e os guardas observavam as meninas mais novas, que caminhavam a passinhos incertos em direção a um canteiro de girassóis.

— Você perdeu as últimas — disse Samantha, com os olhos sombrios em direção aos homens que as escoltavam. — Todas nós fomos convidadas para o que eles estão chamando de "Tempo em um lar familiar".

— O que é isso? — quis saber Waverly.

— Cada uma de nós vai jantar com uma família diferente hoje à noite — disse Sarah com um tom de amargura.

Foi um lembrete de que Waverly precisava: o que quer que fosse que Anne Mather soubesse sobre o capitão Jones e seu círculo de chegados, não mudava nada. As garotas tinham sido sequestradas, arrancadas de suas famílias. Nada justificaria tal ato.

— Percebi algo importante — disse às amigas. — Vocês duas notaram como os adultos daqui são frágeis?

— É — disse Samantha com um ar pensativo. — É bizarro.

— Acho que sei por quê — disse Waverly — Eles tiveram que desacelerar a nave para que a Empyrean os alcançasse.

— E...? — Samantha esfregou seu narizinho de batata, um tique da garota que fazia com que parecesse ansiosa e feroz ao mesmo tempo.

— E quanto tempo vocês acham que levou para isso acontecer? — perguntou Waverly.

Sarah deu de ombros, sentindo-se impaciente.

— Algumas semanas, considerando a rapidez com que a Empyrean se movia no espaço — respondeu ela.

— Errado — retrucou Waverly. — Teria levado anos para eles desacelerarem, anos para que nós os alcançássemos. Vocês se lembram do que sempre nos falavam nas aulas de física?

Sarah ficou olhando para Waverly por um instante, com um ar inexpressivo, mas depois disse:

— Sim! A cada ano estamos cobrindo milhões de quilômetros a mais do que no ano anterior, porque estamos em aceleração constante!

— Certo. E a cada ano, a Empyrean e a New Horizon afastavam-se ainda mais uma da outra porque a New Horizon partiu um ano antes da nossa nave. Agora mesmo, estamos quase no meio da jornada, de forma que deveríamos estar mais longe do que nunca. Então pense na distância entre as duas naves.

Sarah olhava para as folhas acima dela enquanto considerava a situação.

— Mas o que isso tem a ver com o fato de eles estarem fracos?

— Eles tiveram de desacelerar a nave para nos alcançar. E lembrem-se: a inércia de nossa aceleração é o motivo pelo qual temos gravidade.

Samantha foi a primeira a entender.

— Então, durante os últimos anos, enquanto eles desaceleravam esperando para nos alcançar...

— Ficaram com menor gravidade...

— Ou, talvez, sem gravidade — Waverly terminou a frase para ela.

— Mas por que eles simplesmente não viraram e apontaram os *azipods* na direção oposta? — perguntou Samantha. — Eles teriam chegado até nós mais rápido.

Waverly parou de falar por um tempo, pensativa. É claro que aquele era o plano da missão original. Na metade do caminho até a Terra Nova, ambas as naves deveriam parar, virar e apontar seus *azipods* em direção à Terra Nova para desacelerar. Com as duas naves apontando para a direção oposta, a desaceleração haveria de criar uma sensação de gravidade similar à da aceleração. Então, por que a New Horizon simplesmente não fizera aquilo? Waverly estava perplexa.

— A nebulosa... — sussurrou Sarah com hesitação.

— Ah, meu Deus, você tem razão! — disse Waverly. — Eles tiveram que cronometrar tudo perfeitamente para que o ataque pudesse acontecer dentro da nebulosa e de modo que a Empyrean não pudesse nos rastrear, dando ao pessoal da New Horizon uma imensa vantagem inicial.

— E o capitão Jones provavelmente não sabia que eles estavam se aproximando até já estarem quase em cima da gente — foi o comentário de Sarah. — Então tiveram o elemento surpresa a favor deles.

— Mas por que não atacaram anos atrás? — questionou Samantha. — Assim que entramos na nebulosa?

— A nave não é projetada para operar em gravidade zero — disse Sarah. — As plantas e os animais não teriam como sobreviver se fizessem isso.

— É bem provável que tenham diminuído a velocidade assim que entraram na nebulosa — falou Waverly, imaginando o tempo e as vastas distâncias. — A Empyrean vinha cruzando a nebulosa pelo último ano e meio...

— Então eles estavam esperando aqui por mais tempo ainda! — foi a conclusão de Sarah.

— Isso significaria anos de atrofia muscular — disse Wavery, com felicidade. — Eles podem nunca se recuperar plenamente disso.

Samantha assentiu.

— Então nós *somos* mais fortes.

— Acho que nós somos *muito* mais fortes do que eles — disse Waverly. — Mas tem mais uma coisa. Tivemos uma gravidade quase constante desde que chegamos aqui, não foi?

— Praticamente sim — disse Samantha. — Eu me senti mais leve a princípio, mas durante a maior parte do tempo, a gravidade tem estado normal.

— Então como eles poderiam estar coletando destroços da Empyrean? Para termos gravidade constante, eles não poderiam estar fazendo paradas e seguindo novas direções.

Samantha soltou um grunhido de alívio.

— Eu sabia que estavam mentindo, mas você está certa. Se a Empyrean tivesse mesmo explodido, os destroços teriam ficado para trás há muito tempo.

— Então aquele grande pedaço de metal é uma mentira — disse Waverly.

Lágrimas escorriam pelas bochechas sardentas de Sarah.

— Graças a Deus.

O rosto fino de Samantha assumiu uma expressão endurecida.

— Aquela vadia!

— É, mas ela é esperta — comentou Waverly. — A única fraqueza dela é achar que somos burras.

— Algumas das meninas *são mesmo*. Cada vez mais garotas estão começando a confiar nela — disse Samantha. — Precisamos de um plano rápido.

— Como vamos elaborar um plano? Eles vão nos separar! — disse Sarah, alto demais.

Waverly viu que os homens estavam parados perto da figueira agora. Talvez tivessem ouvido o que diziam.

— Vai ficar tudo bem — disse Waverly em voz alta, e depois, em sussurros, acrescentou: — Precisamos descobrir uma maneira de nos comunicar. Alguma ideia?

As garotas olharam para ela com ansiedade.

— Como podemos planejar algo antes de saber o que farão conosco? — indagou Samantha com raiva.

Samantha estava certa. Waverly sentia-se furiosa por estar ali, naquela nave, com aqueles problemas. Dias antes, a maior de suas preocupações era seu casamento com Kieran. Deveria ter dito sim, sem nenhuma hesitação.

Sim, Kieran, vou me casar com você. Eu amo você. Ele precisava ouvir isso, e ela deveria ter dado esse prazer a ele.

— Fim do intervalo! — gritou o guia do passeio, e as garotas começaram a se reunir em volta dele mais uma vez.

— A gente vai ter de achar um jeito — sussurrou Waverly enquanto Sarah começava a descer da árvore.

O passeio estendeu-se até o celeiro e os pomares, todos bem cuidados, depois as garotas voltaram para o dormitório. Assim que se viram sozinhas, o clima começou a ficar pesado, pois naturalmente voltaram a pensar no grande pedaço retorcido de metal que Anne Mather havia lhes mostrado naquela manhã. Muitas das meninas se aninharam juntinhas em suas camas e começaram a chorar. Sarah foi até cada uma delas e sussurrou algo em seus ouvidos, o que as deixou visivelmente mais animadas. Waverly sabia que ela explicava às garotas por que aquele pedaço de metal não poderia ser da Empyrean. Agora seria mais difícil para Anne Mather ficar no controle.

Logo dois homens entraram no dormitório trazendo bandejas de comida. Tinham o rosto avermelhado do esforço empregado para carregá-las. Foram e voltaram, até trazerem tudo o que precisavam. Quando saíram, Waverly ergueu uma das bandejas. Surpreendentemente, era muito leve.

Waverly viu Felicity sentar-se em sua cama no fundo do dormitório, com o rosto voltado para o portal. O brilho da nebulosa tinha um quê de opressor. A que distância estariam da Empyrean? Como poderiam algum dia encontrar de novo a sua nave, em meio a toda aquela massa gasosa cor-de-rosa lá fora?

Waverly foi andando até Felicity, colocou uma das mãos nas costas da amiga e sentou-se ao lado dela.

— O que você quer? — a menina perguntou, irritada.

Waverly preferiu não responder. Em vez disso, apoiou-se na amiga.

— Sabe, certa vez, lá na Empyrean, Mason Ardvale tentou me beijar.

Felicity empertigou-se, mas seus olhos permaneceram voltados para o portal.

— Tive que dar um tapa nele. Ele ficou com sangue nos lábios.

— E ele não reagiu?

— Estávamos em um elevador, a porta se abriu e alguém entrou nele.

— Você teve sorte — disse Felicity com sorriso cheio de amargura. — Aquele cara...

Conte-me o que aconteceu, Felicity. Deixe-me ajudá-la. Waverly segurou-se.

Felicity parecia ter pensado duas vezes no que estava prestes a dizer e levantou-se.

— Você foi importunada, não foi? — quis saber Waverly, que fez a pergunta da forma mais suave quanto lhe foi possível.

— Não vou conversar sobre isso com você.

— Por que não? Talvez isso ajude a...

— Esqueça.

— Não acho uma boa ideia. — Waverly esticou a mão para encostar no pulso da amiga, bem de leve, mas Felicity enterrou as mãos em sua saia. — Conte-me o que aconteceu.

— Você teria descoberto sem eu precisar contar — falou Felicity, com raiva —, se seu namorado não fosse o queridinho do capitão.

Waverly sentiu-se atingida, mas tentou não ficar com raiva.

— Felicity, eu quero ajudar você.

— Então, agora que o Kieran não está por perto, você tem tempo para mim... Imagino que seja assim, certo?

— O quê?

— Ah, Waverly. Não finja! Depois que começou a ficar com Kieran, você não teve tempo para mais ninguém.

— Isso não é verdade.

— É verdade, sim! Não venha com essa de ser solidária comigo agora. Já faz um tempo que estou sozinha, sem ninguém com quem conversar...

— E os seus pais?

— Meu pai não conseguiria lidar com isso, Waverly. Ele desabaria. Ou se mataria.

— Mas sua mãe...

— Falou para eu evitá-los. Em uma caixa de metal fechada no espaço sideral.

— Eles? Eles quem?

— Não importa.

Felicity apoiou a cabeça no vidro espesso do portal. Waverly conhecia Felicity Wiggam desde criança, sabia que não havia nada que pudesse dizer para ajudá-la naquele momento.

— Não culpo você por não querer voltar para casa — foi o que Waverly acabou dizendo. — Mas por que você acha que aqui vai ser diferente?

— *Pode* ser diferente. Não é nisso que você está pensando?

— Você é tão ingênua...

Felicity deu uma risada de escárnio.

— Você não vê como as pessoas são? São animais. Todas elas. Cada uma delas.

— Felicity!

Waverly agarrou uma das mãos da garota e segurou-a com força, até que Felicity encarou-a.

— Nós também somos animais. Podemos nos defender.

Felicity puxou a mão.

— Sua idiota! Não importa com quanta força você lute.

— Importa para mim — disse Waverly baixinho.

— Vá, então lute!

Waverly levantou-se com os punhos cerrados.

— Vou lutar.

Tempo em um lar familiar

Os anfitriões de Waverly durante o tempo em que ela ficaria com uma família eram Amanda e Josiah Marvin, que estavam ainda mais nervosos que ela. Os longos dedos de Amanda tremiam, e Josiah aparecia a todo momento para verificar a comida, passando por uma bagunçada mesa de trabalho coberta de ferramentas e serragem.

— Como você pode ver, Josiah tem um *hobby* — disse a anfitriã, sorrindo.

Amanda apontava para belos instrumentos de madeira pendurados nas paredes. Eram variantes do violão, de diferentes tamanhos. Waverly notou que algumas rugas marcavam os cantos de seus olhos verdes, mas o rosto era gentil, o que lhe dava uma aparência jovem.

— Josiah é quem os faz — Amanda continuou. — Ele é um músico habilidoso. Toca nos serviços.

— Serviços? — perguntou Waverly.

— Os serviços religiosos. Na igreja. Todos nós a frequentamos.

— Entendo...

Amanda indicou um banco de madeira para Waverly, que se sentou.

— Nem sei como dizer como é prazeroso para nós ver rostos tão jovens! Eu tinha me esquecido do frescor de uma pele tão nova. — Amanda inclinou-se para tocar o rosto de Waverly, mas ela recuou.

Waverly olhou cautelosamente para a mulher. Ela parecia uma pessoa franca, tinha a testa larga e as maçãs do rosto eram proeminentes. Tentou pensar em como Amanda poderia ajudá-la.

— Tomei chá com Anne Mather e ela me disse a mesma coisa — contou.

— Graças a Deus temos a pastora Mather! — disse Amanda com alegria. — Não sei o que teríamos feito sem ela. Todos nós a bordo da New Horizon estávamos tão sem esperanças até que ela se revelou... e foi eleita para nos liderar.

— Notei que as pessoas aqui a chamam de pastora. Na Empyrean, tínhamos um capitão.

— A princípio, também tínhamos — disse Amanda, com uma expressão perturbada. — O capitão Takemara.

— O que aconteceu com ele?

Amanda balançou a cabeça

— Ficou doente. Foi tão triste. Não era muito velho.

— Mas seu primeiro oficial não seria a pessoa indicada para terminar o mandato dele?

Amanda olhou para a entrada da cozinha, como se esperasse que Josiah aparecesse para ajudá-la.

— Bem, na verdade o comandante Riley suicidou-se poucas semanas antes de o capitão abrir mão do comando da nave. — Ela piscou e forçou-se a sorrir.

— Então Anne Mather assumiu a liderança.

— Foi *eleita* — disse Amanda. — Pelos anciãos da igreja.

— Anciãos?

— Creio que correspondem ao Conselho Central da sua nave, certo?

— Mas no caso de o primeiro oficial não poder assumir o comando, não deve haver uma eleição geral? Não é assim pelo estatuto?

— Ah... — Amanda sorriu. — Não entendo nada de política. Entendo, Josiah?

Josiah tinha entrado na sala e tirava do fogão uma panela fumegante com um cozido de vegetais.

— É verdade, Waverly. Amanda não presta atenção a esse tipo de coisa. Sabe, ela é artista.

Waverly olhou para uma pintura na parede perto da mesa. Era o retrato de uma garotinha com bochechas rosadas e cabelos negros cacheados.

— Essa pintura... foi você quem fez?

— Sim, fui eu. Consegue adivinhar quem é? — perguntou Amanda com um brilho nos olhos.

Waverly analisou as maçãs do rosto e o queixo pontudo, o corpo rechonchudo.

— Essa é Anne Mather, não é?

— Com três aninhos. Não era uma querida?

O olhar contemplativo da criança era ingênuo, seus lábios pareciam um botão de rosa e as mãos gordinhas seguravam uma espiga de milho. Realmente, tinha sido uma bela menina.

— Adoro pintar crianças! — continuou Amanda. — Tem sido... terapêutico. Claro, não tenho conseguido trabalhar com modelos reais... Então a pastora foi bondosa e me emprestou uma foto.

— É realmente um trabalho bonito — disse Waverly, que desejava acreditar que a mulher desconhecesse o que havia ocorrido na Empyrean.

Por instinto, Waverly gostara dela, assim como também gostara de Josiah, que era mais baixo que Amanda e tinha grandes olhos castanhos e volumosos cabelos grisalhos. Ele se movia de um lado para outro pelos cômodos do apartamento, meio errante, mas parecia sempre atento ao que a esposa dizia. Por vezes ria sozinho de algum comentário dela. Que eles se amavam, Waverly podia notar. Josiah fez um movimento com a cabeça indicando a mesa:

— O jantar está servido, meninas.

Com uma concha, Josiah serviu uma tigela do apetitoso cozido para Waverly. Grandes pedaços de brócolis, tomates e aspargos flutuavam em um caldo com um aroma muito agradável. Waverly pegou um pedaço de pão crocante da cesta à sua frente e mergulhou-o no caldo. Estava faminta, mas sentiu dedos gentis tocando seu cotovelo. Amanda abriu um sorriso indulgente.

— Nós temos nossos costumes — disse ela, e cerrou os olhos. — Senhor, obrigada por trazer Waverly a nós, em segurança. Somos muito gratos pelo Senhor ter julgado adequado trazer essas crianças para nossa congregação.

Waverly colocou sua colher na mesa e abaixou o olhar. Nunca fizera uma oração antes. Até onde sabia, ninguém na Empyrean fazia isso, nem mesmo Kieran e os pais dele. Sentiu-se desconfortável, mas cruzou as mãos no colo, como Josiah e Amanda.

— Obrigada por conceder à pastora Mather o poder de resgatar essas garotas do perigo que as ameaçava na Empyrean, e de ajudá-las a viver aqui na New Horizon, onde serão amadas e tratadas com carinho. Amém.

Waverly deu uma mordida no pão.

— Isso está realmente gostoso — disse ela com a boca cheia, e de imediato sentiu vergonha pelos maus modos à mesa.

Parecia um jantar comum, com pessoas comuns, e mais uma vez Waverly teve de se lembrar que era uma prisioneira.

— O que você achou do passeio pelas hortas hoje? — quis saber Josiah enquanto partia seu pão em pequenos pedaços e deixava-os cair dentro da tigela.

— São muito bonitas — disse Waverly, e estava sendo sincera.

As hortas da New Horizon eram mais bem cuidadas que as da Empyrean. Havia poucas ervas daninhas. As fileiras de trigo eram mais retas, os milhos mais verdes e os frutos maiores e mais suculentos. Ela supôs que, sem filhos para cuidar, a tripulação tinha se entregado inteiramente à tarefa do cultivo.

— Nós brincamos nas figueiras-de-bengala da Terra Velha.

— Eram as minhas favoritas quando eu era mais jovem — disse Amanda, dando risada. — Você consegue imaginar Josiah e eu quando crianças? Eu tinha quatro anos e ele seis quando fomos trazidos para a New Horizon.

— Então você se lembra da Terra? — perguntou Waverly, curiosa. Ela amava ouvir histórias sobre a Terra Velha e seu céu azul. — Você se lembra da chuva? Como era a sensação de ficar ao ar livre?

— A chuva era bela de ser observada... — foi a resposta de Amanda — mas era cheia de substâncias químicas.

— Por quê? Que substâncias? — perguntou Waverly.

Na Empyrean, poucos adultos se dispunham a conversar sobre seu planeta de origem. Sempre mudavam de assunto quando Waverly fazia perguntas demais, e ninguém lhe apresentava uma clara imagem do que havia realmente acontecido e que tornara o antigo lar deles um lugar tão difícil para se viver. Ela sempre se perguntara por que aquilo era segredo. A explicação de sua mãe, de que era muito doloroso para as pessoas falarem a respeito do que acontecera, nunca lhe parecera completamente verdadeira. Algo a impedia de contar a verdade.

— Como as substâncias químicas foram parar na chuva?

Amanda balançou a cabeça em negativa.

— Isso é algo que nunca entendi. E você, Josiah?

— Não sou nenhum climatologista — disse ele, enquanto cutucava com a colher um pedaço de pão mergulhado no caldo. — As fábricas perderam o controle e...

— A pastora Mather disse — interrompeu Waverly — que a Terra entrou em colapso porque as pessoas não prestaram atenção aos sinais enviados por Deus. Eram gananciosas e preguiçosas, e por causa disso...

— Foram punidas! — disse Josiah com empolgação.

— Pelo quê? O que exatamente as pessoas fizeram? — Waverly quis saber.

Amanda riu com embaraço.

— Éramos tão jovens... Este é nosso lar agora.

— Vocês sentem falta? De estarem em um planeta?

— Todos os dias, sem exceção — disse Josiah. — Mas também nem sempre era tão maravilhoso.

— Eu me lembro de sentir fome na maior parte do tempo — ressaltou Amanda antes de dar uma mordida em um imenso pedaço de brócolis. — Meus ossos não se formaram muito bem quando eu era criança. Tive que usar um aparelho.

— E havia muita violência — adicionou Josiah. — Estamos bem melhor aqui.

— Especialmente agora que as meninas chegaram — completou Amanda.

A anfitriã abriu um sorriso para o marido e, por um breve momento, ele cobriu a mão dela com a sua. Diante do gesto íntimo do casal, Amanda olhou para sua comida, deixando a colher por um tempo dentro da boca.

— Que tal? — quis saber Amanda, indicando a tigela de Waverly com os olhos.

— Muito bom — reafirmou Waverly.

Os três comeram em silêncio, ouvindo apenas o som das colheres encostando no fundo das tigelas de cerâmica. Waverly pegou mais um pedaço de pão, embora não estivesse mais com tanta fome. Queria manter as mãos e a boca ocupadas, ter alguma desculpa para não conversar.

— Waverly, você deixaria eu pintar um quadro seu?

Pega de surpresa, Waverly parou de mastigar.

— Meu?

— Eu adoraria trabalhar com um modelo real. E você é tão bonita, querida.

— Isso porque você não viu a Felicity — comentou Waverly. — Ela, sim, é realmente bonita.

— Gosto do seu rosto. Adoraria pintá-lo — disse Amanda. — Apenas um retrato simples.

— Amanda não pinta nus — disse Josiah, rindo. — Se é com isso que você está preocupada.

— Além disso, seria uma desculpa para você nos visitar mais — acrescentou Amanda. — Se estiver de acordo, claro. Eu poderia conseguir permissão com a pastora Mather.

Waverly colocou seu pão na mesa.

— Por mim tudo bem.

Amanda levantou-se e recolheu os pratos vazios.

— Quem está preparado para comer *cookies* de aveia?

— À moda da casa — acrescentou Josiah, com uma risadinha. — Você já tomou sorvete alguma vez na vida?

— Não tínhamos vacas na Empyrean — disse Waverly e abaixou a cabeça. Qualquer menção a sua casa fazia com que ela tivesse de segurar as lágrimas.

A nave ainda está lá no espaço. *Eles ainda estão lá.*

A sala estava silenciosa, de modo que pôde ouvir Josiah engolir antes de dizer:

— Ninguém viveu realmente até ter tomado um sorvete!

Waverly acabou conseguindo sorrir para ele. Comeu um *cookie* de aveia, mas o sorvete deixou-a um pouco enjoada e não conseguiu terminá-lo.

Waverly ajudou Josiah e Amanda a lavar os pratos e então eles a acompanharam de volta ao dormitório. Ela estendeu a mão para Amanda, que a pegou entre as suas, inclinando-se levemente. Waverly era alta, porém Amanda era muito mais.

— Lembre-se de que você vai ser minha modelo. Vou combinar com a pastora.

— Tudo bem — disse Waverly, e a mulher lhe deu um breve abraço. Ela cheirava a tinta a óleo e tomates frescos cortados.

Assim que Waverly se deitou e as luzes foram apagadas, seus pensamentos voltaram-se para Kieran. Ele nunca aceitaria a hipótese de o capitão Jones ter sabotado a New Horizon. Quanto à recusa dele em ajudar a outra nave, Kieran diria que, se acelerassem mais, a gravidade artificial teria sido aumentada e eles não teriam como saber de que modo a tripulação e os animais seriam afetados. Para o garoto, seu líder só estava tentando proteger a tripulação.

Mas o capitão não tinha protegido sua tripulação, tinha?

Seth comentara que os amigos do capitão levavam uma vida complicada. Ela gostaria de ter conversado com ele a respeito disso. Seth era menos ingênuo que Kieran, mais disposto a ver o lado negro das coisas. Ele não permitia que sua lealdade confundisse suas ideias sobre a verdade.

Waverly perguntou-se se estaria sendo desleal com Kieran ao nutrir tais pensamentos. Amava a ingenuidade dele e a maneira como acreditava nas pessoas. Ela sabia que era o jeito de trazer à tona o melhor delas. Seth, por outro lado, sempre suspeitava dos outros, além de ser um pouco rude.

Não, Kieran era melhor.

Imaginou-se nos braços de Kieran, sentindo as mãos de Kieran. Imaginou-o enterrando o rosto em seus cabelos. Ele acharia um jeito de fazê-la rir, até mesmo naquela situação. Kieran sempre conseguia fazer isso: alegrar Waverly até mesmo quando estava mais que desanimada.

— O que você diria para mim agora? — sussurrou ela para o silêncio e para a escuridão.

Waverly esperou escutar, em sua mente, a resposta. Mas não obteve nenhuma.

Afundou o rosto no travesseiro, mordeu a fronha e chorou.

Serviços religiosos

Na manhã seguinte, a inspetora ligou as luzes e bateu palmas.

— Levantem-se, garotas. Surpresa para vocês!

Waverly sentou-se na cama, confusa. Ela e Samantha se entreolharam, e Samantha fingiu bater palmas animadamente, arrancando um sorriso de Waverly. Por que nunca tinha sido amiga daquela garota antes?, perguntava-se Waverly. As duas tinham muito mais em comum do que podia ter imaginado.

Várias mulheres trouxeram vestidos pretos simples e meias da mesma cor para cada uma das garotas e disseram que se vestissem depressa. Todas receberam véus brancos para cobrir os cabelos. Ficaram parecidas com as imagens de camponesas russas que Waverly tinha visto em um livro de histórias escrito por Tchecov.

Se fosse um domingo normal, Waverly e sua mãe estariam preparando *waffles* ou panquecas e ficariam deitadas lendo velhas histórias da Terra. Regina adorava mistérios que a faziam lembrar-se do mundo que fora o seu lar. Waverly gostava dos romances vitorianos, com descrições das paisagens do campo, canções de pássaros e maneiras gentis. Tais descrições eram tão ricas que ela conseguia imaginar-se naqueles lugares, olhando para o horizonte e tendo acima da cabeça apenas o céu. À tarde, Waverly prepararia um banho e ficaria imersa na água durante uma hora antes de sair correndo ao encontro de Kieran nos pomares. Agora, no entanto, não havia banho nem livros. Apenas um tecido áspero que lhe irritava a pele, e um véu rendado que escondia seus cabelos e a deixava com uma aparência ridícula.

As inspetoras fizeram com que as garotas andassem em filas duplas por vários lances da escadaria central até o celeiro, o lugar mais amplo da nave.

Centenas de pessoas andavam correndo de um lado para outro, entre fileiras de trigo seco, conversando, rindo. Todos usavam roupas completamente negras: as mulheres com vestidos sem formas que iam até os tornozelos, e os homens em túnicas e calças justas de malha. Waverly avistou Amanda e Josiah entre as fileiras de trigo e eles acenaram para ela, que retribuiu o gesto, forçando-se a sorrir.

As garotas passaram a caminhar em uma fila única entre o trigo até um lugar que tinha sido transformado em clareira. Um palco fora montado sob o grande portal que dava para o céu velado. Waverly podia ver algumas estrelas a distância, brilhando em meio à névoa, e teve esperanças de que aquilo indicasse que margeavam a nebulosa.

A inspetora indicou a primeira fila de cadeiras, onde as garotas se sentaram. Josiah caminhou até o palco carregando um pequeno violão, sentou em uma banqueta alta e, com uma piscadela para Waverly, começou a dedilhar as cordas. Sua música ecoava pela sala, parecendo acariciar as espigas de trigo que pendiam acima da congregação reunida.

A pastora Mather estava sentada em uma cadeira de madeira entalhada e, bem a seu lado, estavam um homem mais velho e uma mulher mais jovem. Ambos seguravam entre as mãos um livro negro. Livros sagrados, imaginou Waverly. Os três vestiam túnicas brancas, em nítido contraste com as roupas pretas do restante da congregação. A própria Anne Mather vestia um elegante manto com bordados de cores vibrantes: roxo, vermelho e dourado. Um lenço também bordado cobria-lhe a cabeça. As pessoas começaram a ocupar as fileiras de assentos. Logo a pastora ficou em pé, a música parou e ela caminhou até um altar no centro do palco.

— Sejam todos bem-vindos, neste 1.289º domingo de nossa missão até a Terra Nova. Que a paz esteja com todos.

— Que a paz esteja com todos — a congregação respondeu, em uníssono.

— Dou as boas-vindas especialmente a nossas convidadas, as refugiadas da Empyrean, cuja presença é uma fonte de grande alegria para todos nós. Por favor, meninas, queiram se levantar.

Relutante, Waverly pôs-se de pé, e o restante das garotas seguiu seu exemplo. A última a se levantar foi Samantha, que encolheu os ombros, indignada.

Anne Mather cruzou o palco na direção das garotas e, erguendo as mãos com as palmas voltadas para baixo, disse:

— Amado Senhor dos céus, pedimos que essas garotas aprendam a fazer da nossa nave um lar para elas. Não nos interessa o motivo pelo qual o Senhor desejou separá-las de suas famílias. Simplesmente aceitamos isso, e daremos o melhor de nós para cumprir nossas obrigações para com o Senhor, tanto em nome de nossas almas imortais como em nome das futuras gerações na Terra Nova. Haveremos de vencer quaisquer provações para realizar nosso destino.

Anne Mather assumiu seu lugar atrás do altar e, sorrindo para a congregação lá embaixo reunida, ergueu as mãos. Ela parecia reluzir, uma luz vinda de dentro, e Waverly achou que algum holofote especial a iluminava... um efeito barato para fazê-la parecer sagrada.

— Vamos agradecer à sabedoria de Deus por salvar essas garotas e trazê-las para junto de nossa família. Obrigada, Senhor, por poupá-las da fatalidade que atingiu nossos irmãos e nossas irmãs da Empyrean. Em Vossa sabedoria, o Senhor viu o interior do coração dessas meninas, e julgou-as dignas de Vossa misericórdia. Assim como o povo de Israel fugiu da escravidão no Egito, nossas jovens irmãs vieram até Canaã em busca de uma nova vida, e a elas damos as boas-vindas com o coração em júbilo.

Ficou óbvio que Anne Mather insinuava que a tripulação da Empyrean havia morrido porque eles eram indignos. Waverly olhou de relance para Samantha e Sarah, que pareciam estar odiando tanto quanto ela o que Anne Mather dizia. Embora algumas das garotas mais novinhas, poucas na verdade, parecessem orgulhosas por ter sido "escolhidas" por Deus, conforme havia sido sugerido por Anne Mather. Porém, a maioria delas olhava para a pastora com expressão de repulsa e raiva.

Depois que os serviços religiosos tiveram fim, Waverly sentou-se na cadeira e ficou ouvindo as pessoas a seu redor. Vários dos adultos falavam sobre quão maravilhoso fora o sermão da pastora Mather. Essas pessoas falavam bem alto, mas sob a voz delas, outras, mais baixas, murmuravam coisas umas para as outras. Waverly esforçou-se para tentar ouvir aqueles murmúrios. Algo neles lhe chamava a atenção.

Talvez nem todo mundo da New Horizon acreditasse em Anne Mather.

Waverly notou que alguém a encarava do outro lado do corredor. Era a mulher com a trança de cabelo castanho-avermelhado que ficara no púlpito e lera as antigas escrituras. Tinha uma pele muito pálida e olhos de um azul também pálido, mas os ossos do rosto pareciam fortes. Ela acenou para Waverly, que lhe retribuiu com um leve movimento de cabeça. A mulher cruzou o corredor e estendeu-lhe uma das mãos.

— Que a paz esteja com você — falou ela e deu um sorriso largo. — Eu sempre preciso usar o banheiro. E você?

— O quê? — perguntou Waverly.

De um modo quase imperceptível, a mulher ergueu as sobrancelhas e saiu andando.

Seria um sinal para que Waverly a seguisse?

A mulher caminhava em direção à porta lateral do celeiro, olhando discretamente para trás, por cima do ombro. Waverly começou a segui-la, mas a inspetora que a vigiava ficou parada no seu caminho. Embora não fosse muito alta, era duas vezes mais larga do que Waverly. Parecia um tanque.

— Aonde você está indo?

Waverly encarou-a.

— Preciso ir ao banheiro.

— Levarei você até lá — disse a mulher, irritada.

Waverly foi conduzida pela inspetora entre a multidão. Muitas pessoas a olhavam curiosas, oferecendo-lhe sorrisos de boas-vindas, aos quais ela retribuía. Sentia-se tensa por estar no centro de tanta atenção. Como ela e as garotas poderiam fugir sob tantos olhares?

Waverly torceu para que a inspetora lhe permitisse ir ao banheiro sozinha, mas a mulher entrou junto. Havia dois lavabos, e a mulher de cabelo avermelhado saía de um deles naquele exato momento. Educadamente, manteve a porta aberta para Waverly, cumprimentou a inspetora com um gesto de cabeça e foi até a pia lavar as mãos.

Não havia como conversar com ela. E Waverly tinha certeza de que a mulher queria lhe dizer algo, mas com a vigia ali, tudo que podia fazer era entrar no lavabo e fingir usá-lo.

Assim que se fechou-se dentro da cabine, em segurança, algo lhe chamou a atenção. Boiando na água do vaso sanitário havia um bilhete escrito em um papel higiênico. A tinta azulada já começava a se dissolver, mas as palavras ainda estavam legíveis:

> Não conte isso a ninguém. Nem às suas amigas. Se você me trair, serei encarcerada ou morta. Todos que discordaram de Anne Mather aprenderam a ficar em silêncio.
>
> Há tripulantes da Empyrean presos no armazém de carga a estibordo. Não sei quantos são, nem como foram levados até lá. Não sei quais são os planos da pastora. Seus pais podem estar junto.
>
> Você tinha o direito de saber.

Os joelhos de Waverly amoleceram e ela teve de sentar. Sua visão ficou turva. Respirou diversas vezes, profundamente, para não desmaiar.

Sua mãe poderia estar a bordo daquela nave! Se conseguisse encontrá-la, poderia chegar até os outros pais também...

Um gemido escapou de sua garganta. Cobriu a boca com uma das mãos, chorando e rindo ao mesmo tempo. Não conseguia se controlar.

A inspetora bateu à porta.

— Está tudo bem aí dentro?

— Sinto muito — disse Waverly. — Não estou me sentindo bem...

Rapidamente ela se levantou e deu a descarga. O bilhete girou junto com a água, deixando-a azul, e desceu pelo cano, no exato momento em que a inspetora forçava sua entrada no lavabo.

Waverly se viu esmagada no interior do cubículo pelo corpo da mulher.

— O que você está fazendo?

— Eu... — Com desespero, Waverly tentava pensar em uma explicação. — É embaraçoso...

— Jessica deixou algo aí?

Os olhos da mulher estavam tão estreitados que pareciam duas fendas.

— Achei que minha menstruação tinha descido — foi a resposta rápida.

Um sorriso agitou as bochechas rosadas da inspetora.

— Ah, entendo.

— Mas era alarme falso — continuou Waverly, dando de ombros.

— Mas você sangra todo mês... — disse a mulher enquanto Waverly lavava as mãos na pia de metal.

— Bem, tenho quase dezesseis anos.

— Sim, você é fértil — disse a mulher enquanto abria a porta do banheiro. — A pastora Mather ficará contente ao saber disso.

O sangue de Waverly congelou em suas veias.

Com as pernas trêmulas, seguiu a mulher para fora do banheiro. O murmúrio da congregação parecia inundar tudo ao redor, como se fosse água salobra, fazendo com que a sala girasse. Waverly tinha de morder o lábio para segurar o choro e os soluços. Ver tanta gente aglomerada de repente a fez cair na realidade: as garotas estavam em número menor naquela nave. Sem esperanças. Eram cativas.

E aquelas pessoas poderiam fazer o que quisessem.

Não.

Waverly respirou fundo. *Tinha* de encontrar sua mãe e outros pais. Precisava achar uma maneira de sair daquela nave, não importava o que acontecesse.

Se fosse necessário, poderia até matar para atingir seu objetivo.

3

MANOBRAS

A chance de nos protegermos contra a derrota está em nossas mãos, mas a chance de derrotar o inimigo é fornecida pelo próprio inimigo.

Sun Tzu, *A arte da guerra*

Contenção

A princípio, Kieran não se importou com o alarme que soava pela nave, um aviso de vazamento no reator. Tudo o que conseguia fazer era ficar encarando o portal enquanto a New Horizon girava para mudar seu curso. Os potentes motores salpicavam o espaço de luzes azuis que, velozmente, desapareciam na névoa da nebulosa. A nave auxiliar de Harvard estava no encalço da nave maior, e a única esperança que lhes restava era prenderem-se a ela.

Logo a área externa da nave estava tão pacífica como sempre.

Ela se fora. Waverly... Por um louco instante ele imaginou-se rompendo o espesso portal de vidro para ir atrás dela. Respiraria a nebulosa. Nadaria pela nebulosa para encontrar Waverly.

— Temos de fazer alguma coisa! — falou Seth Ardvale, em pé na entrada do Comando Central. Estava sem camisa e piscava para tirar o sangue dos olhos. — Não fique aí simplesmente parado! Vá atrás deles!

— Não podemos mudar nosso curso — disse, irritado, Kieran. — A nave auxiliar de Harvard nunca vai nos encontrar de novo se fizermos isso. Eles morreriam.

— Usaremos o radar!

— O radar foi projetado para operar no vácuo — disse Kieran, que achava que alguma parte de sua consciência flutuava do lado de fora da nave. — Não temos alcance suficiente em meio a essa nebulosa.

— As naves auxiliares não conseguem manter a mesma velocidade da New Horizon!

— Conseguem, se estiverem presas a ela. Eles tiveram tempo. Eu vi a coisa toda.

— E se não estiverem?

— Então eles vão voltar — foi a resposta simplória de Kieran. — E então podemos mudar o curso da nossa nave.

— Meu Deus! Você é tão...

Seth se jogou na parede de metal, e então foi descendo, deslizando, até cair ao lado da porta, seu autocontrole em frangalhos. Para alguém como ele, esperar sem nada fazer beirava o impossível.

— Kieran! — alguém gritou. — Kieran Alden!

Mason Ardvale, o pai de Seth, estava na tela do monitor franzindo o cenho. Ele estava realizando aquela transmissão de dentro de um elevador que descia em alta velocidade até a sala dos motores.

— Você tem que vedar as anteparas inferiores. Vede as anteparas!

Kieran saiu correndo até os terminais e foi apertando todos os botões nos menus que via à sua frente, procurando pelo controle das anteparas. Sentia a presença de Seth atrás dele, observando tudo o que fazia. Por fim, encontrou uma pasta nomeada "Protocolo para contenção de acidente nuclear".

Poderia ser assim tão simples?

— Espere — disse Seth e esticou a mão em direção ao teclado, mas Kieran deu um tapa nele, afastando-o, e apertou o botão, fazendo surgir uma lista com uma série de funções automáticas, e cada uma ia sendo completada conforme as outras eram exibidas numa barra de rolagem.

— Kieran! Pare! — O rosto de Mason Ardvale, contorcido pela fúria, reapareceu no monitor. — O que você está fazendo?

— Você disse para vedar as anteparas inferiores!

— Com isso, você parou os elevadores! Estamos presos no nível dois!

— Ah, meu Deus!

Seth rangeu os dentes. Kieran entrou em pânico. Será que os tinha matado? A todos?

— Como eu desfaço isso?

No mesmo instante em que fazia a pergunta, o som do alarme assumiu um tom agudo que penetrava os ouvidos de Kieran como se fosse uma broca. Não havia mais imagem na tela, só se podiam ler quatro palavras: *Estado crítico de contenção.*

— Ah, meu Deus! Está acontecendo! — Kieran ouviu o lamento de Mason. — Não faz mal, Kieran. Teremos que forçar a abertura da antepara nº 1. Mas não teremos como vedá-la de novo.

Kieran cobriu o rosto com as mãos, como se pudesse esconder-se ali. Arruinara tudo. Não conseguia nem mesmo realizar uma tarefa simples como lacrar a porta que dava acesso à sala dos motores. Eles demorariam o dobro do tempo para descer até lá.

— Você poderia ter matado todo mundo a bordo desta nave! — disse Seth, com os olhos fixos em Kieran. — Você não ouve as pessoas!

— Saia daqui! — disse Kieran. Poderia bater em Seth até matá-lo, caso não saísse dali naquele exato momento.

No entanto, Seth não foi embora.

— Você não deveria sair apertando botões se não sabe para que servem.

— Não dava tempo. O vazamento estava atingindo um nível crítico. Você viu!

— Você entrou em pânico.

— Vá embora! — berrou Kieran. E acrescentou baixando o tom de voz: — Vá procurar alguém para dar uma olhada nesse corte na sua testa.

Sem pensar, Seth levou a mão ao corte e, quando viu o sangue na ponta dos dedos, sentiu-se zonzo.

— Vamos — falou Kieran mais gentilmente. — Não há mais nada que possamos fazer daqui.

Seth foi mancando até a porta, com a mão pressionando a testa.

Kieran cerrou os olhos. Imagens repentinas vieram-lhe à cabeça: Waverly virando as costas para ele e entrando na nave auxiliar, amigos e vizinhos atingidos pelos tiros... caindo, tombando no chão... a descompressão... sua mãe lutando para entrar em uma nave auxiliar.

Mãe.

Desajeitado, Kieran ativou o sistema de comunicações e buscou por algum sinal vindo da segunda nave auxiliar, onde estava sua mãe, mas não havia comunicação. Conseguiu habilitar todas as frequências e, com a voz rouca pelo esforço excessivo, berrou ao microfone:

— A toda e qualquer nave auxiliar da Empyrean: entrem em contato. Onde estão vocês?

Parou para escutar se viria alguma resposta, mas só houve silêncio.

Aonde tinha ido a nave auxiliar de sua mãe? E quando? Kieran tentava pensar, repetidas vezes, sobre o que havia acontecido. Era bem provável que aquela nave tivesse partido enquanto ele e Harvard tentavam resgatar as garotas. Quem quer que estivesse dentro dela poderia estar tentando surpreender a New Horizon, em uma aproximação cautelosa.

Ou a nave auxiliar poderia estar flutuando no espaço, com a tripulação atingida pela descompressão e incapaz de fazer contato com a Empyrean. Podiam estar todos mortos. Não havia como saber.

Sua mãe. Poderia estar morta.

E seu pai, talvez também estivesse morto.

Ergueu-se, zonzo, e vagueou até o dormitório do Abrigo Central, onde estavam os outros garotos. Muitos deles encolhidos em posição fetal, montinhos de gente em sua camas dobráveis. Alguns chupavam o polegar. Arthur Deitrich andava em círculos, em um canto da sala, murmurando coisas, os cabelos loiros revoltos e os óculos tortos no rosto. Parecia tentar resolver um quebra-cabeça complicado ou estava simplesmente delirando.

Arthur precisava de um tempo para se acalmar — e Kieran sabia disso. O garoto era um intelectual tranquilo de treze anos com um rosto redondo sardento e grandes olhos azuis. Quando falava, a voz saía anasalada, parecendo estar sempre com o nariz entupido. Suas observações, sempre brilhantes, com frequência pegavam as pessoas de surpresa. Arthur tinha sido escolhido pelo Conselho Central para trabalhar como engenheiro-chefe da nave, uma função bem adequada para ele. Parecia capaz de lidar com tamanha responsabilidade, pois pensava nas coisas antes de senti-las. Naquele momento, Arthur estava refletindo, então Kieran decidiu deixá-lo em paz.

Seth e outros garotos mais velhos se achavam reunidos em um canto do dormitório, e Seth sussurrava algo para eles. Tinha a cabeça envolta por uma gaze manchada de sangue, e os olhos estavam vidrados. Com certeza tomara algum analgésico. Kieran não podia ouvir o que Seth dizia, mas adivinhava. Contava aos garotos como ele, Kieran, paralisara todos os elevadores em um momento crucial. Todos se voltariam contra ele.

Kieran sabia que deveria enfrentar Seth para esclarecer as coisas, mas não tinha forças. Aquele garoto sempre o incomodara, mesmo antes de sentir-se interessado por Waverly. Entre os rapazes mais velhos, os dois eram os mais brilhantes e haviam desenvolvido uma rivalidade natural. No entanto, se Kieran era fácil de ser treinado e agradável, Seth era mal-humorado, irreverente nas aulas e desdenhava dos professores quando não sabiam todas as respostas. Embora nada tivesse sido oficializado pelo Conselho Central, presumia-se que Kieran seria o sucessor do capitão Jones, e ele sabia que isso deixava Seth enlouquecido.

Kieran lembrou-se de uma ocasião em que acompanhava o capitão até o estúdio, para uma de suas gravações, e dissera algo que fez o capitão rir e dar-lhe um tapinha afetuoso no ombro. Naquele momento Seth aparecera no corredor e, ao passar por ele, balançou a cabeça num gesto de desaprovação. Kieran viu o desdém nos olhos dele. Desde então, quanto mais se aproximava do capitão, mais Seth mostrava-se ressentido.

No entanto, Kieran sabia que o que Seth desejava mesmo era Waverly. Soubera disso certa vez em que estavam na mesma sala e viu a maneira como Seth a observava. Todas as vezes em que Waverly fitava o garoto, ele disfarçava e olhava em outra direção. Waverly parecia ignorar os sentimentos dele, mas agora Kieran não tinha tanta certeza... O último olhar dela antes de entrar na nave auxiliar havia sido para Seth.

O rival era mais bonito que ele. Os olhos castanho-claros de Kieran eram belos, mas como poderiam ser comparados àquele tom de azul dos de Seth?

O garoto era mais alto e tinha os ombros mais largos, além de movimentos mais ágeis. Kieran não era baixo, tinha uma constituição física esguia, e embora fosse forte, sabia que não tinha o tipo meio selvagem que fazia as garotas grudarem os olhos em Seth enquanto ele trabalhava no jardim, tecendo comentários sussurrados e dando risadinhas.

Kieran balançou a cabeça. Depois de tudo o que tinha acontecido, como poderia estar pensando nessas coisas? O que havia de errado com ele?

Quero me apegar a algo trivial. Não quero pensar no que está acontecendo, na verdade. Prefiro inventar triângulos amorosos insignificantes.

Kieran ficou vagando sem propósito entre as camas dobráveis, entre os garotos que tremiam e choravam. Mal via o que estava à sua frente, consciente de que precisava fazer milhares de coisas, mas era incapaz de pensar em uma única ação que fizesse alguma diferença naquele ambiente caótico.

Até chegar à cozinha do abrigo.

Sempre que ficava chateada, sua mãe preparava chocolate quente. Lembrando disso, resolveu fazer um para si. Depois conseguiria pensar.

Pegou uma caneca em um dos armários da cozinha, encheu-a de água fervente e, depois de procurar entre as rações de emergência empilhadas nas prateleiras, encontrou uma caixa cheia de pacotinhos do preparado de chocolate. Deixou cair o pó marrom dentro da caneca e sentou-se em uma das banquetas de metal presas ao chão. Sorveu um gole do líquido quente, sentindo a garganta aquecer, e então sentiu a presença de alguém atrás de si. A voz amarga de Seth fez a pergunta:

— Quem está no Comando Central?

— Ninguém — foi a resposta de Kieran, que ao ouvir as próprias palavras, deu-se conta de que não poderia estar ali. — Já estou voltando.

— Não, não está — disse Seth. Kieran ouviu uma risada silenciosa e notou quatro garotos que haviam seguido Seth até ali. — Você simplesmente está sentado aqui.

— Se acha que é tão importante, então vá você — disse Kieran.

— Vou mesmo — disse Seth por cima do ombro enquanto saía da cozinha, acompanhado dos outros garotos.

Antes de se afastar, Sealy Arndt olhou para Kieran e balançou a cabeça em formato de batata com um ar de repulsa. Aqueles garotos traumatizados precisavam acreditar que havia alguém no comando, tomando conta das coisas. Se não fosse Kieran, eles teriam Seth.

Kieran pegou a caneca e cruzou o corredor, que parecia um túmulo, de volta ao Comando Central. Encontrou Seth e diversos outros garotos olhando para o monitor. Inclinou-se para ver também, na esperança de que se tratasse de uma imagem da nave auxiliar de sua mãe. Mas não. Eles olhavam para a equipe de Mason Ardvale enquanto eles trabalhavam duro na sala dos motores.

Vários adultos usavam trajes especiais à prova de radiação, mas a maioria estava trabalhando com roupas de uso regular, diário. Corriam de um lado para outro, apertando controles, lendo mostradores e ajustando válvulas. Uma mulher corria com uma caixa de ferramentas na mão e acabou tropeçando nas botas desajeitadas de seu traje protetor. Ela caiu e as ferramentas se espalharam pelo chão. Ninguém parou para ajudá-la.

Todos estavam nervosos.

— Estão tentando consertar o estrago que você fez — disse Seth.

— Eu não *causei* o vazamento, Seth.

— Você provocou o atraso deles. Se tivessem chegado à sala dos motores antes...

— Se eu não tivesse vedado a porta, a radiação teria se espalhado pela nave inteira — retrucou Kieran.

— Grande herói! Eles tiveram de forçar a porta para sair e agora está danificada, e não têm mais como lacrá-la. Todo o andar foi tomado pela radiação. Você deveria ter vedado os andares, sim, mas um de cada vez.

— O que teria levado mais tempo — tentou argumentar Kieran, ciente de que para os outros garotos, era o culpado.

Todos olhavam com raiva para Kieran. Sealy fulminava-o. Max analisava Kieran de cima a baixo, como se estivesse escolhendo onde o socaria, mas em seguida fez um ar de escárnio e desviou o olhar.

— Fiz o melhor que pude — disse Kieran.

— Seu melhor não foi bom o bastante — declarou Seth.

Kieran sabia que não havia nada que pudesse fazer contra o ressentimento que se espalhava pelo Abrigo Central. Estava cansado demais, e demasiado triste, não interessava o que os outros achavam dele. Foi até o monitor do capitão, ciente de que estaria provocando Seth ao sentar-se na cadeira do líder, e buscou a imagem da sala dos motores. Ficou observando, impotente, enquanto os adultos que haviam sobrado a bordo da Empyrean esforçavam-se desesperadamente para salvar a nave.

Gravidade zero

Kieran, Seth e vários dos garotos mais velhos passaram horas observando a tripulação na sala dos motores trabalhar em um ritmo tenso. Kieran ficara diante do monitor do capitão e Seth e seus amigos tinham se aninhado juntos do outro lado da sala, desferindo olhares de ódio de vez em quando na direção de Kieran. Ele estava com os olhos ardendo depois de tanto tempo diante do terminal de vídeo. Era inútil ficar olhando para aquilo, era sempre a mesma coisa, repetidas vezes. A tripulação tentava conter o vazamento de um líquido refrigerador e alguém os chamava para fazer umas leituras em alguns painéis, e então abandonavam o vazamento para lidar com algo ainda pior. Arrastavam-se de um lado para outro como ratos e, por fim, nada conseguiam.

Discretamente, Kieran mexeu em um botão e alternou o vídeo para o hangar das naves auxiliares a bombordo, onde os tiros tinham ocorrido, e ficou ofegante. Eram tantos mortos! Pelos menos três dúzias jaziam no chão, totalmente imóveis. Analisou cada forma, uma a uma, procurando por algum sinal de seu pai, sabendo que não o encontraria. Reconheceu a maioria dos corpos, muitos de pais dos meninos que estavam no abrigo. Eles precisavam saber disso, e Kieran estremeceu só de pensar na dor que sentiriam.

Depressa desabilitou as câmeras do hangar, na esperança de que nenhum dos outros garotos conseguisse ativá-las de novo. Precisava pensar em como lhes daria a notícia.

Enquanto isso, tinha de verificar como estavam os pequenos. Levantou-se, alongou as costas doloridas, e saiu do Comando Central.

O pequeno Bryan Peters berrava, pela terceira hora consecutiva, pedindo a presença da mãe. Kieran caminhou entre as fileiras de 400 camas dobráveis de metal e pegou o bebê que estava com Matt Allbright. Tentou segurá-lo no colo, mas o garotinho continuava gritando. Kieran gostaria de saber onde estava o sr. ou a sra. Peters, para que o menino ao menos pudesse vê-los em uma tela de vídeo, mas ou estavam em uma das naves auxiliares, ou... mortos. Não se encontravam entre a tripulação, que continuava tentando reparar os motores, disso Kieran estava bem certo.

— Tente abraçar ele — sugeriu Timothy Arden, que tinha um dedo enfiado no nariz.

Timothy tinha oito anos de idade, mas voltava a se comportar como se estivesse no jardim de infância. Muitos dos garotos estavam tendo a mesma reação, regredindo, sugando o polegar ou arrastando-se pelos arredores, com um travesseiro abraçado ao peito. Alguns dos garotos mais velhos, como Randy Ortega e Jacque Miro, pareciam controlar o medo e ajudavam os menores a ingerir as doses de reidratação.

Ao olhar em volta, Kieran só viu garotos confusos, aterrorizados e preocupados com seus pais e com as irmãs. Alguém tinha de assumir o controle e trazer de volta a ordem à vida deles. Era isso que o capitão Jones faria, mas no meio de todo aquele caos e pavor, Kieran não sabia por onde começar.

— Vá até o painel de comunicação seis. Meu pai quer falar com você — disse um irritado Seth, que saíra do Comando Central para chamá-lo.

Tudo em Seth era meio soturno: seus olhos sombrios, agora com profundas olheiras, os ombros caídos, o passo largo enquanto atravessava a sala. Com certeza estava chateado porque o pai chamara Kieran em vez de falar com o próprio filho.

Kieran entrou na sala escura do Comando Central e sentou-se em frente ao monitor do capitão. Enxergou Mason, e o homem arfava. Estava pálido, tinha os olhos fundos, os lábios secos e rachados.

— Como estão os garotos? — quis saber Mason.

— Não muito bem. Preciso achar alguns dos pais e trazê-los aqui.

Mason balançou a cabeça.

— Se abrirmos as anteparas, a nave será invadida por partículas radioativas. Não podemos arriscar.

— Eu sei! — berrou Kieran. Estava muito nervoso, era difícil controlar-se. — Desculpe... eu fechei... só estava...

— Fez a coisa certa. — Mason tossiu com a mão tapando a boca.

— Vista uma roupa à prova de radiação, Mason! — falou Kieran, sabendo qual seria a resposta do homem.

— Só havia trajes suficientes para a equipe regular de engenharia, só para seis pessoas — disse Mason e soltou um suspiro. — Estamos nos revezando.

Por um instante Kieran achou que Mason ia chorar, mas ele se recompôs, mordendo o lábio com força.

— Escute, precisamos que você programe um desligamento dos motores.

— Não há outro jeito? — Kieran sabia que desligar os motores era uma medida usada apenas em último caso. Os motores não apenas faziam a Empyrean se mover, mas mantinham tudo e todos em seu interior operantes e vivos. — Durante quanto tempo?

— Esperamos colocá-los de volta em funcionamento dentro de seis horas. — Mason tossiu mais uma vez. — Escute, com os motores desligados, não estaremos em aceleração, o que significa nenhuma força de inércia...

— E o que significa nada de gravidade artificial — Kieran terminou a frase por Mason.

Kieran imaginou 122 garotos flutuando pelo abrigo. As coisas já estavam caóticas *com* gravidade, mas sem ela, seria realmente uma loucura.

— Você tem certeza de que não há outro jeito?

— Com os motores ligados, tudo fica muito quente para ser consertado — disse Mason, erguendo os nós dos dedos, enegrecidos e cheios de bolhas. — Meus dedos ficaram assim protegidos pelas luvas térmicas.

Kieran encolheu-se de pavor.

— Escute. Você tem de fazer com que todos os garotos chequem todas as salas no Abrigo Central e prendam *tudo* o que já não estiver preso às paredes. Vedem os tanques de pesca. Fechem todas as portas da nave, menos as daqui de baixo. E desliguem a ventilação. Não dá para termos toneladas de partículas superficiais do solo flutuando e entrando nos filtros de ar dos alojamentos...

Mason pareceu ficar zonzo por um instante e Kieran foi tomado por um terror nauseante. Como estavam se saindo os outros adultos? Já estavam todos doentes? A radiação já produzia seus efeitos.

Mason recompôs-se e disse, baixinho:

— É melhor você anotar umas coisas, Kieran.

Durante vinte minutos, Kieran anotou agitadamente tudo o que Mason lhe ditava. Só tinha três horas para providenciar tudo antes de os motores desligarem. Permaneceu na sala do Comando Central ainda por um tempo, organizando suas tarefas em categorias, decidindo quais garotos iriam ajudá-lo e como. Então engoliu em seco. Nunca estivera no comando daquela maneira antes.

Quando voltou para o dormitório, o minúsculo Bryan Peters ainda gritava. Ali Jaffar balançava-o no colo, falando baixinho ao ouvido dele, mas o menino parecia não ouvir nada. Seu rosto estava arroxeado, a ponta do nariz, branca, e as lágrimas tinham secado e se transformado em manchas de sal em suas bochechas gordinhas. Kieran gritou, chamando a atenção de todos no aposento:

— Ei! Pessoal! Prestem atenção aqui!

Os garotos mais ao fundo não conseguiam ouvir o que ele dizia por causa do bebê. Frustrado, Kieran gritou de novo:

— Alguém pode fazer essa criança ficar quieta?

Seth saiu do fundo do dormitório batendo os pés, foi até o bebê e agarrou-o pelo braço.

— Cala a boca! Cala a boca! Que inferno! — gritou no rosto dele.

O garoto silenciou com o susto.

Kieran sabia que Seth queria colaborar, resolvendo as coisas à maneira dele, como o restante do pessoal. Ainda assim, gritar com o bebê daquele jeito era um absurdo. Mas ele estava cansado demais para lidar com qualquer coisa que não fosse a tarefa que tinha em mãos. Chamou todos para perto:

— Temos coisas importantes a fazer! Juntem-se aqui!

Alguns dos garotos aproximaram-se dele, mas muitos nem mesmo pareciam ouvi-lo. Kieran gritou ainda mais alto, o que pareceu chamar a atenção deles, mas sua voz já estava enfraquecendo.

— Temos ordens da tripulação de reparos, e temos de agir rápido. Todos os garotos com mais de dez anos devem vir até aqui na frente. Vocês serão os líderes do grupo.

Os garotos lá atrás não ouviram uma palavra do que ele disse. Então notou Seth saindo da sala, mexendo os cotovelos em seu típico caminhar raivoso e desafiador. Kieran pensou em ir atrás dele, mas talvez fosse melhor deixá-lo fora de seu caminho.

— Vamos ficar com gravidade zero dentro de três horas — disse, a voz quase inaudível. — Assim, temos muito trabalho para preparar a nave antes que isso aconteça.

— Eles vão desligar os motores? — quis saber Arthur Deitrich, a preocupação em seus olhos azuis ampliada pelos óculos grossos.

— Vão sim, Arthur — foi a resposta de Kieran. — E você está encarregado de preparar o abrigo, e de revisar com todo mundo como devemos proceder na ausência de gravidade.

Todos ali, menos os pequenos, haviam recebido algumas aulas sobre gravidade zero, mas nunca, nenhuma vez em quarenta e dois anos, a nave tinha sido desligada. A falta de gravidade seria uma experiência nova para todo mundo, e havia muita coisa que precisavam saber. Como comer, como beber, dormir, urinar... A lista era imensa, mas Arthur seria capaz de lidar com aquilo.

Alguns garotos conversavam no fundo do dormitório, e Kieran tentou gritar para chamar a atenção deles, mas sua voz falhou de novo. Estava cansado demais e ainda havia muita coisa a fazer.

Então sentiu algo sendo pressionado contra seu braço e olhou para ver o que era. Seth havia buscado o megafone do capitão e o oferecia, com um olhar de desdém.

— Toma! — disse Seth, e saiu andando.

Todos os garotos viram quando Seth apresentou a Kieran aquela solução tão simples. E todos ficaram olhando para Seth, impressionados, enquanto Kieran tentava esconder a própria vergonha. Incrível não ter pensado naquilo antes. Então pressionou o botão do amplificador e colocou o megafone junto dos lábios.

— Ouçam, agora temos muito trabalho.

Kieran escolheu os garotos mais adequados para liderar as tarefas. Mark Foster ficou encarregado de fechar todas as portas manualmente, assim como as saídas de ar nas alas à frente, incluindo a dos grãos, a dos moinhos e das instalações de processamento. Hiro Mazumoto ficou responsável por trancar os aviários, além de garantir que os pássaros fossem alimentados e recebessem água antes que os motores fossem desligados. Arthur Deitrich pegou quatro garotos para organizar todos os arnês de segurança, os sacos de sucção e outros equipamentos necessários em gravidade zero. Quase ao final de suas ordens, Kieran estava prestes a deixar as equipes irem embora, quando sentiu um puxão em sua camisa.

— O que o meu pai quer que eu faça? — perguntou Seth, parado atrás dele, olhando por cima do ombro para suas anotações.

— Hum... — Kieran hinha se esquecido de Seth. Folheou as páginas cheias de rabiscos. — É para você juntar-se à equipe do Arthur.

— E quanto aos equipamentos de cultivo? — Seth falou tão alto que os outros garotos pararam para ouvi-lo.

— Mason não me disse nada em relação a...

— É melhor que alguém amarre os equipamentos de plantação e de colheita — disse Seth.

Ele estava certo. Um trator solto poderia abrir um rombo no casco no momento de religamento dos motores. Kieran podia sentir que estava perdendo a cor. Se estava realmente no comando, deveria ter pensado nesse detalhe.

— Claro, você está certo, Seth — disse ele, tentando dar a entender que já havia considerado a possibilidade, mas sabendo que não soara convincente. — Por que você não cuida disso? Leve alguns dos garotos com você.

— Ok. — Seth revirou os olhos e saiu andando.

Vários dos garotos balançaram a cabeça com desdém. Seth deu uns tapinhas de leve no ombro de Sealy Arndt e, com outros garotos mais novos, foi em direção ao elevador que levava à sala dos equipamentos agrícolas.

Assim que Seth saiu, o bebê Bryan Peters começou a gritar de novo.

Kieran não tinha tempo de acalmá-lo. Esfregando os olhos cansados, marchou de volta à sala de controle, onde se sentou diante de seu monitor. Ficou observando o progresso de cada uma das equipes, gritando ordens pelo intercomunicador quando notava que os garotos estavam deixando passar detalhes, ou quando estavam sendo lentos demais. Apenas a equipe de Seth movia-se com precisão. Apenas Seth parecia pensar em tudo, além de saber como fazer tudo. Quando um dos garotos menores ficou para trás, Seth agarrou-o pelo braço e gritou ordens dentro da orelha dele, fazendo *todos* os garotos desempenharem suas tarefas mais rápido.

Quase três horas haviam se passado até que o rosto emaciado de Mason reapareceu na tela de comunicação de Kieran. O homem parecia bem mais exausto do que antes.

— Como vão as coisas aí?

— Os garotos no aviário estão alimentando a última fileira de galinhas, e Arthur está organizando os utensílios.

— Chame todo mundo de volta — disse Mason. — O que não foi feito até agora vai ficar assim. Vocês vão ter de lidar com os danos depois.

A voz de Mason era resignada. Mas o que ele queria dizer com "*vocês* vão ter de lidar com..."? Por que não *nós*?

Sua pergunta levava a outras, apavorantes. Como os adultos voltariam às áreas não contaminadas da nave se as anteparas não podiam ser abertas?

— Mason — disse Kieran lentamente. — Quando os motores estiveram consertados, como vocês sairão daí?

Mason ficou calado, encarando Kieran.

— Nós podemos... — Kieran buscava ter alguma ideia, por mais absurda que fosse — construir um *airlock* artificial do lado de fora da segunda antepara. Como uma tenda ou algo do gênero.

— Kieran.

— Sei que somos jovens, mas podemos fazer isso. E então vocês vão poder sair daí!

— Kieran, uma tenda não vai impedir a entrada de partículas radioativas, você sabe disso.

— Ou poderíamos transportar vocês para fora daí através do *airlock*, usando trajes espaciais...

— Kieran. — Mason ergueu uma das mãos. — Não temos tempo, filho. E, de qualquer forma, não faria diferença.

Kieran observou o rosto cansado de Mason. Em um instante, deu-se conta da verdade.

Os adultos não estavam planejando voltar.

O rosto de Kieran se transformou em uma máscara de horror.

— Escute — disse Mason em um tom gentil.

Kieran somente conseguia balançar a cabeça. Não. Aquilo não era verdade.

— Kieran, você tem que fazer um comunicado. Reúna todos os garotos de volta no Abrigo Central e faça com que se prendam às suas camas, certo?

Kieran abriu a boca para falar algo. Não conseguiu. O pai de Seth estava prestes a morrer.

— Vocês têm meia hora! — gritou Mason com a voz rouca. — Faça o que mandei!

Kieran foi até o alto-falante. Pressionou o botão, pigarreou, e de algum modo sua voz saiu.

— Pessoal! Todos devem voltar ao Abrigo Central imediatamente. Vamos entrar em gravidade zero dentro de trinta minutos.

Em seguida programou o computador para que a mensagem fosse repetida em *loop* e reclinou-se na cadeira. Podia ouvir o bebê gritando no dormitório. Até aquele momento estivera ocupado demais para notar... mas a voz do garoto parecia estranha, um som incomum que ele não conseguia identificar o que era.

Mason ainda estava na tela, olhando para ele.

— Você está se saindo bem, Kieran.

— Obrigado — disse Kieran, mas sabia que não era verdade. Os garotos estavam fragilizados, quase ruindo. — O que vai acontecer?

— Vocês vão ficar bem. Você só tem que fazer o que mandei até que as naves auxiliares possam ser recolocadas no hangar. Vou enviar-lhe uma mensagem de texto com todos os códigos de segurança das funções da nave.

— Não consigo comandar esta nave — disse Kieran. — Não sei...

— Ei! — O sorriso de Mason se fora. Ele estava muito sério agora. — Não tem mais ninguém para fazer isso.

E quanto ao seu filho?, Kieran queria perguntar.

Ao longe, ouviu o soluçar do pequeno Bryan, seguido de mais um soluço. Alguém deveria dar à pobre criança...

— Ah, meu Deus! — gritou Kieran e levantou-se. — Tenho que ir! — gritou para a tela.

Sem esperar pela despedida de Mason, Kieran saiu em disparada pelo corredor, o mais rápido que podia, em direção ao dormitório. Encontrou Bryan deitado no chão, gesticulando com os braços para o teto, ainda gritando, mas agora fraco e... triste. Era isso! Era isso que havia mudado no choro do bebê. Antes estivera gritando, chorando, pedindo pelos pais. Agora, chorava de desespero, sufocado. Kieran pegou o garotinho em seus braços, carregou-o até a cozinha e começou a encher uma bolsa de água.

O bebê esticou as mãos rechonchudas em direção à torneira, quase caindo dos braços de Kieran. Sem demora, Kieran levou o recipiente aos lábios do menino e ficou olhando, aliviado, enquanto ele sorvia a água avidamente, em grandes goles.

Quando o pobre garoto tinha tomado algum líquido pela última vez?

O pequeno Bryan esvaziou a primeira bolsa, depois mais uma, e por fim deixou-a cair de lado. Depois rescostou-se no peito de Kieran, contente e sonolento, enrolando a ponta de um dedo na camisa dele.

Kieran carregou o garoto para o dormitório, colocou um arnês antigravidade em volta dele, deitou-o em uma das camas e cobriu-o com um fino saco de dormir azul que estava preso à cama. Quando ergueu o olhar, viu que todos os garotos tinham voltado e estavam parados à espera de instruções. Kieran apontou para Arthur.

— Diga a eles o que precisam saber sobre a ausência de gravidade.

Arthur bateu palmas para conseguir a atenção dos garotos e então demonstrou como colocar os arneses, e como prendê-los em suas camas. Mostrou-lhes como usar a sacola gravitacional para beber líquidos e como usar os sacos a vácuo para a urina e as fezes. Kieran andou lentamente até a parte da frente do dormitório e pôs-se ao lado de Arthur, colocando em si o próprio arnês.

Foi preciso insistir, mas logo todos os garotos estavam presos a suas camas e esperando pelo desligamento dos motores. Foi nesse momento que Seth e sua equipe retornaram.

Kieran entregou-lhes os arneses.

— Rápido, coloquem isso! — disse.

A equipe de Seth lutava para colocá-los quando a nave foi abalada por um tremor. Um zumbido estranho parecia vibrar sob as costelas de Kieran, e então, lentamente, ele sentiu os pés ficarem mais leves quando o primeiro *azipod* foi desligado. Agora só faltavam mais dois.

— Enganchem-se nas suas camas! — berrou ele.

O segundo *azipod* foi desligado, e Kieran sentiu vertigem.

Os garotos mais novos prenderam-se apressadamente, mas Seth e seus dois amigos estavam em pé e flutuavam ao lado de Kieran, sorrindo ironicamente. Estavam rindo dele. Kieran sabia que era um truque sacana de valentões, mas ainda assim sentia-se um tolo.

— Vocês me ouviram — ele tentou gritar, mas sua voz saiu fraca.

— Quem vai fazer a mudança para a energia secundária? — Seth perguntou, alto o bastante para todos os garotos ouvirem.

Eles olharam para Kieran, na espera, para ver o que ele havia planejado.

Kieran abriu a boca, mas nem mesmo sabia onde ficavam os interruptores de força. No Comando Central? Ou nas salas dos motores?

O terceiro *azipod* foi desligado. Todas as luzes piscaram antes de apagar de vez.

Alguns garotos gritaram.

— Onde ficam os interruptores? — Kieran murmurou.

Uma lanterna foi acesa, e Seth a mantinha apontada para o próprio rosto, tornando suas feições monstruosas.

— Eu cuido disso. — Seth forçou-se a erguer-se do chão, a luz da lanterna cintilando pelo ambiente formando sombras enormes, e foi se arrastando pela tubulação do teto em direção ao Comando Central.

Kieran ficou parado, à espera. Depois do que pareceu uma eternidade, as luzes foram acesas novamente. Estavam bem mais fracas do que antes, mas pelo menos agora ele conseguia enxergar.

Olhou para baixo e viu que flutuava a uns sessenta centímetros do chão. Teve a horrível sensação de fora do corpo, tentou mexer os braços no ar para se estabilizar, mas só conseguiu ficar girando, o que lhe provocou ânsia de vômito. Parou de mexer os braços e ficou esperando até atingir o teto, onde tinha como se segurar.

Seth voltou flutuando, arrastando-se pelos tubos da fiação elétrica no teto, com um sorriso bem largo e insolente no rosto.

— Não se preocupe, chefe — disse ele. — Você não consegue pensar em tudo.

Alguns dos garotos caíram na gargalhada, enquanto Kieran se prendia em sua cama. Sabia o que eles pensavam. Que Seth seria um líder melhor que ele. Seth, que gritava com bebês chorosos e puxava garotinhos pelos braços.

Não poderia permitir que ele assumisse o controle.

Despedidas

Fazia quarenta horas que Kieran não dormia. Seis horas sem motores, depois dez, e agora vinte. Por ora, a tripulação tinha parado de fazer estimativas.

Se os motores não fossem consertados logo, as colheitas, as matas e os pomares começariam a morrer. Se as plantas fossem perdidas, não haveria sentido algum reabastecer o oxigênio da nave. A Empyrean se tornaria um túmulo de metal.

Nervoso, Kieran desenganchou seu arnês e saiu flutuando até chegar sobre o ombro de Sarek Hassan, que estava diante dos *displays* de comunicação. Sarek parecia tolerar a presença de Kieran um pouco mais do que os outros garotos. Como um dos poucos islâmicos a bordo da Empyrean, Sarek sempre fora reservado, relacionava-se mais com seus próprios familiares do que com garotos de sua idade. Ele gostava de fazer *cooper* com o pai pelas imensas alas dos celeiros, então era ágil e esguio, além de muito forte. Não era possível saber qual era a dele. Tinha profundos olhos em um rosto cor de bronze, e parecia sempre estar ciente do que estava acontecendo; era como se fosse alguém de fora, um observador. Essa característica de Sarek fazia com que Kieran se lembrasse de Waverly, o que o deixava propenso a confiar no garoto.

Sarek notou a presença de Kieran e fez um breve aceno de cabeça.

— Não se preocupe — disse Kieran enquanto pairava no ar e seguia em direção a Sarek. — Não vou vomitar em cima de você.

— Acho bom mesmo.

Kieran sempre imaginara que a ausência de gravidade seria algo divertido, mas ao senti-la de fato, percebeu que era desorientadora e frustrante. Virava o estômago de todo mundo do avesso, fazia rostos e mãos incharem, além de deixar todos com dor de cabeça. Qualquer movimento iniciado fazia seu corpo girar, e a única maneira de conseguir um pouco de controle era prendendo-se a alguma coisa.

— Alguma novidade sobre as naves auxiliares? — perguntou a Sarek, sabendo de antemão qual seria a resposta.

— Você não acha que eu lhe contaria se tivesse ouvido alguma coisa?

— Você verificou tudo?

Sarek revirou os olhos.

— Você é surdo? Não tem novidade. Nenhuma comunicação. Palavra. Nada. De ninguém.

Kieran tremia, basicamente por causa da exaustão, mas também de raiva. Todos os garotos tinham começado a falar com ele daquele jeito, e agora até mesmo Sarek estava agindo de maneira rude.

— Sarek — falou Kieran, com raiva na voz. — Fiz uma pergunta. Verificou todas as frequências em busca de comunicação na última hora?

Sarek ficou encarando Kieran como se ele fosse um imbecil.

— Se a nave auxiliar B42 estiver tentando entrar em contato conosco, você não acha que seria melhor ficarmos tentando ouvi-los? Eles podem estar feridos, mortos, vagando pelo espaço, sei lá.

Kieran estava tão cansado que sua língua parecia não caber dentro da boca, mas conseguiu se forçar a enunciar pausadamente cada palavra:

— Toda hora, a cada exata passagem de hora, você deve verificar todas as frequências em busca de comunicação. Texto. Voz. Vídeo. E quando eu perguntar se você fez isso, deve responder que... — Kieran esperou que Sarek concluísse a frase.

Mas o garoto só ficou encarando-o, com um ar teimoso e a boca cerrada.

— Você deve responder que "sim", porque é isso que você terá feito. Está entendendo o que estou dizendo? Porque se não estiver, vou designar alguma outra pessoa para assumir o console de comunicação, alguém que consiga realmente entender o que estou falando.

Sem responder, Sarek começou a digitar no console, ritmadamente, demonstrando saber bem o que estava fazendo, rolando entre cada uma das frequências. Sua postura, sua expressão, o modo como seus olhos se fixavam na tela, tudo indicava seu supremo e completo tédio. Quando terminou suas tarefas, Kieran disse:

— Isso mesmo. A cada hora, Sarek. Não sabemos o que tem naquela nave auxiliar, ou quem eles poderiam estar tentando contatar ou alcançar. — A raiva de Kieran tinha diminuído, e agora ele apenas se sentia exausto. — Talvez seus pais...

— Não! Todos eles morreram! Todos!

— Nós não sabemos...

— Você não sabe *de nada*! — sibilou o garoto mais jovem, e virou as costas para Kieran.

Kieran sabia que Sarek só estava sentindo o mesmo que todos... o que ele mesmo sentia. A única coisa que poderia sanar aquela angústia seria as naves auxiliares que estavam desaparecidas voltarem ao hangar, e todos os pais, mães e irmãs entrarem na Empyrean, de modo que as coisas voltassem a ser como antes.

O que, todavia, nunca aconteceria.

O modo de vida tranquilo que levavam tinha sido destruído para sempre por pessoas que deveriam ser amigas deles. E pensar em Waverly sob o poder daquela gente... Era insuportável! Se eles pusessem as mãos num fio de cabelo dela...

Kieran sentiu doer por dentro só de imaginar isso, então afastou o pensamento.

Decidiu deitar-se. Não dormia fazia tanto tempo e talvez agora conseguisse aquietar a mente.

Desenganchou seu arnês, foi flutuando até o teto e arrastou-se ao longo dos tubos que acomodavam os fios elétricos. Era a melhor maneira de se mover em gravidade zero, e ele se perguntava se os engenheiros tinham projetado a nave daquela forma de propósito. Seguiu flutuando até o dormitório do abrigo, enganchou seu arnês a uma das camas dobráveis, deixando-o meio frouxo, deslizou para dentro de um cobertor envoltório e cerrou os olhos. Sonhos iam e vinham, e ele desejava ceder completamente a eles, mas ouviu uma conversa que vinha do outro lado do silencioso aposento.

— Um de nós vai ter que ativar o comando manual e lidar com a porta do Comando Central — dizia uma das vozes.

— Podemos fazer isso antes de partir.

— Não. Alguém deve ficar para trás.

— Quero ir com vocês.

— Você é o único cujos pais não estão lá.

— Eu não sei *onde* meu pai está!

Kieran queria muito dormir, mas sabia o que os garotos estavam planejando, e se preocupou por não ter previsto aquilo. Cansado, desenganchou-se de sua cama, puxou-se para ficar em pé sobre o colchão e arrastou-se até ficar sobre os quatro garotos.

— Vocês não podem descer lá — disse.

Tobin Ames encarou Kieran com ódio.

— Não estávamos conversando com você.

— Não me importo com quem vocês estavam falando. Se tentarem descer lá, vão matar a todos nesta nave.

— Não, não vamos. Teremos que abrir a primeira antepara, mas vamos vedar a segunda, que conterá a radiação do lado de fora dos níveis superiores.

— Ok. E como vocês vão voltar? Terão que vedar a terceira antepara, certo? Então teremos perdido mais um nível.

Kieran passou a mão pelo rosto enquanto considerava o que aconteceria.

— Então perderemos todas as plantas exóticas e tropicais, assim como a floresta tropical inteira: os pulmões da nave. Ficaremos sem oxigênio antes de chegar à Terra Nova.

Austen Hand olhou preocupado para Tobin.

— Minha mãe está lá embaixo — ele protestou. — E eles não respondem mais no intercomunicador. Simplesmente não posso deixar que ela...

O garoto não conseguiu terminar a frase. Enterrou o rosto nas mãos.

— Vamos abrir a antepara apenas por um segundo — implorou Tobin.

— Um segundo é o tempo necessário para todos nós sermos mortos. Talvez não de imediato, mas lenta e dolorosamente. Isso sem mencionar os danos que seriam causados à nossa fertilidade. Se acabarmos com ela, nossa missão terá terminado — Kieran argumentou.

— Não há mais garotas, de qualquer forma — apontou Austen em um tom melancólico.

— As garotas vão voltar — disse Kieran com firmeza.

— Mas como vamos fazer para *tirá-los de lá?!* — O rosto sardento de Tobin contorcia-se em agonia.

Kieran não tinha resposta para isso.

Os garotos estavam começando a entender a situação: os adultos não iam voltar. Ninguém era obrigado a contar isso a eles, mas alguém deveria contar!

— Esperem aqui! — disse Kieran aos garotos.

Ele arrastou-se pelo teto até o Comando Central, onde encontrou Seth Ardvale conversando em sussurros com Sarek, cujo rosto assumiu um ar inexpressivo quando ele entrou na sala.

Kieran ignorou os dois, foi se arrastando até o console de comunicação e apertou o botão de chamada para a sala dos motores. Por um bom tempo nada acontecia e, enquanto esperava, podia sentir que Seth e Sarek o observavam às suas costas. O monitor oscilou e Kieran viu o rosto de Victoria Hand, a mãe de Austen, quase irreconhecível, bastante inchado. As veias sob a pele tinham estourado e dado origem a hematomas assustadores.

— Kieran, tem que ser rápido...

— Sra. Hand, os meninos aqui precisam conversar com os pais deles.

— Não podemos perder tempo. Queremos conversar com eles, mas acredite em mim...

— Victoria — interrompeu Kieran, firme —, reúna todos os pais no terminal de vídeo agora, caso contrário os garotos vão tentar descer até aí, e não sei se consigo impedi-los.

O rosto de Victoria assumiu um ar de fraqueza. O que ela disse em seguida saiu em um sussurro, enquanto lágrimas escorriam de seus olhos:

— Não queremos que eles nos vejam assim.

— Eles sabem o que está prestes a acontecer, Vicky. Já descobriram sozinhos, e precisam ver os pais, para que vocês possam explicar isso a eles. Mas também... — ele fez uma pausa. — Vicky, há... muitas... perdas. No hangar das naves auxiliares a bombordo.

Ela engoliu em seco.

— Sei disso.

— O que devemos fazer? — perguntou Kieran baixinho.

Por um segundo, ela só ficou ali parada, com a cabeça pendendo. Quando finalmente conseguiu falar, disse:

— Vocês terão que colocar os corpos no *airlock* e jogá-los no espaço. Todos de uma só vez.

O horror apoderou-se de Kieran, mas ele conseguiu dizer:

— Ok.

— Você consegue fazer isso, Kieran? — perguntou Victoria em um tom gentil. — Sinto muito por isso recair sobre você.

Kieran assentiu. Temia essa tarefa com todas as forças, mas havia outra que temia ainda mais.

— Consegui fazer uma lista de... quem eles eram. De quem não... sobreviveu. — Kieran só conseguia falar fechando os olhos. — Mas os filhos ainda não sabem... e eu ainda não sei como... — A voz se embargava e ele não conseguia prosseguir. — Você é enfermeira, não é? Como se diz a alguém...?

A mulher encarou-o na tela, com os olhos vermelhos.

— Eu conto a eles.

Kieran reuniu todos os 122 garotos e colocou-os em fila, flutuando no corredor do lado de fora do Comando Central. Tobin Ames e Austen Hand juntaram-se aos outros, que ficaram esperando a sua vez em silêncio.

Todos concordaram que deveria ser dada privacidade a qualquer garoto que estivesse conversando pelo monitor. Ninguém entraria nem sairia da sala do Comando Central além daquele que estivesse conversando com os pais. Às vezes, dava para Kieran ouvir os lamentos pelas paredes de metal, mas na maior parte do tempo, era uma procissão silenciosa.

Arthur foi um dos primeiros a sair do Comando Central. Enganchou-se em um dos tubos no canto do teto e pairou do lado de fora, com um ar melancólico e perdido. Kieran sabia que ninguém tinha noção do paradeiro dos pais do garoto, então ele não recebera notícias terríveis, ao menos não naquele dia. Kieran bateu de leve no ombro dele e fez um gesto, chamando-o para que descesse ao corredor.

— Preciso de sua ajuda.

— O quê? — Arthur flutuava sobre ele, mantendo-se o mais ereto possível.

— Você viu pelas telas o hangar das naves auxiliares a bombordo? — sussurrou Kieran.

— Sim.

— Você pode me... ajudar com isso?

O garoto ficou branco como um fantasma.

— Você é o único em quem consegui pensar... — começou a dizer Kieran. — Não consigo ir lá sozinho. Sei que estou pedindo muito...

Arthur interrompeu:

— Vou com você.

A descida dos dois pelo elevador foi sombria. Quando a porta se abriu para o corredor silencioso que dava para o hangar, Kieran sentiu um terror tão intenso que até seus ossos tremeram. Não conseguia sair do elevador.

— Eles não vão estar flutuando no ar, vão? — sussurrou Arthur.

Kieran não conseguiu responder.

Por fim, ambos deixaram a segurança do elevador e moveram-se para o hangar. A princípio, o lugar estava com a mesma aparência de sempre e, por um momento, Kieran teve a louca esperança de que alguém já tivesse cuidado dos corpos, de que, no fim das contas, ele não teria de lidar com nada daquilo.

Mas não. O lugar era uma cripta.

Eles estavam por toda parte, tão completamente imóveis que, de início, tinham passado despercebidos. Ou talvez Kieran não os quisesse ver, e sua mente os tivesse rejeitado, varrido a presença deles. Porém, quando se forçou a olhar para o hangar, lá estavam todos. Esperando.

Dúzias de formas no chão, ou pairando, poças de sangue seco e enegrecido espalhadas debaixo deles. Olhos fixos no vazio. Membros contorcidos. Eram tantos... Kieran viu a sra. Henry, o sr. Obadiah, a tenente Patterson, Harve Mombasa. Tinham estado lá embaixo aquele tempo todo, os rostos sendo tomados pela palidez da morte.

Kieran teve ânsia de vômito, mas se conteve. Seu corpo tremia, parecia que o sangue havia sido drenado de seus membros, mas ele cerrou os punhos e flutuou na direção da porta do *airlock*. Sentiu arrepios.

Arthur flutuava ao lado dele, olhando ao redor para aquelas formas inertes, com uma expressão sombria no rosto pálido.

— Como vamos fazer isso? — perguntou Kieran.

Os olhos de Arthur o encararam, e havia irritação neles.

— Vamos precisar de uma corda.

Os dois realizaram aquela tarefa durante horas, atando os corpos ao final de uma corda e, com uma polia, prenderam a corda à parede interna do *airlock*, puxando os cadáveres para o outro lado do hangar. Arthur foi quem mais puxou os corpos, enquanto Kieran dava os nós na corda em volta deles, tentando não olhá-los nos olhos nem notar o cheiro ruim que emanavam. Quando terminava de lidar com um seguia para outro e depois o próximo, xingando baixinho a forma desajeitada como tinha de se mover, horrorizado com o modo como precisava se agarrar aos próprios cadáveres para evitar que saíssem flutuando. No entanto, se não estivessem sem gravidade, aquela tarefa teria sido impossível.

Enquanto erguia os corpos mortos, com os olhos cerrados, Kieran forçou-se a se lembrar de Waverly, da primeira vez em que tivera coragem de segurar a mão dela. Fora durante a *Cotillion* da Colheita. Havia cerveja e vegetais assados, além de castanhas e azeitonas salgadas. Os adultos dançavam os passos de que se lembravam da infância deles na Terra, e Waverly estava sentada a uma das mesas, comendo um pedaço do bolo de morango que ela mesma havia feito para a ocasião. Kieran sentou-se ao lado dela e apontou para a mãe de Waverly, que dançava com Kalik Hassan, girando e rindo. Waverly deu risada quando a mãe tropeçou, e Kieran segurou sua mão, puxando-a para perto. Surpresa, olhou para ele e então abriu um sorriso.

Kieran sentiu-se inumano quando colocaram o último dos tripulantes mortos dentro do *airlock*, como se parte dele tivesse morrido e deixado para trás uma criatura que não pensava e nem sentia. Arthur estava lívido enquanto mexia nos controles, controlando manualmente o sistema que bombeava o ar para fora do *airlock*. Eles tinham de deixar o ar lá dentro ou não haveria nada para empurrar os corpos para fora da nave. Quando Arthur havia preparado tudo, seu polegar moveu-se em direção a um botão vermelho, mas Kieran segurou-o pelo ombro.

— Não deveríamos dizer alguma coisa? — sussurrou Kieran.

— Como assim? Tipo uma oração?

Os dois garotos ficaram se olhando, inexpressivos. Kieran não conseguia pensar no que fazer. Por fim, foi Arthur quem começou a cantar, com uma voz de tenor que preencheu o hangar. Depois de alguns compassos, Kieran juntou-se a ele, pois conhecia a antiga música. Percebeu, enquanto cantava, o quanto era bonita:

Melro cantando no silêncio da noite,
Tome essas asas partidas e aprenda a voar.

Ao final da canção, Arthur pressionou o botão para abrir a porta do lado externo do *airlock*. O som foi de uma explosão. Kieran olhou pelo vidro do portal, para se certificar de que todos os cadáveres haviam sido empurrados para fora.

O *airlock* estava vazio.

Os garotos não conseguiram se olhar no elevador a caminho do Comando Central. Quando a porta se abriu, Arthur saiu flutuando sem dizer uma palavra, sentindo-se um trapo humano.

Desesperado por alguma forma de conforto, Kieran seguiu pelo corredor até o escritório do capitão Jones. A princípio, lhe pareceu errado estar ali. Sentia-se como um intruso. A sala parecia pequena e escura sem o capitão sentado em sua cadeira e olhando para fora do portal.

O capitão pode estar voltando. Ele bem que pode estar a caminho daqui agora mesmo.

Mas até que o líder voltasse, Kieran teria de seguir em frente, mesmo que não soubesse como nem onde procurar forças. Enganchou-se à cadeira da escrivaninha e correu os dedos sobre o macio bloco de notas. Ansiava pela volta daquele homem, para que lhe dissesse que estava realizando um bom trabalho, que ele e Arthur tinham feito a coisa certa. Mas sabia a verdade: jamais haveria alguém para dizer-lhes "Bom trabalho, garotos", nem ele mesmo poderia dizer isso para si, pois não acreditaria. Aquele não fora um bom trabalho.

Através das paredes Kieran podia ouvir os outros garotos chorando copiosamente. O que poderia fazer por eles? Estavam perdidos e em luto, mas se desmoronassem de vez, não teriam forças para continuar a viver. Cometeriam algum erro tolo, como esquecer de limpar os filtros de ar ou verificar o sistema de purificação de água. E então tudo estaria acabado. Os garotos precisavam de um líder.

Kieran pôs a mão na tela de comunicação pessoal do capitão Jones e fez a rolagem para baixo das entradas diárias. Torturava seu cérebro, tentando pensar se houvera alguma ocasião como aquela, em que a tripulação tinha encarado tantas perdas terríveis. A única comparável de que tinha conhecimento fora quando um acidente com o *airlock* fizera com que três pessoas saíssem girando pelo espaço: o acidente que levara a mãe de Seth e o pai de Waverly. Kieran encontrou o discurso proferido pelo capitão Jones na época, mas ele não poderia ser usado, pois não chegava aos pés do que estava acontecendo. Aliás, nada no diário do capitão era adequado ao momento.

Uma pasta nos arquivos pessoais do capitão chamou a atenção de Kieran. Estava marcada como "Sermões". Poderia haver algo ali.

O garoto analisou os títulos rapidamente, e deparou-se com um chamado "Quando toda a esperança estiver perdida". Abriu o arquivo e começou a lê-lo. Era um discurso curto, porém belo, e quando terminou a leitura, sentiu-se melhor. Achou que os outros garotos se sentiriam como ele.

Kieran transferiu o sermão para uma tela portátil que enganchou em seu cinto, e saiu flutuando para o corredor, que agora estava vazio. O último dos garotos tinha conversado com os pais, ou tivera alguma notícia terrível a respeito deles. Estava terminado.

O megafone estava pendurado ao lado da porta do dormitório e Kieran o pegou. Não sabia como chamar a atenção dos garotos. De alguma forma, parecia errado chamá-los para que se reunissem. Então, simplesmente começou a ler:

— Às vezes, em nossas vidas, temos de enfrentar uma grande perda, cujo vazio se eleva e não nos deixa escolhas além de suportá-la. O que mais podemos fazer? Olhar para fora dos nossos portais vazios, para a imensidão do Universo, para os pontinhos das estrelas que parecem eternas, e nos sentirmos tão pequenos, tão sozinhos. Insignificantes. Como poderíamos fazer algo realmente importante em tão imenso cosmo?

Kieran ouviu risadas quase silenciosas vindas do canto onde Seth e seus amigos estavam, mas não lhes deu atenção. Alguns dos garotos olhavam para ele com lágrimas nos olhos.

— Nós podemos *sim*! Acreditar que nossas vidas importam é a essência da fé. Não somos tão grandes, nem tão brilhantes, nem tão eternos quanto as estrelas, mas carregamos pela galáxia a mensagem de amor da humanidade. Somos os primeiros. Somos os criadores de mundos. O que nos nutre é a esperança. Como o junco tenro tremendo ao vento, haveremos de nos erguer até um novo Sol.

Kieran fez uma pausa antes do último parágrafo e os garotos ergueram seus olhos. Todos o fitavam agora. Muitos choravam abertamente, embora estivessem quietos, e suas lágrimas flutuavam no ar do Abrigo Central, como neve. Até mesmo Seth estava em silêncio enquanto observava Kieran assumir o comando do grupo.

— A humanidade não haverá de regredir às trevas. A jornada é longa, a missão é difícil, alguns dizem que é até impossível, mas haveremos de prevalecer. Chegará um tempo em que as crianças se reunirão em torno do fogo e olharão para estrelas desconhecidas por nós. Elas haverão de pensar nos sacrifícios que fizemos. E nossos nomes estarão nas letras das canções que elas entoarão.

Nenhum dos garotos pronunciou-se, mas o ambiente parecia menos opressivo. Kieran prendeu o megafone ao gancho perto da porta e desceu flutuando até sua cama. Deslizou para baixo das cobertas, fechou o zíper, segurando a tela portátil junto ao peito, e finalmente cerrou os olhos.

No entanto, sua mente continuou ativa, vendo os corpos, o sangue e a dor estampada naqueles rostos. E agora o restante dos adultos estava morrendo na sala dos motores. Será que teria de fazer aquilo de novo? Tinha de haver alguma maneira de tirar a tripulação de lá. Não podia simplesmente desistir deles. Não faria isso.

Percebeu que não conseguiria dormir, não com tanta coisa a ser feita. Saiu de sua cama e começou a caminhar para ir à sala de motores em perfeita gravidade. Quanto mais andava, mais longo parecia o dormitório. Olhou a seu redor, e todos os garotos, em cada uma das camas, eram Seth Ardvale, e olhavam para ele com acusadores olhos azuis.

Kieran havia sonhado. Permanecia em sua cama. Tentou levantar-se novamente, mas seus membros estavam paralisados.

Precisava dormir. Seu corpo estava moído. Dormiria por algumas horas.

As palavras do sermão vinham a sua mente, acalmando-o... *Nossos nomes estarão nas letras das canções que elas entoarão*.... Antes de cair no sono de vez, seu desejo era poder agradecer a quem havia escrito aquelas palavras.

Qual era mesmo o nome da autora?

Ah, sim...

Anne Mather.

Descompressão

Kieran acordou depois de poucas horas, não totalmente renovado, porém mais disposto. A maioria dos garotos ainda dormia, mas alguns já haviam se desenganchado e pairavam perto do teto. O risco de danos físicos era mínimo, pois já tinham se habituado com a falta de gravidade, então Kieran deixou que ficassem pairando pela nave quanto quisessem. Não tinha mesmo como impedi-los. Aprendera que era melhor não dar ordens que certamente seriam desobedecidas.

Soltou-se da cama e, com um impulso, foi para o teto. Passou pela cozinha, onde Randy Ortega estava hidratando dezenas de rações de café da manhã, e do outro lado do grande aposento, cumprimentou os garotos que estavam acordados em suas camas abaixo dele. Meio grogue, cruzou o corredor e foi até o Comando Central. Seth e Sarek estavam reunidos com mais alguns garotos diante de um monitor.

— O que está acontecendo? — perguntou Kieran, esfregando os olhos para afastar o sono.

Nenhum deles respondeu, então desceu até eles. Olhou para a tela por cima do ombro de Seth. À frente estava a imagem da sala dos motores, mas nenhum movimento se percebia no vídeo.

— O que houve? — perguntou Kieran de novo.

— Não conseguimos ver ninguém — respondeu por fim Seth, de má vontade.

— *Ninguém*? — insistiu Kieran.

Sarek balançou a cabeça, confirmando o que Seth já tinha dito.

— Também não conseguimos falar com eles pelos intercomunicadores.

— Há quanto tempo estão tentando?

— Vinte minutos.

— Quando foi a última comunicação?

— Foi por meio de texto, há quarenta minutos.

— Onde está a mensagem?

Seth entregou a Kieran um pedaço de papel. Tudo que estava impresso ali era: *Motores de volta em operação* às 8h30. Nós amamos vocês.

— Que droga isso quer dizer? — perguntou Kieran, elevando a voz.

— Não sabemos o que isso quer dizer! — foi a resposta irritada de Seth.

A bandagem na cabeça de Seth continuava com a mancha de sangue, marrom nas bordas e vermelha no centro, como se fosse um buraco de bala. O cabelo estava ensebado e seus olhos, selvagens, não desgrudavam da tela. Kieran notou que o estresse tomava conta dele. Não se lembrava de o garoto ter dormido em algum momento desde que tudo aquilo começara.

— Olha! Lá! — Sarek apontou para o canto da tela, onde Kieran viu um pé humano se mover, flutuando em direção à parte posterior da sala de motores.

— Há outras câmeras naquela parte? — quis saber Kieran.

— Somente dos *airlocks* — respondeu Seth. — Mas as câmeras estão desligadas, cobertas ou algo do gênero.

— Por que eles cobririam as câmeras dos *airlocks*?

Ninguém respondeu à pergunta de Kieran. Nem precisava. Ele se deu conta da verdade em um instante.

— Ah, não!

Com os dedos tremendo, ligou o intercomunicador e tentou contato com alguém na sala dos motores:

— Parem com o que estão fazendo! Parem! Sei que estão me ouvindo! — ele gritava. — Vocês acham que estão sendo heróis, mas não estão!

Os outros garotos olharam para Kieran e, ao menos dessa vez, via-se um temor real nos olhos deles, em vez de raiva. Até mesmo Seth estava com os olhos arregalados e mordia os lábios, que estavam pálidos.

Kieran esperou por uma resposta, mas não recebendo nenhuma, apertou de novo o botão do intercomunicador.

— Eis o que está acontecendo: estejam ou não descomprimindo a sala dos motores, vou levar uma nave auxiliar para ancorar junto do *airlock* que vocês estão prestes a abrir. Então podem esperar uns cinco minutos. São só cinco minutos!

— O que você está fazendo? — perguntou Sarek, cujos lábios estavam retraídos, numa careta de medo.

Seth compreendeu o que se passava.

— Eles querem detonar a sala dos motores.

— Por quê? — gritou Sarek. — Os motores estão consertados!

— Para se livrarem do gás radioativo — foi a resposta de Kieran. *E dos corpos deles,* quase acrescentou, mas pensou melhor e resolveu não dizer. Não sabia quantos dos adultos ainda estavam vivos. Talvez fossem poucos. Ou todos. Tinham recebido o que, provavelmente, era uma dose fatal de radiação e haviam decidido dar um fim rápido àquilo em vez de prolongar o sofrimento. Mas não permitiria que fizessem isso.

Kieran soltou seu arnês e apontou o dedo para Sarek.

— Fique no comunicador. Continue conversando com eles. Entrarei em contato com você quando estiver na nave auxiliar.

Seth franziu a testa.

— Você não sabe pilotar uma coisa daquela.

— Nem você — disse Kieran por cima do ombro.

— Vou com você — disse Seth.

Kieran arrastou-se até o elevador central e apertou o botão. A porta abriu-se de imediato. Ele se empurrou para dentro, sem esperar para ver se Seth o seguia, e dirigiu-se até o nível do hangar das naves auxiliares a bombordo. Seth flutuava ao lado dele, apoiando-se no teto. Kieran analisou o perfil de Seth, tentando ver o garoto como Waverly talvez o visse, mas o exercício o fez sentir-se um tolo, então desviou o olhar.

Seth parecia ter lido a mente dele.

— Você deve estar preocupado com Waverly.

— Não consigo pensar em nenhuma outra coisa.

— Eu também não — disse Seth, com os olhos fixos em Kieran. — Tentei impedi-los. Quero que você saiba disso.

— Eu sei. Eu vi — disse Kieran baixinho.

Ele podia ouvir Seth respirando com vigor. Tudo que Seth fazia era vigoroso.

— Obrigado por tentar.

— Claro.

Kieran olhou para ele e abriu a boca para, por fim, proferir a pergunta que fazia a si mesmo havia anos: *Você a ama?*

Mas não conseguiu. Não conseguia encarar a possibilidade de que um cara como Seth fosse capaz de amar de verdade. E de amar a *sua* Waverly.

Quando o elevador parou, a porta se abriu e Kieran lançou-se para fora. Seguiu em linha reta rumo à porta do hangar, flutuando ali com muito mais rapidez do que se estivesse correndo. Sentia que Seth estava logo atrás dele.

Já dentro do lugar, apoiou os pés na parede e lançou-se novamente, dessa vez mirando a nave auxiliar mais próxima do *airlock*. Sentiu-se zonzo devido à velocidade com que se movimentava. Viu as poças de sangue seco e lembrou-se de como ele e Arthur tinham jogado os corpos para fora do *airlock*. Não pensara naquilo desde então. Queria fingir que aquele episódio nunca havia acontecido.

Kieran olhou ao redor e viu que Seth já tinha aberto a rampa das naves auxiliares e estava flutuando para lá. Kieran o seguiu.

— Os corpos... você... — disse Seth baixinho.

— Sim... — disse Kieran, irritado.

— Eu teria ajudado.

— Você estava ferido — Kieran falou enquanto colocava o cinto de segurança, ajeitando-se no assento do piloto.

Ele jamais pensara em como as naves auxiliares eram enormes, nem em como seria difícil manobrá-las através daquela porta. Sentiu o estômago revirar. Conseguiria fazer aquilo? Nunca pilotara nem usara um traje espacial antes.

— Certo. — Kieran ficou encarando o complexo painel de controle à sua frente, sem saber qual botão apertar primeiro.

Seth mexeu em um interruptor e Kieran ouviu os motores engasgarem e ganharem vida.

— Obrigado — disse Kieran, pela primeira vez na vida feliz por ter Seth por perto.

Seth apontou para o assento do piloto e disse:

— Você tem dezesseis anos, certo? Então passou pelas simulações de navegação no espaço...

— Sim — foi a resposta de Kieran.

Na verdade, ele nunca fora muito habilidoso nas simulações. Pilotar uma nave auxiliar era algo imensamente difícil. A gravidade zero tornava quase impossível permanecer orientado no espaço, os motores eram potentes e o mais leve erro de cálculo poderia ser mortal. O que estava tentando fazer era perigoso, não apenas para si, mas também para Seth e todos a bordo da Empyrean. Se colidissem com o casco da nave, a Empyrean poderia passar por uma descompressão explosiva capaz de matar a todos. Nas simulações, Kieran nunca havia nem mesmo conseguido *aterrissar* com sucesso. Colidira todas as vezes. Mordeu o lábio para fazê-lo parar de tremer.

— Não se atreva a bancar o covarde pra cima de mim! — disse Seth em um tom de aviso.

— Cala a boca!

— Vai pro inferno!

— Você não está ajudando!

— Estou aqui, não?

Kieran olhou para o queixo desafiador de Seth, para seus duros olhos azuis e percebeu que, sim, Seth estava ali, e estivera o tempo todo, pensando de um jeito que nenhum dos outros garotos tinha pensado. Kieran não gostava dele, mas a verdade era que Seth era seu único e melhor recurso.

Kieran inspirou fundo e segurou o *joystick* entre os joelhos. Ergueu-o levemente, e sentiu a nave mover-se para cima.

— Solte os cabos — disse Kieran a Seth, cujo dedo já estava pairando sobre o interruptor.

A nave moveu-se rapidamente e com violência. Com dificuldade Kieran conseguiu impedi-la de bater no teto do hangar. Depois de alguns nauseantes mergulhos e algumas oscilações, estabilizou a espaçonave com uma pegada firme no *joystick*.

— Certo, entre em contato com Sarek e mande-o abrir o *airlock*.

Seth falou aos murmúrios no microfone preso à sua camisa. Os dois ficaram olhando quando a porta se abriu uns dois centímetros e revelou o grande *airlock* atrás dela.

— Não rompa o casco — disse Seth baixinho a Kieran.

Suavemente, Kieran avançou pouco mais que alguns centímetros, e a nave auxiliar entrou com facilidade no *airlock*. Assim que a traseira da nave passou pela escotilha, Seth disse a Sarek para fechar a porta. Os garotos pularam em seus assentos com a descompressão do *airlock*. Quando o *airlock* estivesse quase em perfeito vácuo, seria o momento seguro de abrir a escotilha externa.

— Ah, meu santo Deus! — disse Kieran baixinho.

Seu estômago revirava. Nunca tinha saído antes da Empyrean para conhecer o espaço infinito. Voltou o olhar para Seth, que estava pálido e tenso. Quando os olhos dos dois garotos se encontraram, foi a vez de Seth dizer:

— Em que diabos *eu* estava pensando quando decidi te acompanhar?

Kieran caiu na gargalhada e Seth também, porém esse momento não durou muito. Seth apertou o botão de comunicação e disse a Sarek:

— Ok, pode abrir.

Kieran não sabia o que esperar, mas quando a porta do *airlock* se abriu à sua frente, seu medo se dissipou. A visão da nebulosa de certa forma já tinha se tornado familiar para ele.

— Devagar — disse Seth.

— Sim — falou Kieran, enquanto movia a nave para a frente.

Assim que estavam fora e longe do invólucro protetor da Empyrean, Kieran foi dominado pela vertigem e, por um instante, achou que fosse vomitar. Inspirou algumas vezes até a tontura passar e girou o *joystick* para bombordo.

A Empyrean agigantava-se no campo de visão de Kieran, que nunca havia visto a nave do lado de fora. Dali pôde perceber a máquina incrível que era!

A nave auxiliar moveu-se pela superfície externa da Empyrean, formada por depressões e elevações que envolviam os diversos sistemas da espaçonave. A estrutura que abrigava os controles atmosféricos era a mais alta, a mais gigantesca de todas.

— Tome cuidado — foi o aviso de Seth a Kieran.

Kieran empurrou a alavanca para trás a fim de abrir caminho, mas a parte inferior da nave auxiliar raspou no casco externo da Empyrean, fazendo um barulho assustador de metal contra metal. A nave deles pareceu prender-se por um instante, mas logo se soltou.

— Cuidado! — Seth agarrou o *joystick* do copiloto, à sua frente, puxou-o para trás e a nave elevou-se.

— Já entendi — disse Kieran. — Pode soltar.

— Não faça isso de novo — disse Seth, sem fôlego.

— Qual é o problema? Está assustado?

— Me borrando de medo!

Seth murmurou ao microfone, pedindo que Sarek verificasse possíveis danos no condicionamento atmosférico. Depois de alguns minutos, Kieran, ofegante, viu os *azipods* da popa da Empyrean à sua frente. O *airlock* da sala dos motores deveria ficar em algum lugar à esquerda.

— Onde fica? — perguntou a Seth.

— Não estou vendo.

O comunicador emitiu um bipe.

— O que foi? — respondeu Seth, ao microfone.

— Deixe eu falar com Kieran. — Era a voz de Mason Ardvale.

Kieran achava que o homem já estivesse morto. Não falava com ele havia quarenta horas.

— Estou aqui, Mason.

— Você é uma droga de uma criança louca, sabia?

— Falou o homem que quer se jogar por um *airlock*.

— Temos de ventilar o veneno.

— Por mim, tudo bem. Mas não vão fazer isso até eu chegar e resgatar vocês.

O homem soltou uma risada, mas era amarga, sem humor.

— O que o faz pensar que a nave auxiliar vai conseguir ancorar-se à sala dos motores?

Kieran sentiu-se congelar por dentro.

— Os *airlocks* não são *correspondentes?*

— Os *airlocks* da sala dos motores são projetados para liberar gás. — Mason tossiu, uma tosse fraca. — Não cabe nem um traje espacial ali.

— Mas isso é loucura! — gritou Seth, histérico. — Quem projetaria uma nave desse jeito?

— Em qualquer situação normal, teríamos tido uns vinte avisos antes de os motores entrarem em estado crítico. A equipe regular teria conseguido lidar com quaisquer danos normais.

— Os projetistas da nave nunca imaginaram a possibilidade de um *vazamento de material radioativo?* — perguntou Kieran, aos gritos.

— Eles nunca pensaram em *sabotagem* — disse Mason em tom calmo. — Caso contrário, você não acha que teríamos tentado, filho?

Kieran voltou o olhar para Seth, que estava pálido como um fantasma ao ouvir o próprio pai chamando outra pessoa de *filho*.

— Então não há *nada* que possamos fazer? — quis saber Kieran.

O silêncio tomou conta da cabine do piloto. Kieran suava em abundância e sentiu frio. Mason soltou um suspiro.

— Olha, é bem provável que isso vá nos matar, mas vocês podem tentar posicionar-se no porão de carga acima do *airlock*, e quando ocorrer a descompressão, podemos ser impulsionados lá para dentro.

— Vamos fazer isso então! — disse Kieran.

— Você não está entendendo uma coisa — comentou Mason com um tom assustador. — A força da explosão pode causar danos à nave auxiliar, e fazer com que ela fique girando de forma que vocês não consigam controlá-la. É por isso que tínhamos esperança de que vocês, crianças, não fossem tentar fazer isso.

— Ah, meu Deus! — disse Seth, desmoronando em sua cadeira. Encarou Kieran, e toda sua coragem havia desaparecido.

Kieran devolveu o olhar de Seth. Poderia ficar preso ali, olhando para o rosto de Seth Ardvale pelo restante de sua curta vida enquanto flutuavam para longe da Empyrean, girando como um quasar[6]. Mas que escolha eles tinham?

— Certo, vamos tentar — disse Kieran, que se sentia doente, a cabeça explodindo de dor. Largou o *joystick* por um instante e flexionou os dedos para aplacar o tremor.

— Quando meus olhos pararem de sangrar, vou arrancar o couro de vocês — disse Mason.

— Se você conseguir enxergar para nos pegar, meu velho — Seth provocou, e ambos riram, daquele jeito sombrio deles.

— Mason, o que devo fazer? — perguntou Kieran.

— Você tem que levar a nave até a escotilha.

— Lá está! — disse Seth, apontando para a direita.

---

6 Quasar: do latim *Quasi stellar objectus*. Literalmente, "objeto quase estelar". (N. da T.)

Kieran viu a forma oval do *airlock* projetando-se do casco da Empyrean e foi avançando lentamente até tê-lo em seu campo de visão. Seth apertou um botão e as palavras *Sequência de ancoragem* surgiram na parte inferior da tela.

Kieran foi manejando a nave auxiliar em direção ao *airlock*, até que parou abruptamente. O estrondo de metal contra metal atravessou toda a nave em que estavam.

— Ah, meu Deus! — disse Seth enquanto apertava um botão para sugar todo o ar para fora do porão de carga e despejá-lo dentro dos tanques de reserva, de modo que ficasse disponível para repressurização.

Os dois se entreolhavam. Seth mordia a parte interna de sua bochecha. Kieran lambeu os lábios e disse:

— Ancoramos, Mason. Vamos esperar até que estejam preparados.

— Ok. Assim que ouvirem a descompressão, fechem a porta da nave auxiliar, estão me ouvindo? Terão que agir rápido ou seremos lançados para fora.

— Eu sei, pai — disse Seth, com o dedo acima do botão de controle.

— Contando até três. No três — disse Mason.

Kieran agarrou o *joystick*, cuidadosamente. Seus olhos fitavam a nebulosa, que parecia pronta para engolir os últimos e poucos tripulantes adultos da Empyrean.

— Um.

Kieran inspirou fundo. Imaginou o vácuo do espaço, como eles ficariam com as ulcerações instantâneas causadas pelo frio, como seus pulmões parariam de funcionar e como o sangue ferveria.

— Dois.

Seth abriu a porta do *airlock* da nave auxiliar para receber a tripulação. Os punhos de Kieran doíam ao segurar o *joystick*.

— Três!

Um estrondo atingiu o peito de Kieran quando o ar da Empyrean foi expelido do *airlock*, e de repente a nave auxiliar começou a girar a uma velocidade assustadora. O Universo se tornara um borrão cinzento e cor-de-rosa. A visão de Kieran ficou turva e ele fechou os olhos, esperando desanuviar a mente até poder abri-los novamente.

Quando o fez, mal conseguia respirar.

Eles já haviam se distanciado tanto que a Empyrean parecia ter encolhido, não passava de uma água-viva solta no espaço. *Ai, meu Deus!* A Empyrean saía do campo de visão de Kieran, sumia e reaparecia, enquanto a nave auxiliar girava, desgovernada, deslocando-se pela nebulosa como uma pedra quicando nas águas de uma correnteza.

Turbilhão

Durante um tempo, tudo o que Kieran podia fazer era agarrar-se a seu assento. Pontos anuviavam sua visão. Achou que ia desmaiar a qualquer instante.

Abriu os olhos. Ficava zonzo só de olhar pelos portais, então focou no *joystick* à sua frente. Na tela do terminal do piloto piscava uma mensagem: *Habilitar ajuste de postura.* Bateu levemente na tela e, de súbito, a nave veio à vida quando dúzias de *azipods* começaram a ser disparados a intervalos irregulares.

— Pai! Pai! — gritou Seth.

Kieran não conseguia virar a cabeça para olhar o garoto, que pressionava o interruptor do intercomunicador.

— Pai, consegue me ouvir?

— Eles estão lá? — Kieran perguntou.

— Não sei!

— Você fechou a escotilha e fez a repressurização?

— Sim!

— Eles provavelmente desmaiaram — disse Kieran.

— Vou descer lá.

Seth esticou a mão para soltar a fivela em seu arnês, mas Kieran gritou:

— Não até que paremos de girar. Você vai morrer jogado de um lado para outro aqui dentro!

— Então controle isso! — gritou Seth.

— Estou tentando!

O turbilhão tinha diminuído, a nave girava mais devagar. Ou Kieran se acostumara? Não saberia dizer. A Empyrean não estava mais visível através dos portais da cabine. Kieran tinha esperanças de que isso significasse que a nave auxiliar não estava com a dianteira voltada para a nave mãe, pois a outra possibilidade era terrível demais: podiam estar irremediavelmente longe da Empyrean.

— Você sabe usar um sistema de navegação?

Seth deu uma risada de deboche ao ouvir a pergunta.

— Nessa nebulosa?

Letras vermelhas piscavam na tela de Kieran: *Falha no ajuste de posição.*

— Droga! O giroscópio estava danificado! — exclamou Kieran.

Outra mensagem piscava: *Habilitar os controles manuais.*

Kieran teria de estabilizar ele mesmo a nave. Socou a tela à sua frente e, de súbito, todos os *azipods* pararam.

— Você consegue sentir para que lado estamos girando? — perguntou Kieran a Seth, sabendo que sua pergunta era ridícula.

Seth nem se deu ao trabalho de responder. A única maneira de diminuir a velocidade de giro seria disparando um *azipod* na direção oposta ao seu movimento. Kieran fechou os olhos e tentou visualizar a nave auxiliar do lado de fora. O porão de carga ficava em direção à popa, então, quando ocorreu a explosão, a nave devia ter sido lançada ao espaço, caindo vertiginosamente. A nave talvez estivesse em giro com a ponta voltada para baixo, o que significava que ele tinha de disparar os *azipods* a fim de impelir a ponta da nave para cima.

Kieran puxou o *joystick* para trás. A nave deu um solavanco e ele ouviu Seth vomitar, um odor acre invadindo a cabine. Continuou puxando o *joystick* para trás, rezando, baixinho. *Por favor, por favor, por favor, por favor.*

— Pare! Pare! — gritou Seth, enquanto limpava o queixo na manga da camisa. — Lá está!

Kieran abriu os olhos e viu a Empyrean, cinza e minúscula como um pedregulho perdido na nebulosa. Deveria estar a 200 quilômetros de distância ou mais. Instintivamente, afrouxou a mão que segurava o *joystick* e acionou os *azipods* posteriores. Sentiu o encosto de seu assento empurrá-lo. A Empyrean parecia bambolear à medida que a nave auxiliar balançava, mas permanecia dentro do campo de visão, enquanto o *azipod* empurrava a nave auxiliar lentamente em direção a seu lar.

— Acho que você conseguiu — disse Seth.

— Temos alguns minutos antes de ancorar. Vamos dar uma olhada como estão os outros.

Kieran desenganchou seu arnês e seguiu Seth entre fileiras de assentos vazios, descendo até a escotilha que se abria para o porão de carga, temendo o que encontraria ali. Seu coração martelava o peito, e as veias em suas têmporas estavam inchadas e coçavam. O pânico dos últimos minutos (horas? dias?) tentava vir à tona numa explosão. Seth puxou a maçaneta, abriu a escotilha com firmeza e olhou para dentro.

Nada além de escuridão.

— Olá? — chamou Seth.

Kieran nunca o tinha ouvido falar daquele jeito, como um garotinho.

Um gemido foi ouvido nas trevas. Kieran acendeu a luz e o que viu o assombraria pelo resto da vida.

Eles estavam aninhados em um canto do porão de carga, sangrando. Tinham o rosto inchado e enrugado devido às ulcerações causadas pelo frio severo. Os olhos cerrados cobriam-se de placas de sangue coagulado, de onde vazava pus. Irreconhecíveis. Mas vivos.

— Alguém consegue falar?

Uma das silhuetas curvadas ergueu debilmente um polegar. Kieran estreitou os olhos até reconhecer Mason Ardvale, o pai de Seth, que disse:

— Você salvou a todos nós, Kieran.

Nenhuma palavra para o próprio filho.

Seth ficou encarando o pai, imóvel. O garoto parecia exaurido.

— É melhor voltarmos para casa. — Kieran colocou a mão no ombro de Seth. — Bom trabalho.

Seth desvencilhou-se da mão de Kieran.

— Acha que preciso disso vindo de você?

— Eu só estava...

— Pare de agir como se estivesse no comando — falou Seth. — Ninguém confia em você.

— E você fez tudo para que isso acontecesse, não fez?

— Vá pro inferno! — disse Seth, antes de seguir em direção ao pai.

Kieran ficou observando enquanto o garoto tirava a camisa para colocá-la sobre o corte profundo na testa de Mason. Seth passou-a de leve no sangue endurecido, sussurrando algo ao ouvido dele. Kieran pensou no próprio pai. Mas não havia tempo a perder. O sistema de ancoragem na cabine do piloto emitia um sinal urgente, e ele tinha de voltar para lá.

Prendeu-se a seu assento e tentou guiar a nave de volta até a Empyrean, mas algo não estava certo. Não conseguia entender o que era, mas a Empyrean parecia ficar cada vez mais longe, embora a nave auxiliar estivesse indo ao encontro dela. Como se a nave mãe estivesse...

— Sarek! — gritou Kieran ao painel de comunicação. — Os motores voltaram a funcionar?

— Sim! Acabaram de ser religados! — A voz animada de Sarek chegava entrecortada. — Temos gravidade. Não muita, mas é constante. Vocês conseguiram tirar a tripulação da sala dos motores?

— Sim, conseguimos. E estão vivos.

Kieran ouviu 122 garotos darem gritos de alegria.

— Escute, Sarek, tem como você desacelerar a Empyrean até aterrissarmos?

— Huuum... — Seguiu-se uma pausa desconfortável. — Não faço a mínima ideia de como fazer isso.

— Certo. Não se preocupe. — O suor formava-se acima do lábio superior de Kieran.

Provavelmente não era seguro desligar os motores de novo. Eles poderiam não conseguir religá-los, mas tentar aterrissar com uma nave auxiliar em um alvo em movimento tornaria a tarefa duas vezes mais árdua. Kieran enxugou as mãos suadas na calça, segurou o *joystick* e empurrou-o para a frente, dando à nave auxiliar velocidade suficiente para se manter no ritmo da Empyrean.

Através das janelas da cabine, Kieran avistava a Empyrean e parte da nave auxiliar, calculando que a trajetória da nave deles teria de ser mantida de modo a entrarem no *airlock* do jeito certo. Teria de pilotar a nave bem mais rápido para alcançar a Empyrean.

Empurrou os controles do *azipod* até a capacidade máxima, e foi lançado para trás em seu assento. Mal conseguia erguer o braço para guiar a nave e foi preciso usar toda a sua força abdominal para se inclinar o suficiente e alcançar o *joystick*.

Em vez de mirar direto a Empyrean, Kieran apontou a nave auxiliar até um ponto à frente da nave mãe, tentando imaginar onde seria o ponto de encontro entre as duas naves. Manteve-se determinado, ignorando o tremor dos braços e das pernas, os alertas temerosos de Sarek e a dor formando-se na nuca e no peito. Daria certo.

Logo a Empyrean dominava o campo de visão de Kieran. Estava quase lá. Procurava pela superfície irregular, em busca da familiar forma octogonal do *airlock* do hangar das naves auxiliares, até que as linhas cor-de-laranja emergiram da névoa. O hangar de ancoragem parecia minúsculo enquanto Kieran mirava-o e seguia em sua direção, forçando sua nave a seguir uma trajetória diagonal. A porta do *airlock* externo se abriu e ele diminuiu a aceleração. Conseguia respirar de novo, e seus membros não estavam mais tão pesados. Mordeu o lábio inferior até sentir gosto de sangue.

— Vamos, vamos! — murmurou.

Aterrissar uma nave em movimento requeria muito mais intuição que em qualquer simulação de voo. Kieran manteve o *joystick* estável enquanto a nave deslizava lentamente pela porta externa do *airlock*. A nave bateu no teto a caminho da entrada na Empyrean, e então foi rangendo ao longo das paredes, mas eles estavam lá dentro. A porta externa se fechou em volta da nave auxiliar, o *airlock* foi repressurizado e a porta interna se abriu, dando para o hangar e uma multidão de garotos cheios de esperança.

O desejo de Kieran era poder poupá-los de ver seus pais inchados, cheios de cortes, sentindo dor, mas quando a escotilha do porão de carga foi baixada e os garotos viram os adultos deitados no chão da nave auxiliar, entraram ali correndo, chorando aliviados.

Enquanto Kieran descia a rampa, grupos de garotos carregavam seus pais para fora da nave auxiliar, arrastando-os pela rampa do porão de carga, puxando-os em direção à enfermaria. Nenhum dos garotos parecia incomodado com a aparência dos pais, de tão aliviados que estavam por ainda respirarem. Em seus rostos, havia novamente a esperança, e isso fez com que Kieran sentisse o mesmo, pela primeira vez desde que vira Waverly entrar e desaparecer na nave auxiliar do inimigo.

Talvez a visse de novo. Possivelmente haveria uma forma de encontrá-la. E seus pais... eles ainda poderiam estar vivos. Kieran precisava ater-se à esperança durante o máximo de tempo que lhe fosse possível.

Encontrou Seth fazendo um grande esforço para tirar o pai da nave. Lamentou ter sempre tratado aquele garoto brilhante e engenhoso como uma ameaça. Waverly não se casaria com Seth, e sim com ele. Deveria tentar deixar para trás a antiga rivalidade e formar com Seth uma aliança, para que trabalhassem juntos.

Seth segurava o pai apenas com uma das mãos até que diversos garotos correram para ajudá-lo. Os olhos de Mason Ardvale reviravam-se no rosto inchado, os lábios estavam rachados, a ponta do nariz tinha uma tonalidade enegrecida devido às ulcerações provocadas pelo frio. Porém, estava vivo. Incrível. Parecia que todos os adultos tinham sobrevivido.

— Eu não teria conseguido fazer isso sem você — disse Kieran a Seth, esperando que Mason o ouvisse.

Os outros garotos ficaram atentos ao que Seth diria.

Ele olhou para Kieran com frieza.

— Não tenha tanto orgulho assim de si mesmo.

Kieran balançou a cabeça, sem entender.

— Você desabilitou o sistema de controle ambiental quando colidiu. Teremos de consertá-lo usando um traje espacial.

Vários garotos olharam para Kieran com raiva.

Por que Seth estava agindo daquela maneira?

— Faremos isso — disse, Kieran, confuso. — Você estava lá. Você viu como foi difícil.

— Eu não deveria ter deixado você pilotar a nave. — Seth falava alto, como se estivesse encenando algo para os outros garotos.

— *Deixado...?*

— Seria melhor se você ficasse numa cela — disse Seth por cima do ombro enquanto começava a tirar o pai dali, arrastando o homem inconsciente em direção à enfermaria.

O outros garotos viraram as costas para Kieran e saíram atrás de Seth.

Enquanto Kieran os seguia pelos corredores da nave, notou mais de um garoto olhando feio para ele. No final do corredor, viu Sarek sussurrando com outros dois meninos de doze anos. Ao vê-lo, desferiram-lhe olhares de ódio.

— Do que vocês estão falando? — Kieran perguntou, mas a resposta não veio. Os meninos balançaram a cabeça em sinal de censura, depois desviaram os olhares.

Quando entrou na enfermaria, deparou-se com o caos. A maioria dos adultos estava semiconsciente e gemendo. Os garotos corriam de um lado para outro entre os armários de remédios e seus pais, agonizantes nos leitos, com as mãos contorcidas, rostos enegrecidos e cheios de feridas por causa da descompressão.

Kieran caminhou entre os leitos, olhando para o rosto de cada um, até se deparar com Victoria Hand, a enfermeira. Ela estava deitada no canto da sala, o rosto mergulhado em um travesseiro, e gemia. Ele passou com dificuldade pelo grupo de garotos reunidos em volta dela e disse:

— Vickie! O que devemos fazer?

Os olhos apáticos da mulher se abriram, mas ela parecia incapaz de focar em algo.

— O que devemos fazer para tratar os ferimentos provocados pela descompressão? — perguntou Kieran.

— Oxigênio... — ela murmurou entre os lábios rachados e apertados.

Kieran gritou para os garotos:

— Achem as máscaras e os tanques de oxigênio. Cada um de vocês vai cuidar de seus próprios pais! Rápido!

Drew Jones encontrou os tanques em um armário no fundo da sala e os garotos começaram a brigar, tentando subir uns por cima dos outros para chegar até os tanques. Na hora em que Kieran conseguiu atravessar a sala para interromper as brigas, elas já tinham terminado, e os meninos corriam de volta para seus pais, tias ou tios, e encaixavam as máscaras no rosto deles.

— Como vamos fazer isso? — perguntou Bobby Martin a Kieran, apontando para os mostradores no topo dos tanques. Havia alguns números na borda do lado de fora.

Kieran correu de volta até Vickie Hand, só que ela havia perdido os sentidos. O filho dela, Austen, estava inclinado sobre a mãe, tentando encaixar a máscara transparente de plástico no rosto dela enquanto chorava e dizia, repetidas vezes:

— Estou aqui com você, mãe. Vai ficar tudo bem.

— Vickie! — chamou Kieran.

A enfermeira não respondeu, e ele a chacoalhou pelo ombro.

— Deixa a minha mãe em paz! — gritou Austen, com as lágrimas escorrendo pelas bochechas rechonchudas.

Kieran chacoalhou-a com mais força.

— Vickie! Qual é o ajuste que devemos fazer nos tanques de oxigênio?

Os olhos da mulher reviraram-se, e por um instante ela conseguiu encará-lo.

— Cem por cento — disse quase sem voz.

— Liguem os tanques de oxigênio no máximo, rapazes — gritou Kieran, e ficou olhando enquanto os meninos regulavam o oxigênio.

Kieran ficou parado, olhando para Vickie, observando-a, ansioso. Não podia perder a única pessoa com conhecimentos médicos a bordo da nave.

Olhou ao redor, procurando por Mason Ardvale, e viu que o homem não estava na enfermaria.

— Onde está o pai de Seth? — perguntou ao garoto mais próximo.

O menino apontou para uma das alas privativas, na lateral.

— Seth levou o pai dele para lá.

Kieran foi até o armário, tirou de lá um dos últimos tanques de oxigênio e levou-o até a saleta, onde Seth estava curvado sobre o pai. Kieran acendeu a luz, que estava apagada.

— Seth, ele vai precisar de oxigênio.

O garoto continuou com os olhos pregados no rosto do pai.

— Ele não precisa de nada.

Mason Ardvale jazia no leito, imóvel como uma escultura.

Kieran colocou o tanque de oxigênio no chão.

— Sinto muito.

— Deveria sentir mesmo — disse Seth, revoltado, antes de desabar sobre o pai, cobrindo-o com o corpo como se tentasse protegê-lo.

Foi uma das cenas mais tristes que Kieran já tinha visto na vida.

Ele deixou a saleta, fechando a porta depois de sair. Passou o olhar pelos outros garotos, que estavam inclinados sobre os pais, observando-lhes a respiração. Antes do fim do dia, poderiam morrer.

Vários garotos se achavam na porta da enfermaria. Seus pais não se encontravam entre os feridos, mas olhavam lá para dentro, ansiosos. Arthur Deitrich estava entre eles, e Kieran fez um sinal para que se aproximasse.

— Arthur, deve haver algum material no consultório dos médicos. Talvez o dr. Randall guardasse vídeos, ou o dr. Patel. Encontre-os para mim, ok?

— Boa ideia. Vou já! — Arthur saiu quase correndo para procurar os vídeos.

Kieran ergueu uma das mãos para chamar a atenção de todos.

— Rapazes, o Arthur está procurando alguns vídeos sobre ferimentos e doenças causados por radiação e descompressão. Quando encontrar, vamos ter de assistir para saber o que fazer. O oxigênio é um bom começo, mas teremos que trabalhar duro.

Enquanto falava, Kieran percebeu que os garotos olhavam para algo às suas costas. Estava prestes a virar para trás quando sentiu uma picada no pescoço, perto do ombro, como uma ferroada de abelha. Levou depressa a mão ao local e encontrou uma agulha hipodérmica com a ponta saindo para fora da pele.

— O que...? — Kieran começou a perguntar enquanto olhava para trás, mas não conseguiu concluir a frase.

Um entorpecimento se espalhou por seu rosto, provocando-lhe uma forte tontura, e ele começou a desabar no chão. Nesse instante vislumbrou os olhos vermelhos de Seth, molhados pelas lágrimas, e viu Arthur Deitrich, que chegava correndo do consultório médico com uma pilha de papéis que caíam, formando cascatas pelo ar... enquanto Kieran também flutuava, na direção da nebulosa, girando, girando...

A cela

Kieran acordou com a lateral do rosto comprimida em um piso de metal. A cabeça doía terrivelmente, e em sua boca havia um gosto de turfa, um fertilizante orgânico que sua mãe usava no jardim. Abriu os olhos, piscou e viu a parte de baixo de uma cama de metal, além de uma pia da qual pingava água.

Durante longos minutos, sua mente esteve em um estado de ausência, e ele só conseguia ficar olhando para a água prateada caindo, gota a gota, dentro da pia.

Cozinha.

A palavra atingiu sua mente como uma lasca de gelo. Pias ficam nas cozinhas. Ele deveria estar numa cozinha.

Mas não. Estava deitado sob uma cama. Nada de camas em cozinhas.

Sentia uma coceira no pescoço. Tentou apalpar o local e encostou em algo duro, enfiado em seu pescoço, pulsando, acompanhando suas batidas cardíacas. Uma seringa.

Tudo lhe voltou à mente de uma vez só. Seth tinha feito isso com ele. Aquele lugar não era uma cozinha. Era uma cela. Seu corpo parecia uma massa semilíquida enquanto se esforçava para rolar e ficar com as costas voltadas para o chão. O que quer que Seth lhe tivesse aplicado, era forte. Passou os dedos pela agulha hipodérmica, tentando descobrir onde estava inserida. Na jugular? Na carótida? Seria seguro tirá-la dali? Certamente não poderia deixá-la em seu corpo! Deveria ir até o espelho pendurado na parede do outro lado de onde se encontrava, mas não conseguia se mover.

— Toma — disse alguém.

Algo foi deslizando pelo chão e o atingiu na lateral do corpo. Teve medo de mexer a cabeça para ver quem estava ali com ele, de acabar fazendo com que a agulha entrasse ainda mais fundo em sua pele, ou pior ainda: que a agulha acabasse rasgando sua jugular. Então ficou tateando às cegas, esticando a mão para pegar o lhe haviam jogado e, com grande esforço, ergueu o objeto para vê-lo.

Era um espelho. Um espelho feminino.

— Obrigado — disse sem fôlego. O espelho e o seu braço estavam incrivelmente pesados. — Essa agulha vai me matar se eu a tirar daqui?

— Vai saber... — disse a voz, que não era de Seth, mas era também carregada de escárnio. Mais alguém o odiava tanto quanto Seth.

Segurando o espelho com a mão esquerda, ele buscou a agulha com a direita e colocou a mão em concha sobre ela. Inspirou fundo e, bem devagar, puxou-a para fora de seu pescoço. Sentiu como se tivesse removido um osso. Jogou-a longe e de novo olhou-se no espelho. Do orifício saía um pouco de sangue. Deixou a mão esquerda pender, repentinamente cansado demais até para manter o espelho erguido, e pressionou os dedos da mão direita sobre a ferida para estancar o sangramento.

Kieran permaneceu daquele jeito por um bom tempo, respirando fundo, antes de conseguir abrir novamente os olhos. Alguém o observava.

— Você vai me matar?

— Não eu — disse a voz.

— Então posso beber um pouco de água?

— Pegue-a você mesmo.

— Não consigo andar.

Um suspiro profundo, e então Kieran ouviu algo deslizar pelo chão até lhe atingir a cabeça. Uma bolsa gravitacional com água pela metade. Abriu o grampo em volta do canudo com dedos desajeitados e sugou o líquido morno, que acabou rápido demais. A água o revigorou, o suficiente para que conseguisse manter os olhos abertos sem muito esforço e, por fim, virou a cabeça para ver quem estava ali.

Sealy Arndt se achava sentado em uma banqueta, encarando-o de cima a baixo, com uma longa faca de cozinha equilibrada em seus joelhos magros.

— Você sabe quanto isso é ridículo?— perguntou Kieran ao garoto. — Acabei de resgatar os pais de todos vocês.

— Não foi o que Seth disse — foi a resposta do garoto, e seus lábios finos eram uma linha cor-de-rosa estreita em seu rosto. — Ele teve de assumir o controle porque você colidiu com a nave.

— Apenas por um segundo! Pilotei a nave auxiliar durante a trajetória inteira. Pergunte ao Sarek.

O garoto começou a rir. Sentindo-se de repente apavorado, Kieran se deu conta de que estava no meio de uma guerra, na qual estivera o tempo todo sem perceber, e estava perdendo. Poderia não conseguir se safar dessa vez. Se apenas pudesse conversar com seu pai por um minuto... para lhe perguntar o que fazer...

Kieran lembrou-se de como os olhos castanho-claros de seu pai se turvavam às vezes, no meio de uma conversa ou durante o jantar. Ele raramente estava presente na sala com a família, mas sim em algum outro lugar, sempre pensando. Às vezes Kieran conseguia penetrar naquela carcaça de concentração, obtendo a atenção do pai, e lhe contava sobre algum problema que estivesse enfrentando, com um amigo ou um professor que o tivesse tratado injustamente. Nessas ocasiões o pai sempre o fazia se sentir melhor. Ele sempre sabia o que seu pai diria: *A verdade é poderosa, Kieran. Simplesmente conte a verdade da melhor forma que puder e as pessoas enxergarão o seu lado.*

A verdade. Qual era a verdade?

— Sabe, Sealy, Seth sempre foi instável. Ele é inteligente, com certeza, mas machuca as pessoas. Não que ele seja uma pessoa ruim, apenas é dominado pela raiva.

Kieran recebeu como resposta o mais absoluto silêncio.

— Não podemos nos virar uns contra os outros dessa forma, você consegue ver isso, não? — perguntou, tentando manter a calma. Não podia deixar transparecer o terror que sentia. — Precisamos de todos e de cada um dos garotos desta nave para continuar seguindo em frente. Não podemos sair por aí jogando as pessoas numa cela só porque cometeram um erro.

— Você cometeu muitos erros.

— Mas todos nós cometemos muitos erros, não?

— Seth não cometeu nenhum.

Kieran perdeu a compostura.

— Você está deixando que Seth faça isso porque está com raiva do que aconteceu com as nossas famílias e quer colocar a culpa em alguém.

— Cala a boca! — explodiu Sealy. — Não tenho que ficar ouvindo nada do que você tem a dizer!

Kieran conteve a língua, mas podia ver que a calma de Sealy era só aparência. Por baixo daquela camada, deveria haver um amontoado turbulento de dúvidas. Assim como era provável que muitos dos outros garotos também se sentissem daquela forma... Se ao menos conseguisse chegar até eles, conversar com eles...

— Sealy, você realmente concorda com isso? Me jogar dentro desta cela?

O garoto não respondeu. Kieran ficou observando os olhos inquietos dele. Não passava de uma criança, mergulhada em uma situação com a qual até os adultos teriam dificuldade de lidar. Sealy estava confuso e assustado, e pronto para se agarrar a alguém ou a alguma coisa que o ajudasse a se sentir melhor.

— Sealy, acho que as naves auxiliares vão voltar. Se pararmos para pensar, eles nem devem estar tão longe. Provavelmente estão resgatando as garotas nesse exato momento.

— Você não sabe de nada.

— Nem você. Então por que presumir o pior? O capitão Jones pode estar em uma daquelas naves auxiliares agorinha mesmo, voltando para cá. Já pensou nisso?

— Pare! — disse, Sealy, irritado. — Eu sei o que você está tentando fazer.

— O que Seth está planejando fazer comigo?

— Você vai ver.

A cabeça de Kieran ficou a mil. Será que Seth estava considerando matá-lo?

— Livrar-se de mim só vai piorar as coisas, Sealy.

— Você está sendo mantido aqui, em um lugar onde não pode causar mais danos.

— Mas como você *sabe* que eu causei danos? Como alguém sabe disso?

— Seth viu tudo.

— Então é a palavra dele contra a minha? É assim que as coisas vão ser de agora em diante? Seth pode jogar na cela quem ele quiser?

Mais uma vez Sealy ficou em silêncio.

Kieran sentia o medo dominar todo o seu corpo. Precisava recobrar a frieza para conseguir pensar.

Enquanto estivesse na cela, estaria à mercê de Seth, e não tinha como sair dali a menos que alguém o soltasse. Sua única esperança era fazer contato com alguém que não fizesse parte do círculo próximo de Seth. Tinha de conversar com Arthur Deitrich, ou com Sarek, que tinham visto pelo monitor todo o percurso de navegação feito pela nave auxiliar. Sarek poderia negar a história contada por Seth.

— Se Seth é um líder de verdade, ele não deveria ter medo de realizar um julgamento justo.

— Se essa sua conversinha é uma tentativa de fazer com que eu o tire daqui, já aviso que não vai funcionar.

— Não estou *apenas* tentando sair daqui. Estou tentando salvar a nave. Você acha mesmo que Seth deve nos liderar? Acha mesmo?

— É, eu acho.

— Ah, claro. Tenho certeza de que ele nunca bancou o valentão pra cima de você.

Novamente, Sealy ficou em silêncio. Era melhor Kieran parar por ali. Deixaria o garoto refletir um pouco. Kieran nutria poucas esperanças de fazer com que a lealdade do garoto mudasse, mas se alimentasse alguma dúvida em relação ao que Seth estava fazendo, então era algo que poderia ajudar. Além disso, toda aquela conversa o deixara exaurido, e ele teve de fechar os olhos para tentar dormir, desejando que os efeitos da droga passassem.

Ainda com medo, Kieran demorou um pouco para dormir. Mas no fim conseguiu e, quando acordou, não tinha ideia de quanto tempo havia se passado. Assim que abriu os olhos, viu um par de botas diante de seu rosto.

Ergueu-se rapidamente, temendo ser chutado. Tentou se manter em pé, mas perdeu o equilíbrio e precisou se segurar na cama de metal.

Seth agigantava-se à sua frente, com os braços cruzados sobre o peito.

— Você deve estar orgulhoso.

Kieran ergueu-se para sentar na cama. Considerou derrubar Seth e bater nele até que perdesse a consciência, mas estava tão fraco que a tentativa seria inútil. De qualquer modo, no outro lado das barras de aço da cela havia dois garotos que seguravam armas semelhantes às que o pessoal da New Horizon haviam usado. Então eles tinham descido até o porão de carga e as encontrado.

— O que você quer, Seth?

— Tenho tudo o que quero. Você fora do meu caminho, e a nave finalmente vai ser comandada da forma como deve ser.

— É por isso que vocês precisavam de armas?

Meu Deus, quantas armas eles tinham?

— As armas facilitam as coisas — foi o comentário de Seth.

Kieran sentia o temor escorrer por seu peito como lama quente. Seth fora tomado pela insanidade.

— O que está planejando fazer comigo? — perguntou Kieran, tentando ocultar o medo.

Seth sentou-se na cama ao lado de Kieran, com as mãos nos joelhos. Agora que estava no comando não tinha um ar tão melancólico, mas sim arrogante. Movia-se com um caminhar insolente e tranquilo, e havia até mesmo uma pontinha de humor em seu olhar. Tudo em Seth parecia desconexo, suas atitudes não condiziam com a situação que estavam vivendo.

— Não decidi ainda — disse Seth.

— Você acha que todo mundo vai concordar com o que você decidir? Seja lá o que for?

— Quem se importa com o que todos acham?

— Você deveria se importar. Você é um só. Eles são muitos — disse Kieran, que achou ter visto um breve pestanejar nos olhos de Seth, mas foi algo bem passageiro.

— Quem deveria estar preocupado neste exato momento é você.

— Por quê? Você é meu único inimigo. Quantos inimigos *você* fez, seu valentão?

O punho cerrado de Seth atingiu rapidamente o olho de Kieran, que caiu da cama e saiu rolando pelo chão, incapaz de fingir que não tinha doído.

— Não me chame desse jeito! — gritou Seth, e toda a dor da perda de seu pai transparecia em sua voz. Ele estava prestes a desabar. No entanto, mordeu o lábio com força, conteve as emoções e disse: — Não quero bater em você de novo, mas farei se continuar me provocando.

Quando a dor começou a diminuir, Kieran fez um esforço e colocou-se de pé. Teve de se apoiar na parede de metal atrás de si. Sentia o frio revigorante do aço em suas costas. Percebeu que precisava comer. Precisava tomar água. Tinha necessidade de muitas coisas.

— Você sabe o que aconteceu a bordo da nave auxiliar, Seth. Você estava lá. Viu a coisa toda. Eu pilotei a nave que nos trouxe de volta até a Empyrean.

— Se eu não tivesse assumido o *joystick*, teríamos perdido o controle atmosférico — disse Seth, atuando para uma audiência de duas pessoas: Sealy Arndt, que olhava feio para o chão com uma expressão impossível de ser decifrada, e Max Brent, que observava Seth com fascínio, os olhos iluminados. — Sei o que fiz.

— É. Você segurou o *joystick* durante dez segundos. Você apertou um botão para fechar o porão de carga. Foi isso que você fez.

— Ainda estamos tentando consertar os danos que você causou ao sistema no momento da colisão.

— Eu mal raspei a superfície! O que vocês perderam de verdade? Uma antena? Que precisa mesmo ser consertada?

— Você desabilitou o sistema de controle.

— Se seu pai estivesse aqui, ele diria que você é um mentiroso.

Seth ficou paralisado, em choque, e por um instante Kieran achou que ele fosse chorar. O garoto apertou mais ainda seu punho já cerrado e moveu-se com tanta rapidez que Kieran nem viu o que estava prestes a acontecer. Seth deu-lhe um soco no estômago, e Kieran ficou sem ver nada por alguns segundos. Quando sua visão ficou desanuviada, estava de joelhos novamente. Lutava para respirar, mas seu diafragma estava em espasmos. Inspirava o ar com enorme esforço, enquanto a dor em seu estômago aumentava a dor em sua cabeça. Estava ferido. Muito ferido.

Era bem provável que não saísse vivo dali.

Olhou para Seth, que estava parado, enorme à sua frente. Pensou ter visto um lampejo de insegurança nos olhos do garoto enquanto ele massageava o punho.

— Por que você está fazendo isso? — Kieran perguntou-lhe, ofegante.

— Não vou deixar nenhum dos criminosos do capitão Jones tomar o controle desta nave.

— Do que você está falando?

— Estou falando sobre como as coisas precisam mudar.

— Acho que você enlouqueceu de vez.

— Você tem mais alguma outra acusação ridícula a fazer? — disse Seth em voz baixa. — Ou já está preparado para ouvir o que eu tenho a dizer?

Kieran mal olhou para Seth, esperando que ele se pronunciasse.

— Você dormiu durante trinta horas, então é bem provável que esteja faminto, certo? — perguntou-lhe Seth, sabendo a resposta.

Kieran pôs as mãos em seu estômago ferido, e ficou esperando.

— Traremos alguma coisa para você comer, mas em primeiro lugar quero que você admita seus erros na frente de todo mundo. Isso é tudo que tem de fazer.

Kieran precisava de comida. Sentia-se fraco e, apesar da dor em suas entranhas, sentia fome, mas não permitiria que isso virasse um trunfo nas mãos de Seth. Se lhe desse essa chance, a nave ficaria perdida. Podia sentir os outros dois garotos esperando uma resposta sua. Tinha de pensar em algo a dizer que pudesse minar os planos de Seth.

Era difícil pensar como seu inimigo. Qual seria a pior coisa que poderia dizer a ele naquele momento?

— Você deve estar com medo — foi o que disse, devagar. Ergueu os olhos até o rosto de Seth, que revelava todo o ódio que sentia — É por esse motivo que está me escondendo de todos os outros garotos. Você teme que eu os vire contra você.

Seth agarrou Kieran pelo cabelo e golpeou sua cabeça, que se inclinou para trás e bateu na parede.

— Você se acha esperto.

— Caso contrário — Kieran conseguiu falar —, por que estaria me pedindo para fazer uma confissão em público? Se não estivesse com medo, realizaria um julgamento de verdade. Se eu fosse o criminoso que você diz que sou, então deveria ter meios de provar isso, mas como não tem, está com medo.

— Não, Kieran — disse Seth enquanto saía da cela e fechava a grade corrediça. Seu rosto era uma máscara inexpressiva, mas sua voz tremia de raiva. — Quem está com medo aqui é você.

O que Seth falara era verdade, e Kieran se deu conta disso mais tarde naquela noite, sozinho no escuro, com fome e dor, além de sentir falta de Waverly.

Estava com muito medo.

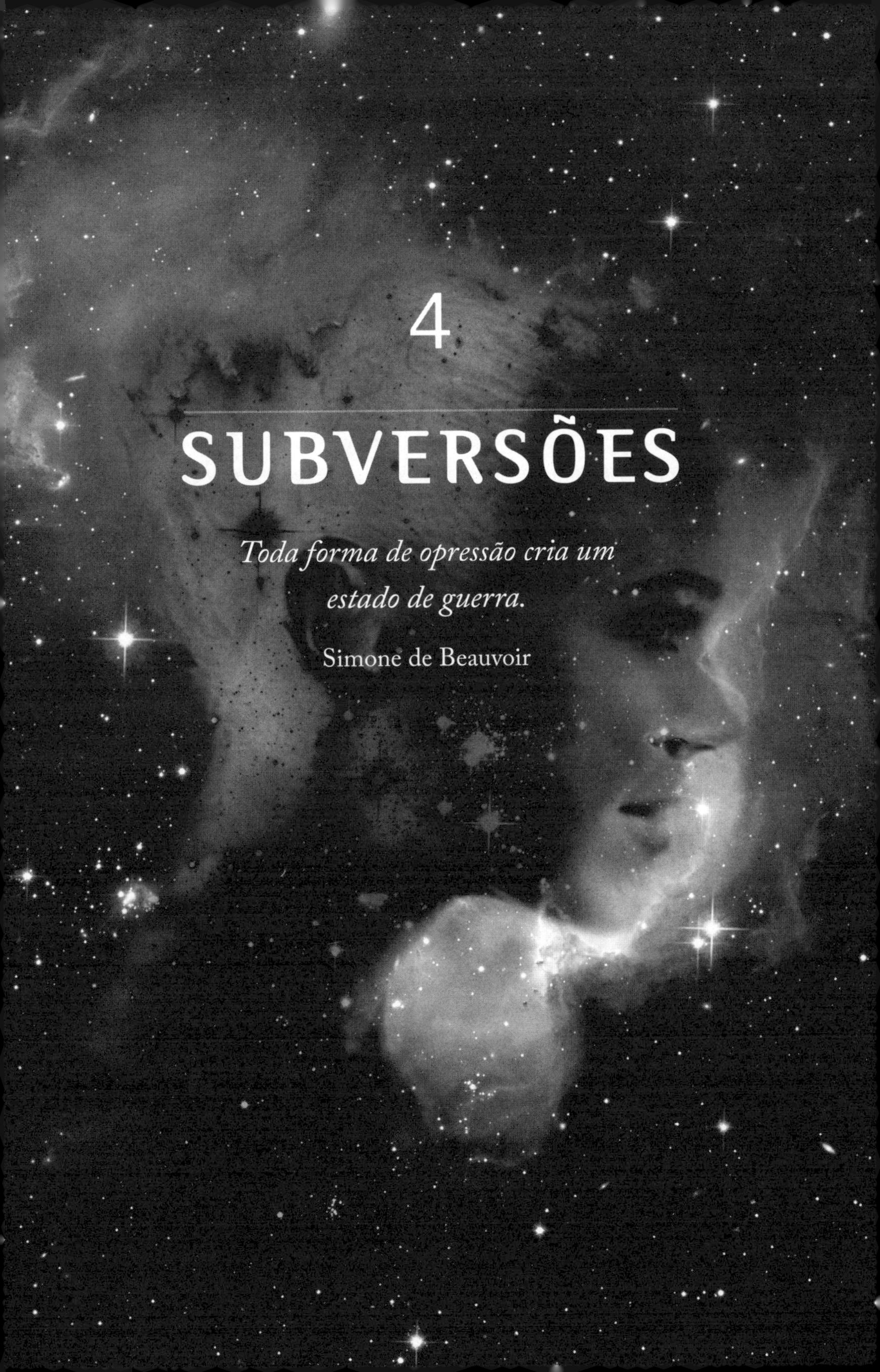

4

SUBVERSÕES

Toda forma de opressão cria um estado de guerra.

Simone de Beauvoir

Carga

Waverly abriu um sorriso, meio escondida atrás da fruteira, apoiando o queixo nas mãos. Era uma pose ridícula, e tão artificial, mas era o que Amanda queria.

— Está lindo, querida! Vai ficar adorável — disse Amanda enquanto sombreava a composição com um pedaço espesso de carvão.

Amanda era frágil como os outros adultos e só conseguia ficar em pé diante de seu cavalete de pintura por alguns minutos de cada vez. Então, o processo era lento.

— Você tem um talento natural para isso!

— Obrigada — disse Waverly, tentando não se mexer.

— Então, Waverly... — O tom de Amanda era cauteloso. — Diga-me, você quer ser mãe algum dia?

— Não sei. — Waverly mexeu os olhos para analisar a mulher, que a espiava com atenção de trás de seu desenho. — Por que está me perguntando isso?

— Ah, creio que por ciúme.

— Ciúme? De quê?

Durante um bom tempo, Amanda ficou sem responder à pergunta, apenas fazia traços no papel com o carvão.

— Eu queria ser uma das primeiras mães da Terra Nova. Achei que estava destinada a isso.

Waverly não disse nada.

— Mas você vai conseguir. Será a progenitora de centenas, talvez de milhões de colonos da Terra Nova. Será celebrada e relembrada por um planeta inteiro, cheio de gente. Como Eva no Jardim do Éden. Bem, você e o restante das garotas.

— Nunca pensei nisso dessa forma — disse Waverly, sentindo um calafrio passar por seus ombros e descer pelas costas.

— Quando pensar no assunto, verá que é praticamente seu dever, sabe do que estou falando: ser mãe.

Waverly ficou olhando para Amanda enquanto ela desenhava. As mãos da mulher faziam movimentos rápidos e nervosos.

— E para ser mais seguro, você deveria aproveitar enquanto é jovem. Ter filhos cedo, se puder. As mulheres vão se tornando menos férteis com o tempo. Você sabe disso.

— Não estou preparada para ser mãe.

Waverly sentiu um nó na garganta e engoliu em seco. O que aquela gente estava *tramando*?

— Ah, não digo que você deve cuidar de bebês na sua idade. Pelos céus, não! — Amanda deu risada.

Waverly conseguiu sorrir, mas estava constrangida. A mulher dissimulava, aproximando-se lentamente de algum objetivo.

— Estou tão feliz por você ter vindo nos visitar — disse ela com um sorriso afável.

— Não é nenhum incômodo — respondeu Waverly.

Na verdade era uma mudança de ares bem-vinda, para sair da monotonia do dormitório. Cinco dias haviam se passado desde o "Tempo em um lar familiar", e nada mais fora dito sobre as garotas se instalarem com as famílias da nave. Ao contrário, eram deixadas o tempo todo no dormitório, em completo tédio, um dia atrás do outro tentando se distrair sozinhas. E recebiam refeições simples, quase insuficientes para satisfazer a fome que sentiam. As garotas estavam mal-humoradas e sentiam-se desconfortáveis, e as brigas tinham se tornado frequentes. Waverly suspeitava que Anne Mather preparava o terreno para separá-las. Se o dormitório fosse um lugar sem graça, cansativo, ficariam ansiosas o bastante para querer sair dali.

Inúmeras vezes Waverly quis contar a Samantha e a Sarah sobre a mulher que lhe deixara o bilhete no banheiro, mas algo a impedia. Era o tipo de segredo impossível de esconder, mas sua única chance de resgatar os sobreviventes da Empyrean seria surpreendendo Anne Mather e sua tripulação. Eles não poderiam nem suspeitar que ela sabia da presença de tripulantes da Empyrean a bordo da New Horizon, não até que ela estivesse pronta para resgatá-los e fugir. Mas isso levaria tempo.

Então, quando Amanda a procurara para que fosse até seu apartamento posar para um retrato, Waverly agarrou-se à oportunidade. Tinha esperanças de conseguir burlar a vigilância dos guardas por algum tempo e entrar sorrateiramente nos porões de carga. Talvez sua mãe se encontrasse lá, e tinha de saber se ela estava bem.

Mas agora não queria pensar nisso, pois certamente cairia no choro.

A atenção de Waverly foi despertada por uma fotografia na parede, atrás de Amanda. A imagem exibia ondulações cor-de-laranja sob uma faixa azul, e a garota se esforçou para afastar suas preocupações.

— O que é aquilo? — quis saber.

— O quê? A foto? — Amanda tirou-a da parede e colocou-a sobre a mesa, na frente de Waverly. — É da Califórnia.

— Califórnia?

— É uma parte da América do Norte, de onde eu venho. Achei que você fosse de lá também.

— Minha família veio da Colúmbia Britânica.

— Das montanhas ou da costa?

— Das montanhas.

Waverly pegou a foto e analisou a terra laranja e ondulada como ondas do mar.

— Isso são montanhas?

— São dunas. — Amanda riu ao notar a expressão perplexa de Waverly, e sentou-se em uma cadeira de madeira ao lado dela. — Você já viu a areia que reveste o fundo dos tanques na incubadora dos peixes?

— Sim.

— Bem, é do que são feitas essas dunas, uma quantidade enorme dessa areia. Assim como a água remexe a areia no fundo dos tanques, o vento move a areia da superfície da Terra, formando as dunas.

— Então dunas são como ondas de terra?

— Sim. Se o vento estiver muito forte, a areia age como um ferrão ao atingir o rosto. E entra nos olhos.

— E o que o vento faz? — Outras pessoas tinham tentado explicar-lhe antes, mas Waverly sempre perguntava de novo porque as respostas eram sempre diferentes.

— Acredito que o sol, ao se erguer na aurora, aquece o ar, que então se eleva.

Waverly tentou imaginar-se parada no topo de uma duna com o vento no rosto. Era difícil criar a imagem do ar se movendo sem nenhuma causa visível. Via-se de pé, em um lugar onde não havia nenhuma parede, nem teto... Nada além do céu sobre sua cabeça. Nada para abrigá-la, sã e salva. Só de pensar ficava com medo.

— Sinto falta do lado de fora — disse Amanda, reclinando-se em sua cadeira, com as mãos cruzadas no colo e olhos sonhadores voltados para a foto. — Meu pai e eu costumávamos fazer longas caminhadas ao longo de um riacho que corria perto de nosso rancho. Ele segurava minha mão e mostrava lagostins nadando perto da margem, e eu tentava pegá-los. Certo dia, um deles me deu um beliscão.

Waverly não sabia o que era um lagostim, mas tinha aprendido a não interromper histórias sobre a Terra, ou os adultos parariam de falar.

— Gostaria que você me descrevesse a sensação do sol batendo no rosto. Já tentei simular essa situação. Até mesmo enfiei a cabeça no forno uma vez.

Amanda deu risada, balançando a cabeça. Waverly abriu um sorriso amarelo.

— Nada oferece a mesma sensação daquela luz na nossa pele. Quanto à pintura — Amanda deu uma risada de deboche, dirigindo o olhar às luzes fluorescentes do teto —, tentei milhões de maneiras diferentes, mas não consigo capturar a naturalidade da luz do sol nos meus trabalhos. Estou convencida de que isso é o que falta: não importa o que eu faça, as cores sempre parecem sem graça.

— Seus pais ainda estão a bordo da New Horizon?

— Meu pai faleceu há vários anos. Minha mãe morreu na Terra, quando eu ainda era um bebê. Ela nunca ficou muito bem depois de me dar à luz, e não durou muito tempo depois disso. Papai achou tão difícil vir a bordo desta missão... Realizou os testes de aptidão três vezes.

— Achei que só fosse permitido fazer o teste uma vez.

— Tínhamos dinheiro — disse Amanda, com a vergonha estampada no rosto. — Ele subornou o administrador.

— Ah...

Waverly se perguntava se todos na missão à Terra Nova vinham de famílias abastadas. Muitos gênios empobrecidos teriam sido deixados para trás por não poder pagar aos comitês de seleção?

Amanda tomou a foto das mãos dela e pendurou-a de volta na parede.

— Sei que é injusto — disse ela por fim. — Mas as coisas eram assim na Terra. A cada ano que se passava ia ficando um pouco mais quente, mais áreas de fazendas iam secando completamente, até quase não haver comida. Assim, a cada ano a população ficava mais desesperada. Condições difíceis não trazem à tona o melhor das pessoas.

A expressão de Amanda tornava-se mais sombria enquanto ela passava a ponta do dedo sobre o desenho, esfumaçando-o. Waverly observava-a com curiosidade. Poucos adultos tinham sido tão honestos como ela quando falavam da corrupção que conduzira àquela missão. Era animador estar na presença de alguém que falava tão abertamente sobre o assunto.

Ela poderia me contar o que realmente aconteceu na Terra, pensou Waverly.

— Quero lhe fazer uma pergunta... — disse Amanda com hesitação.

— O quê?

— Bem, estamos tentando oferecer melhores condições de vida para todas as meninas. Queremos colocá-las para morar com algumas famílias. Até encontrar os pais de vocês, é lógico.

— Claro — disse Waverly, perguntando-se, com medo, se Amanda sabia sobre os cativos no porão de carga.

Se sabia, não deixara transparecer em nenhum momento. Simplesmente parecia feliz com a presença de Waverly. Assara um pão caseiro, cujo aroma era delicioso, e colocara perto dela uma tigela com *cookies* de aveia. Nem se comparavam com as refeições sem gosto que ela vinha comendo nos últimos dias, mas resistiu aos *cookies*. Era muito esquisito aceitar a bondade vinda de seus captores.

— Talvez você pudesse... — começou Amanda. — Josiah e eu adoraríamos... — Ela abriu um sorriso tímido. — Queremos que você fique conosco.

Waverly encarou-a desconfiada.

— Por quê?

— Nós gostamos de você — disse Amanda, sem graça, dando de ombros. — E achamos que poderia gostar da gente. Até... — O olhar dela recaiu sobre a mesa, ainda cheia de serragem e pequenos potes de tinta. No meio da bagunça, havia um violão. — Bem, preparamos um quarto para você. Quer vê-lo? — Sem esperar por uma resposta, pegou Waverly pela mão e conduziu-a até o quarto por um corredor estreito.

Havia uma cama, uma escrivaninha e um abajur. Pendurada na parede acima da cama estava a fotografia de um cavalo, que olhava para a câmera com os olhos negros. O quarto era pequeno, mal comportava duas pessoas em pé ali dentro. Parecia uma cela de cadeia arrumadinha.

— Não é muita coisa — disse Amanda —, mas seria todo seu. Você teria um pouco de privacidade, além de seu próprio portal.

Waverly foi até o portal oval e olhou para a nebulosa. Naquele momento não havia estrelas visíveis, apenas o gás opaco e escuro espiralando no exterior da nave. Por quanto tempo ainda permaneceriam presos naquela nuvem horrível?

— Então... você gostaria? — perguntou Amanda, ansiosa.

Waverly virou o rosto para olhá-la. Amanda, com sua grande estatura, obstruía a entrada do quarto. A esperança estampada nos olhos.

— Acho que poderia ficar aqui, sim — disse Waverly por fim. Se não houvesse escolha e tivesse que sair do dormitório, ao menos ficaria bem com aquelas pessoas que pareciam inofensivas.

— Ah, que maravilha! — O sorriso de Amanda trouxe nova luz aos olhos verdes. — Vou pedir à pastora para ver se ela nos dá seu consentimento!

— Certo — disse Waverly.

— E... por favor, coma um dos *cookies*! Preparei especialmente para você.

Waverly pegou um por educação, mas não comeu.

— Vou guardar para mais tarde — murmurou ela.

Amanda pareceu tão desapontada com aquela reação que Waverly não pôde deixar de rir por dentro.

Veja até onde você pode levá-la, dizia uma voz fria em sua mente.

— Sabe — Waverly arriscou —, ando me sentindo tão confinada. Poderíamos sair para dar uma volta?

— Claro que sim! Por que não disse antes?

Amanda enfiou os pés nos sapatos sem salto e pegou um suéter.

— Vamos explorar um pouco os arredores, que tal?

Waverly envolveu-se com um xale leve, do mesmo tom claro de marrom dado a todas as garotas, e acompanhou Amanda até o lado de fora do apartamento. Ali estavam postados dois guardas, que começaram a segui-las... Mas Amanda disse:

— Ah, com certeza não precisamos de vocês. O que acham que vai acontecer conosco?

— Precisamos seguir os movimentos de todas as garotas, senhora — disse o mais baixo dos dois, cujos olhos pareciam os de um tubarão, e quando ele olhou para Waverly, ela sentiu-se como sua presa.

— Eu vou seguir os movimentos dela. Honestamente, são apenas crianças! Não sei por que estão fazendo essa confusão toda.

— A pastora...

— Sou muito amiga de Anne Mather, Nigel. Se ela questionar você sobre isso, peça que venha falar comigo.

O guarda baixinho estava prestes a protestar, mas o mais alto deu um puxão em seu braço para que se calasse.

— Certo, senhora. Tenha um bom passeio!

— Até que enfim um pouco de privacidade! — sussurrou Amanda, feliz, pegando Waverly pela mão. — Aonde você gostaria de ir? Temos o arboreto. Ou poderíamos ir até o observatório. Ouvi dizer que às vezes as estrelas ficam realmente visíveis. Eles acham que estamos quase saindo da nebulosa! Isso não é animador?

— É sim — foi o que disse Waverly, mas estava perdida em seus pensamentos, tentando lembrar-se do desenho da nave. Tinha que chegar o mais próximo possível dos porões de carga a estibordo. — Na verdade, estou curiosa em relação aos pomares.

— Ah, sim! Acho que as cerejeiras estão florescendo agora! — disse Amanda. — Conseguimos uma polinização cruzada que produziu uma bela fruta. Quer vê-la?

Waverly assentiu. Amanda conduziu-a pelo corredor, sorrindo a quem passava por elas, e todos voltavam olhares curiosos, de relance, para Waverly. Quando as duas entraram no elevador, Amanda tentou preencher o silêncio com sua tagarelice sobre as cerejas, como eram suculentas, que bela cor tinham, e que teria de acrescentar algumas ao retrato de Waverly. Por fim, o elevador parou no andar dos pomares.

— Essas árvores não são as mais belas? — perguntou Amanda, abrindo os braços para a cena à sua frente.

O aroma doce das cerejeiras enchia o ar, e a umidade refrescou o rosto de Waverly. Amanda estava tão deslumbrada que nem notou quando a garota deu um passo para trás, e depois mais um, até que estava dentro do elevador novamente e a porta se fechou.

Waverly apertou o botão do andar dos porões de carga.

Vamos, vamos, vamos!, implorava. Provavelmente tinha um minuto antes que Amanda chamasse os guardas ou viesse ela mesma atrás dela. Não havia tempo a perder.

A porta se abriu para um imenso salão. Pilhas de contêineres de metal iam até o teto, mais de quinze metros acima da cabeça de Waverly. As paredes iam sumindo de seu campo de visão, numa escuridão meio assustadora, fazendo com que a área parecesse infinita. Waverly poderia passar semanas ali e ainda assim não encontrar o que procurava.

Ouviu o barulho do elevador e pôs-se a correr. Virou na primeira esquina que viu à sua frente e deitou no chão. O bilhete dizia que a tripulação estava a estibordo, então levantou-se e seguiu para a direita, correndo o mais rápido que conseguia. A distância, ouviu o elevador parar e a voz de Amanda chamando-a pelo nome.

— Waverly, isso não é nada engraçado!

Waverly continuou correndo entre os imensos contêineres, fazendo o mínimo de barulho possível. Sabia que manter as pessoas ali embaixo era logisticamente difícil. Eles precisariam de comida e de água, então o melhor lugar para mantê-los seria perto de algum elevador. Começou a correr em ziguezague, inspecionando cada vão entre as pilhas por qual passava, na esperança de encontrar algum sinal dos sobreviventes. Seguiu correndo enquanto a voz de Amanda ficava cada vez mais distante.

Sua cabeça doía, e os pulmões pareciam prontos a entrar em colapso, mas continuava correndo. Tinha conseguido cobrir a metade do caminho até a parede oposta, quando viu um reflexo de luz à direita. Virou-se e ganhou velocidade, passando rapidamente pelos contêineres vermelhos e amarelos até distinguir que a luz vinha do elevador a estibordo.

Parou para recobrar o fôlego e ouviu o ruído dos motores, mas captou também um som mais suave. Tentou respirar mais devagar, depois seguiu sorrateiramente para a frente, certa de estar ouvindo vozes humanas.

Sim. Elas pareciam enlatadas, como se estivessem vindo de trás de uma parede de metal.

Os cativos deviam estar em um dos contêineres de armazenamento. Ela seguiu por um corredor, foi avançando lentamente em direção ao som, que ficava cada vez mais forte. As vozes se tornaram mais nítidas. Então parou para ouvir.

Gargalhadas.

Cinco guardas armados estavam parados, em círculo, a cerca de trinta metros de distância.

Waverly voltou um pouco para sair do campo de visão dos homens. Eles estavam reunidos diante de um contêiner de gado com saídas de ar nas laterais. Provavelmente era ali que a tripulação da Empyrean estava aprisionada.

Ela deu a volta, passou por trás dos guardas silenciosamente, até chegar à parte de trás do contêiner. Um odor forte atingiu-a e ela fez uma careta: era o fedor de suor e fezes humanos.

Waverly arrastou-se até uma das saídas de ar.

— Olá — sussurrou para a abertura. Conseguia ouvir a respiração e o mexer de alguns corpos. Alguém tossiu. — Olá! — sussurrou de novo.

— Quem está aí? — perguntou alguém do lado de dentro.

— Waverly Marshall.

Ela ouviu gritos abafados de surpresa. Temeu que os guardas tivessem escutado, mas eles ainda estavam conversando e rindo alto.

— Waverly?

Era sua mãe. Waverly quase desmaiou.

Regina colocou os dedos magros para fora da saída de ar, tentando encostar na filha, que segurou-os com força.

— Mãe — sussurrou ela.

— Querida, meu Deus... Você está bem?

— Estou bem.

Waverly não conseguia controlar as lágrimas. Seu corpo inteiro tremia, e o choro vertia compulsivamente.

— Mãe, fiquei tão preocupada!

Waverly pôde ouvir uma agitação dentro do contêiner, e então sua mãe perguntou:

— Querida, e as outras garotas?

— Estão bem. Todas a salvo.

Agora havia sussurros de alívio e uma mescla de choros e soluços baixinhos. Os guardas, distraídos, continuavam a rir.

— Não consigo acreditar que deixaram você vir! — disse Regina.

— Eles não deixaram. Entrei aqui escondida.

— Então a Anne Mather não deu permissão para vir até aqui?

— Não — foi a resposta de Waverly. — Ela nos disse que a Empyrean tinha sido destruída e que não havia sobreviventes.

— Mas você não acreditou nela. — O jeito como a mãe falou... Waverly podia sentir que ela se orgulhava da filha.

— Mãe, vou tirar vocês daqui.

— Meu bem, eles estão armados.

— Não importa. Vou achar um jeito.

— Não! — Os dedos de Regina apertaram a mão da filha. — Concentre-se em tirar as meninas desta nave. Não se arrisquem para nos salvar.

— Você está querendo que a gente *abandone* vocês?

— Vocês têm de se salvar! Sim!

— Não! — Waverly elevou a voz. Então ficou paralisada.

Os guardas não estavam mais conversando.

— Ei! — Era a voz de um dos guardas. — Quem está aí?

— Vá embora! — sussurrou Regina para Waverly, tentando empurrá-la.

A garota saiu correndo o mais rápido que pôde, virando esquinas, fazendo ziguezague entre os contêineres, com o coração quase saindo pela boca.

Tinha certeza de que conseguia correr mais rápido que eles, mas as vozes se aproximavam muito depressa. Como conseguiam ser tão velozes?

Waverly dava voltas, tentando chegar ao elevador a estibordo, até que ouviu alguém cantarolando bem próximo dela. Então viu um homem vindo em sua direção conduzindo um pequeno veículo, com esteira rolante, que era usado para empilhar fardos de feno.

— Pare ou vou atirar! — gritou ele.

O homem estava furioso e apontava uma arma para Waverly, mas ela se abaixou, arrastou-se até uma esquina e saiu correndo. Conseguia ouvi-lo se aproximar, aterrorizada com a possibilidade de ser baleada, mas incapaz de parar de correr. Sentiu uma mão agarrar seu cotovelo, mas conseguiu se libertar e virou mais uma esquina.

Então ele atirou nela.

Waverly sentiu a perna direita queimar, soltou um grito de agonia e caiu no chão. Tentou levantar-se, mas seu corpo não obedecia, e repentinamente tremeu de frio mesmo ensopada de suor.

— Mãe! — ela gritou. — Mãe! Mãe! Mãe! — gritou repetidas vezes, enquanto os homens a cercavam.

— Waverly? — Uma voz feminina chegou até ela, abafada pelo ar estagnado. — Waverly, onde está você?

— Mãe? Me ajuda! — gritou ela, tomada por uma inesperada alegria. Sua mãe estava chegando para salvá-la. Estaria em segurança em um instante.

Waverly virou o pescoço até conseguir olhar na direção onde vinha sua mãe. Uma silhueta surgia devagar, alta, mancando, mas vinha para ela. Aproximava-se cada vez mais, até que Waverly conseguiu ver seu rosto.

Amanda.

— Não! Eu preciso da minha mãe! — gritava Waverly, aos soluços, socando os próprios olhos, os ouvidos, até sentir diversas mãos segurando-a para mantê-la parada no chão.

Ela era mais forte que cada um deles, mesmo ferida daquele jeito... mas eram muitos. Não conseguia se mover. Estava perdendo os sentidos. Seu corpo inteiro tomado pela agonia. Tinha acabado. Não poderia ajudar sua mãe. Eles a tinham capturado, e não havia mais esperança.

Uma mão gentil segurou seu rosto, e ela sabia, sem abrir os olhos, de quem era.

— Waverly. O que você está fazendo aqui embaixo?

Uma mentira... precisava inventar uma mentira, mas o rosto de Amanda foi ficando cada vez mais fora de foco. Enquanto desmaiava, pôde ouvir Amanda gritando com os guardas:

— Ela é só uma criança! Deixem-na em paz! É só uma *criança!*

Destinos piores

O barulho de vidro acordou Waverly. Uma lâmpada acesa pendia acima dela, queimando seus olhos, e o cheiro de etanol fazia seu nariz arder. Havia um homem com uma máscara cirúrgica de pé ao lado de sua cama, mergulhando uma cureta em alguns tubos de ensaio enfileirados. Ao notar que a garota o observava, ele sorriu, formando rugas em volta dos olhos.

— É maravilhoso — disse a Waverly. — Você respondeu muito bem à terapia.

— Que terapia? — perguntou ela. Sentia a língua pesada, o que embolava suas palavras.

— Vou trazer a enfermeira — disse o homem, dando uns tapinhas gentis no braço dela antes de sair levando uma bandeja.

Então ela se lembrou. Da mãe. De ter conversado com ela, de ter lhe segurado a mão. A mãe estava viva e era preciso chegar a ela. Jogou as cobertas para fora da cama e tentou sentar-se, mas teve uma tontura e precisou se segurar às grades da cama para não cair. Não conseguiu mexer a perna direita, que ardia como se tivesse sofrido uma queimadura química.

Tomei um tiro.

Não poderia ir a nenhum lugar por um tempo.

Olhou ao redor. Não estava na enfermaria. As luzes brilhavam demais, e *não* havia nenhum portal que desse para o exterior. Devia estar no interior da nave, em algum andar superior. À sua direita uma fila de armários brancos. À esquerda, um balcão com uma fileira de béqueres. Em uma das extremidades da sala, um aparelho misturador como os usados nas aulas de biologia.

Estava em um laboratório.

Ouviu o som de passos, então outra pessoa, também com uma máscara cirúrgica, apareceu diante de Waverly. Os olhos de um castanho-claro lhe eram familiares, e quando a mulher disse "olá", ela reconheceu a voz. Era Magda, a enfermeira que havia cuidado dela assim que chegara a bordo da New Horizon.

— Por que estou em um laboratório? — quis saber Waverly.

— Está com sede?

Magda inseriu um canudo entre seus lábios, e ela sorveu uns goles da água gelada. Sentia a garganta dolorida, como se algo tivesse sido enfiado em sua traqueia. Um cateter serpenteava e entrava em uma veia no dorso de sua mão marcada por hematomas, e aquilo doía.

— Por que estou em um laboratório? — insistiu.

Magda sentou-se na cama, desajeitada.

— Você provavelmente está se perguntando o que aconteceu com a região do seu estômago.

Waverly olhou para baixo e viu que sua barriga estava muito inchada, formando um montinho duro que doía quando o tocava.

Sua garganta fechou-se em pânico, e ela começou a tossir. Magda ajudou-a a sentar-se direito na cama e esfregou as costas dela até que conseguisse recobrar o fôlego.

— O que vocês estão fazendo comigo?

— Acalme-se. Você está em segurança.

— Estou segura? A salvo? Tomei um tiro!

— Bem, querida, você não estava onde deveria.

— Por que minha barriga está inchada? — ela perguntou. — Vocês me fizeram ficar *grávida*?

— Não, não, não. Você não está grávida, Waverly. Enchemos a parede abdominal com dióxido de carbono para que pudéssemos enxergar lá dentro durante a a cirurgia, só isso.

— Que cirurgia? — Waverly gritava. Lágrimas quentes escorriam de seus olhos, formando uma trilha até as têmporas.

— Vou deixar que a pastora explique.

Uma sombra moveu-se pela entrada, e Anne Mather foi sentar-se ao lado de Waverly. A pastora também usava uma máscara cirúrgica, e seus olhos cinzentos sorriam para Waverly.

— Como está a nossa paciente? — perguntou ela com um tom de ternura que Waverly odiou.

— O que você fez comigo?

— Realizamos um procedimento simples, Waverly. Você não está correndo risco algum.

— *Que* procedimento? — Ela estava quase gritando novamente. *Mantenha a calma,* disse a si mesma. *Use a cabeça.*

— Conto o que fizemos com você se me contar por que estava no porão de carga.

Anne Mather ficou olhando para Waverly, à espera de uma resposta.

Uma mentira. Era do que Waverly precisava.

— Estava procurando armas — disse por fim. — Na Empyrean, eram mantidas nos porões de carga, então achei que vocês poderiam estar armazenando as armas lá.

— Então queria fugir? — perguntou Anne Mather, paciente, em um tom gentil.

Waverly assentiu.

A mulher analisava-a. Waverly cerrou os olhos, fingindo-se enjoada devido aos medicamentos que, sem sombra de dúvida, estavam sendo injetados.

— Bem, Waverly, estou decepcionada, mas não furiosa.

Waverly simulou uma garotinha em busca de perdão.

— Não está?

— Você deve estar confusa. Essas últimas semanas foram muito estressantes para você e as meninas. Não estou nem um pouco surpresa com esse... — Anne Mather fez um floreio com uma das mãos enluvadas, como se procurasse no ar a palavra certa — ...incidente.

A ironia deixou Waverly enfurecida, mas ela forçou-se a sorrir.

— Sinto muito.

— Tudo bem, querida. Está perdoada. — Anne Mather colocou suavemente umas das mãos sobre o braço da menina, causando-lhe um arrepio.

Mas Waverly conseguiu abrir um sorriso.

— O que vocês estão fazendo comigo? Se não estou grávida, estou doente? — perguntou, tomando cuidado para dissimular a raiva.

— Não, querida. Você tem uma saúde que é uma maravilha! — Anne Mather piscou algumas vezes como se estivesse reunindo seus pensamentos para formular o que viria a seguir. — Pudemos socorrê-la a tempo. Tivemos que sedá-la para cuidar da sua perna, que deve ficar logo curada, embora você provavelmente vá mancar um pouco. Sinto dizer isso.

Você não sente coisa nenhuma, pensou Waverly.

— Enquanto você estava sedada — prosseguiu Anne Mather —, realizamos um ultrassom e vimos que seus óvulos estavam lindos, maduros, então coletamos. Eles são tão preciosos, Waverly... Não poderíamos desperdiçá-los.

— Óvulos? — perguntou Waverly com a voz trêmula.

Anne Mather inclinou-se na direção de Waverly, e o sorriso havia sumido de seus olhos.

— Todo mundo nesta nave tem o dever de garantir a sobrevivência do grupo. Esse é seu dever também.

— O que vocês estão fazendo comigo? — berrou Waverly, não mais conseguindo ocultar a fúria. Queria se jogar em cima de Anne Mather, estrangulá-la. — Diga!

— Contarei quando você parar de gritar.

Waverly fez um grande esforço para se acalmar. *Vou matar essa mulher um dia,* jurou.

— Se tudo correr bem, dentro de nove meses você terá dado filhos a mais de uma dúzia de casais estéreis. Pense no presente que está dando a essas pessoas! Elas desejaram filhos durante tantos anos, e finalmente você está tornando isso possível!

Waverly ficou encarando-a, chocada.

— Neste momento seus óvulos estão sendo fertilizados e logo serão implantados nas mulheres que estão prontas para ser mães. Amanda é uma delas. Ela ia pedir seu consentimento. Chegou até a me dizer que começou a discutir o assunto com você, lembra-se disso?

Waverly balançou a cabeça, não acreditando naquilo. Então era isso que Amanda estava tentando conseguir naquele dia.

— Você não vai ter que carregar nenhum deles, Waverly. Estará dando alegria a mulheres que terão seus filhos e que criarão esses bebês em lares espirituais e cheios de amor. Você será poupada das dores do parto, ao menos até se apaixonar. Há diversos homens solteiros a bordo desta nave que adorariam ter você como esposa. Estão na estrada há bem mais tempo que você, mas não creio que a idade seja realmente um obstáculo...

— Já estou noiva. Vou me casar com Kieran Alden. — Pôde sentir Kieran a seu lado.

Anne Mather fez uma pausa como se estivesse remexendo suas memórias. Então disse:

— Kieran. Acho que a Felicity chegou a mencionar o nome dele. Seria o futuro capitão, não é?

Waverly ficou de boca fechada. Tinha falado demais.

— Querida... — a pastora inclinou-se para a frente, pegou a mão de Waverly e acariciou-a — a Empyrean se foi. Sinto muitíssimo, mas você tem uma vida nova agora. Sei que é difícil, mas acredito que será capaz de abraçar essa nova fase, em seu devido tempo.

Waverly esticou a mão em direção à garganta de Anne Mather, mas estava imobilizada pelo cateter. Só podia atacá-la com palavras e gritou-as:

— Você é louca!

— Não, Waverly. Sou pragmática. As pessoas não sabem disso. Elas me veem só como uma mística. Mas as duas coisas não são excludentes. — Anne Mather inclinou-se sobre Waverly, olhando-a bem nos olhos: — Precisamos de crianças para garantir nossa sobrevivência como raça, e você nos dará essa oportunidade. Acredito verdadeiramente que, com o tempo, você vai aceitar seu papel na história. Há destinos piores do que ser a matriarca de uma geração de seres humanos. Os primeiros a colocar os pés na Terra Nova, Waverly, pense nisso! Serão seus filhos! Você é privilegiada, e tenho certeza de que cairá em si quando vir os rostinhos de nossa primeira geração. — Ela abriu um sorriso que parecia de uma criança. — Serão tão belos!

— Vai se arrepender disso — disse Waverly, com um tremor na voz. — Vou fazê-la sofrer.

Anne Mather acenou para Magda, que estivera ali o tempo todo em pé, preparada, com uma seringa na mão. Ela injetou um líquido claro no soro que seguia pelo cateter. A pastora debruçou-se sobre a cama, com um sorriso triste que parecia sumir nas trevas, e Waverly ouviu-a dizer enquanto sua visão ficava nublada:

— Tenho certeza de que vai mesmo.

Desespero

Quando Waverly acordou, o inchaço em seu abdômen tinha sido substituído por uma dor terrível. Ela gemeu, tentou se mover, colocar-se em uma posição mais confortável, mas tinha sido amarrada na cama. Uma sombra movia-se na parede e subitamente uma luz foi acesa.

— Você está acordada.

Waverly estremeceu e a luz forte impedia-a de manter os olhos abertos. Sentiu um canudo ser colocado entre seus lábios e provou o líquido com a língua. Era água fresca, que ela bebeu, aliviando a secura da garganta. Seus olhos ajustaram-se à luz, e então conseguiu enxergar sua visitante.

Amanda estava sentada a seu lado, visivelmente exausta, com linhas de preocupação em volta dos olhos.

— Algum dia vai me perdoar? — perguntou ela a Waverly, que desviou o olhar.

Não queria conversar.

Amanda apoiou a testa na grade da cama, perto do cotovelo de Waverly. Lágrimas escorriam pelas rugas de seu rosto.

— Você não imagina a desgraça que se abateu sobre nós, Waverly. Éramos uma nave cheia de pessoas arruinadas, desoladas e desesperadas.

— Quer que eu sinta pena de você? — perguntou Waverly.

— Quando me lembro do que aconteceu no porão de carga... — Amanda balançou a cabeça, como se quisesse dizer que não concordava com aquilo.

Tinha o maxilar rígido. — Não consegui acreditar que atiraram em você! Quero que saiba que deixei aquele filho da puta com um olho roxo!

— Então quer a minha gratidão?

— Você deve me odiar — falou a mulher com uma voz frágil.

— É claro que odeio!

— Não a culpo.

— Não me importo em quem você vai colocar a culpa.

Amanda colocou a mão na barriga e ficou em silêncio por um tempo. Por fim, acabou dizendo:

— Não espero que você se alegre com isso, mas sinto que deu certo. Sei que estou grávida.

Waverly não queria ouvir aquilo. Saber que seus filhos poderiam ser criados por aquelas pessoas doentes... Não conseguia tolerar tal pensamento.

— Posso imaginar como você está se sentindo. Ser usada desse jeito. — Amanda esperou que Waverly dissesse algo, mas a menina nem olhou para ela. — Fiquei agoniada... pensando e repensando se deveria aceitar embriões que fossem... obtidos dessa maneira. Não havia tantas mulheres cujos ciclos menstruais batessem. E... você provavelmente sabe... tudo tem de ser feito no tempo certo. Se eu não tivesse aceitado a implantação, o embrião teria morrido. E eles são tão preciosos...

Todas as palavras que Amanda lhe dirigia eram como uma broca lhe perfurando o crânio. Não se importava com Amanda e seus pensamentos trágicos.

— Não sei se isso vai ajudar — disse, hesitante, Amanda —, mas sua amiga Felicity se prontificou em ser doadora. Vamos coletar os óvulos dela amanhã. Só temos esperança de que ela responda tão bem quanto você aos medicamentos. — Mais uma vez, Amanda esperou que Waverly se pronunciasse, e mais uma vez ficou desapontada. — Ela está lá fora. Você gostaria de vê-la?

Waverly não disse nada.

— Vou mandá-la entrar, tudo bem? Vocês duas podem conversar.

Amanda levantou-se, desajeitada, e saiu da sala. Um instante depois, Waverly sentiu uma mão hesitante tocando seu ombro.

— Como vai sua perna? — perguntou Felicity.

— Arruinada. — Waverly olhou diretamente nos olhos da garota. — Então você vai deixar eles fazerem isso com você?

— Você acha que tenho escolha? — perguntou Felicity. — Aqui estou, posso caminhar por aí livremente, sou tratada como rainha. E eis você, amarrada numa cama com uma perna detonada. É um erro meu cooperar?

Waverly não disse nada. Sabia que não podia confiar em Felicity, mas ela poderia ser sua única chance de passar uma mensagem a Sarah e Samantha.

— Eles estão ouvindo? — perguntou, sussurrando.

Felicity olhou para ela inexpressivamente.

— Eles estão ouvindo a nossa conversa?

— Não sei — foi a resposta de Felicity —, e depois articulou, sem falar, a palavra "talvez".

Waverly fez um sinal para que a garota se aproximasse, até que os cabelos dourados de Felicity fizessem cócegas em seu rosto. Seus sussurros eram tão baixinhos que ela mesma mal conseguia se ouvir falando:

— Vi a minha mãe. Eles estão mantendo os sobreviventes da Empyrean no porão de carga a estibordo.

A princípio, Felicity ficou sentada, completamente imóvel. Quando se endireitou, para afastar-se de Waverly, seu rosto estava muito pálido.

— Como você descobriu isso? — perguntou.

— Não posso dizer.

— Meus pais estavam lá?

— Eu não sei, só tive um minuto para conversar com a minha mãe. Sinto muito.

Felicity deu de ombros, como se estivesse indiferente em relação aos próprios pais. Julgando pelo modo como não a haviam protegido, Waverly não ficou surpresa com aquela reação.

— Mas eles pegaram você lá embaixo, não foi? — Felicity sussurrou.

Waverly assentiu.

— Então devem ter mudado os sobreviventes de lugar. Ou vão fazer isso.

— É claro!

Aquilo não tinha passado pela cabeça de Waverly, mas ela sabia que Anne Mather era cautelosa. Provavelmente já estava procurando pelo traidor ou pela traidora que passara informações a Waverly sobre os sobreviventes.

Waverly não tinha muito tempo, Anne Mather poderia matar os tripulantes da Empyrean. Poderia realizar uma busca e matar a mulher de cabelos castanho-avermelhados que deixara o bilhete no banheiro, e seria sua culpa por não ter sido mais cuidadosa.

Waverly ouviu alguém chegar.

— Conte a Sarah e a Samantha, ninguém mais além delas pode saber disso! — sussurrou antes que Magda entrasse ali atropelando tudo, carregando um pão e uma tigela de caldo em uma bandeja. — Diga a elas que eu mandei um "oi". — Waverly acrescentou em voz alta: — E que está tudo bem comigo.

— Direi sim — prometeu Felicity.

— Chega de visitas por hoje — cacarejou Magda. — Você precisa comer algo sólido. — Ela deslizou a bandeja sobre o colo de Waverly. — Meninas, vocês podem conversar mais depois.

Seja forte!, Waverly queria dizer, enquanto Felicity baixava o olhar e saía do ambiente, bastante perturbada.

— Aqui, docinho — disse Magda em um tom persuasivo, segurando uma colher com o caldo morno perto dos lábios de Waverly. — Não é bom?

— É.

— Ah, vamos lá. Nossa paciente está rabugenta hoje?

— Não sou sua paciente. Sou sua prisioneira. Vocês basicamente me estupraram.

Magda enrijeceu-se. De uma forma mecânica, alimentou Waverly, uma colherada atrás da outra, mal esperando que a garota engolisse antes de enfiar-lhe a colherada seguinte goela abaixo.

— Tem sorte por Amanda Marvin haver se interessado por você — disse, por fim, Magda. — Sabia que ela é a melhor amiga da pastora?

— E daí? — Waverly conseguiu dizer antes de ter mais uma colherada empurrada em sua boca.

— E daí que sua atitude não está sendo nada amistosa — disse Magda em um tom austero. — Você é tão fértil e não está nem aí pra isso. Se estivesse realmente dedicada à missão, estaria feliz em ajudar as pessoas a terem filhos, em vez de ficar se lamentando por sua situação.

Waverly aceitou mais uma colherada, em silêncio.

— Todos os tripulantes da Empyrean eram tão egoístas quanto você? — perguntou a enfermeira.

Waverly fixou os olhos em Magda, friamente, até que a mulher baixasse o olhar.

— Bem, vou contar — Magda falou. — As pessoas na sua nave não tinham uma boa reputação aqui. Ouvimos dizer que estavam até mesmo permitindo que algumas mulheres abortassem. Eu jamais ouvira falar de tamanha crueldade! Uma mãe matando o próprio filho!

— Isso só aconteceu uma vez. Para salvar a mãe. O bebê teria morrido de qualquer forma — retrucou Waverly.

— Bem, se fosse eu, teria arriscado tudo para salvar a minha criança.

— Mas não era você. Então cale a boca.

Magda levantou-se rapidamente de sua cadeira, foi direto até o armário e enfiou uma agulha em um frasco que continha um líquido claro. Waverly não sabia o que era aquilo, mas não o queria em seu sangue.

Enquanto Magda estava de costas para ela, puxou a agulha do dorso de sua mão e manteve-a escondida sob as cobertas. Quando Magda voltou e injetou o medicamento, Waverly pôde sentir o líquido escorrer no lençol ao lado de sua perna. Sem a medicação provavelmente sentiria muita dor, mas não confiava em Magda. Então fechou os olhos e fingiu cair no sono, imóvel, respirando profundamente e em ritmo estável, até que a enfermeira deixou a sala.

Waverly permaneceu quieta durante horas, até que caiu no sono. Foi acordada pela dor na perna, que havia aumentado bastante. Ficou ali no escuro, tentando pensar em outra coisa, e imaginou os braços de Kieran à sua volta, o seu sorriso doce. Ah, como sentia falta dele! Se Kieran estivesse ali, com certeza acharia um jeito de tirá-la daquele lugar horrendo.

Voltou à realidade ao ouvir um ruído. Alguém tinha entrado no laboratório e caminhava ali, do lado de fora, diante da porta que dava para seu quarto. Ouviu quando Magda e um homem riram enquanto conversavam.

— Ela está apagada? — ele quis saber.

— Sim, a princesinha finalmente está adormecida.

— Faz quanto tempo?

— Pelo menos umas dez horas. Dei a ela uma dose suficiente para apagar uma vaca.

— Então você pode cair fora?

— O que está pensando em fazer?

— Artie preparou um pouco de cerveja no celeiro.

— É melhor que ele não se deixe apanhar pela pastora — disse ela com uma risadinha.

— Vamos lá. Compro um pouco para você.

Waverly ouviu a porta do laboratório abri e fechar, e as vozes sumiram.

Poderia ser assim tão fácil?

Sabia que não deveria tentar fazer isso. Se a pegassem andando sorrateiramente pela nave de novo, poderiam matá-la, especialmente agora que tinham conseguido dela o que desejavam. E se nunca mais tivesse outra chance?

As amarras eram um problema. Teve de se curvar e romper o velcro com os dentes. A posição fazia sua perna doer terrivelmente, mas conseguiu puxar a amarra da mão direita, que tão logo ficou livre, soltou as outras.

O próximo passo seria bem mais difícil: sair da cama. Reuniu forças para girar o corpo e sentar-se, e ficou lá, fraca, nauseada e zonza, até parar de arfar.

Quando a tontura diminuiu, Waverly apoiou-se na cama para tirar a pressão de sua ferida. Foi deslizando vagarosamente até pôr os pés no chão. Como não conseguiria colocar peso em sua perna machucada, começou a pular devagar com uma perna só em direção à porta.

A sala do outro lado estava mal iluminada e tinha reluzentes equipamentos: tubos de ensaio, misturadores, balanças, tanques de metal e *freezers*. Foi saltando pouco a pouco, cobrindo a distância de mais ou menos um metro e meio da entrada até o balcão mais próximo, no qual se apoiou, desajeitada, para retomar o fôlego. A perna sã tremia por causa do esforço.

Ela precisava sentar-se. Imediatamente.

A cerca de três metros havia uma cadeira de escritório preta, com rodinhas. Ela cerrou os dentes e foi saltando o mais rápido que conseguia até a cadeira. Cada movimento era como uma cutilada mais profunda na ferida. Quando conseguiu encostar no tecido preto com a mão esquerda, soltou um grito de alívio, mas a cadeira moveu-se para longe, indo parar a quase um metro de distância.

Parecia um quilômetro, não um metro.

Lágrimas amargas começaram a brotar, mas ela conseguiu chegar até a cadeira e abaixou-se para sentar. Havia uma poça úmida e vermelha bem no centro de sua coxa. E doía... como doía!

A dor era tremenda! Daquele jeito não conseguiria ir a lugar nenhum. Todo o seu esforço havia sido em vão.

Waverly sentou-se sozinha ali, chorando, segurando o rosto com as mãos. Qual era o propósito de lutar mais? Queria desistir, sabia que seria mais fácil. Tentou imaginar como poderia ter uma vida ali. Talvez houvesse pessoas que pudessem ser suas amigas. Talvez, depois de um tempo, Anne Mather permitisse que sua mãe e o restante da tripulação da Empyrean tivessem de volta sua liberdade, ou, pelo menos, que vissem as filhas.

Não! Jamais Anne Mather permitiria que os membros da Empyrean vissem as filhas. Se as outras garotas soubessem que seus pais estavam presos ali, a pastora jamais poderia contar com a cooperação da parte delas. Não. Anne Mather manteria as famílias separadas para sempre.

Waverly não compactuaria com isso. Não ia permitir.

Com a perna boa, empurrou a cadeira ao outro lado da sala. Não sabia bem pelo que estava procurando. Mas buscava algo. Qualquer coisa que pudesse ajudá-la. Então viu a estação de comunicação num canto.

Arrastou-se até lá e analisou o painel, mas só havia possibilidade de contato interno; não havia como contatar a Empyrean a partir dali. Waverly bateu no teclado com os punhos cerrados, o que provocou uma horrível pontada na perna. Todo aquele trabalho para chegar até ali e ela nem podia entrar em contato com a nave que era sua casa.

Waverly mordeu com força a parte interna de sua bochecha, até controlar o choro, tentando pensar. Não tinha como entrar em contato com a Empyrean, mas poderia descobrir alguma coisa que a ajudasse de alguma forma. Fez a rolagem pelo menu, procurando por sinais ativos, e encontrou apenas dois terminais em operação na nave. Ficou ofegante. Um deles era dos aposentos da pastora Mather. O outro era um sinal que se movia.

Waverly colocou os fones de ouvido, cobriu o microfone com a mão e clicou no sinal de Anne Mather para ficar na escuta.

Nada além de coisas sem sentido iam sendo digitalizadas. Obviamente a estação de comunicações de Anne Mather era criptografada.

No entanto, aquele sinal que se movia poderia ser uma frequência aberta de rádio. Moveu o dial, procurando ouvir vozes. A estática deu lugar a um som ritmado, pulsante. Ouvia vibrações de alguma espécie. Conseguiu discernir algumas palavras na voz de um homem, embora um pouco abafadas.

A maioria deles veio em paz, e agora estão todos lá, trancados, sãos e salvos.

Waverly havia captado uma transmissão sobre os prisioneiros! Tinha de ser isso. Seu coração estava acelerado, a respiração, ainda que fraca, lhe rasgava o peito. Não podia perder nada do que estavam falando.

A resposta de Anne Mather foi ininteligível. Waverly só conseguiu captar metade da conversa.

Se você quiser saber minha opinião, disse o homem, *deveríamos nos livrar deles. Só para sermos...* Uma interrupção. Waverly prendeu a respiração. *Sim, sim, é claro, a senhora está certa, pastora. Sinto muito.*

Mais coisas faladas por Anne Mather. Waverly mordeu o lábio, desejando poder ouvir o que aquela mulher estava dizendo.

Nunca se sabe o que pessoas desesperadas são capazes de fazer, pastora. Estamos tentando manter a senhora em segurança. Ninguém vai encontrá-los aqui.

Uma breve resposta de Anne Mather.

Tenha um bom descanso, disse o homem, e o sinal foi cortado.

Waverly esmurrou duas vezes a estação. Não tinha conseguido nada de útil. Nada! Nada! Queria dissolver-se em lágrimas, mas sabia que Magda poderia voltar a qualquer momento. Arrastou-se com a cadeira pelo chão, encolhendo-se de dor, empurrando-se ao longo dos armários. Estava quase em seu quarto quando ouviu vozes do lado de fora do laboratório e uma risadinha que quase fez seu coração parar de bater. A porta que dava para o laboratório abriu-se e Waverly pôs-se em movimento com o dobro da velocidade anterior, cobrindo os quase dois metros que faltavam.

Ficou paralisada no lugar onde estava e pôs-se a escutar.

Dedos rápidos digitavam no teclado de um computador. Magda estava do outro lado do laboratório, na estação de comunicação. Silenciosamente, Waverly arrastou-se até a cama. Apesar da enorme dificuldade para sair da cadeira, conseguiu dar um jeito de cair no colchão. Sua perna latejava, e ela quase gritou, mas se balançou de um lado para outro na cama até que sua bochecha encontrou o travesseiro.

Com o dedão do pé, empurrou a cadeira para o canto, esperando que Magda não notasse o que estivera fazendo.

Magda poderia não perceber uma cadeira fora do lugar, mas será que ia ignorar que o cateter tinha sido tirado de sua mão? As duas pistas juntas, com certeza, seriam o suficiente até mesmo para alguém tão idiota quanto aquela mulher.

Teve vontade de chorar só de pensar no que tinha de fazer.

Pegou a agulha no colchão e mirou-a por alguns instantes. Era fina e flexível. Examinou o dorso da mão. No local da picada tinha uma crosta vermelha... e doía.

Waverly puxou a crosta, que saiu com facilidade. O sangue começou a vazar da puntura, e ela limpou o lugar da ferida para localizar o furinho. Queria que houvesse mais luz ali, mas só podia contar com a fraca iluminação do laboratório.

Fez pressão na ponta da agulha contra a puntura, testando-a. A dor pareceu atingir os ossos.

Magda estava do lado de fora da porta.

Rapidamente, Waverly fez pressão na agulha. A dor foi lancinante. Um grito escapou-lhe e ela então ficou paralisada. Magda tinha parado de cantarolar.

Waverly reclinou-se no travesseiro e fechou os olhos, arfando. A dor da perna e da mão se espalhava pelo corpo todo, e desejou que Magda entrasse e lhe desse outra injeção, mas teria de esperar horas para que isso acontecesse. Não sabia se suportaria.

Pensou ter sentido alguém olhando para ela, então forçou-se a respirar lentamente. Entreabriu os olhos e viu uma sombra se mover, cruzar a entrada e ir embora.

Em silêncio, Waverly prendeu as amarras em suas pernas e nos braços, fazendo com que ficassem o mais próximo possível de como estavam antes de tirá-las. Teve de se contorcer toda para fazer isso. Parecia que sua perna ia soltar-se de seu corpo.

Não fazia ideia de como conseguiria dormir naquelas condições, mas fechou os olhos. Ficou deitada, totalmente imóvel, deixando que a dor a dominasse até desmaiar.

Teve um sono induzido pela febre, acompanhado de uma vibração e pulsos ritmados. Waverly já ouvira aquele som antes, na Empyrean.

Aquilo era a chave para tudo. Se conseguisse encontrar de onde vinha aquele barulho, descobriria para onde haviam transferido os prisioneiros.

E sua mãe.

Amanda

Na manhã seguinte, Amanda apareceu para visitar Waverly. Olhou para ela, que estava com o rosto branco, ofegante e em agonia, e puxou Magda pelo jaleco até a cama da menina.

— Como isso aconteceu? — ela quis saber.

Magda encostou na testa de Waverly.

— Está com febre.

Amanda colocou a mão no rosto de Waverly.

— Querida, como está se sentindo?

Waverly tentou falar, mas sua garganta queimava. Estava fraca demais.

— Ela está exagerando — disse Magda. — Estava bem ontem.

— Saia daqui — disse Amanda, irritada com a enfermeira, que bufou de raiva e se afastou.

Amanda puxou as cobertas da cama e soltou as amarras.

— Agora talvez você consiga encontrar uma posição melhor, meu bem.

Waverly não conseguia nem mesmo levantar os braços. Algo chamou a atenção de Amanda, que segurou a mão direita da garota.

— Ah, meu Deus, querida! Você está com uma infecção horrível!

Amanda gritou por Magda e mandou que a enfermeira chamasse o dr. Armstrong. Logo um homem pequeno, de movimentos rápidos como os de um passarinho, entrou no laboratório e olhou para a mão inchada de Waverly.

— Isso não é nada bom — disse ele.

Devagar, tirou o cateter. Waverly não sentiu nada. Sua pele estava insensível. Ele espalhou um gel sobre o local inflamado e envolveu a mão com uma atadura de gaze.

— Vou introduzir um novo cateter na outra mão, tudo bem? — perguntou o médico com um sorriso.

Waverly achou que poderia ser o homem que a havia anestesiado e retirado seus óvulos, por isso não respondeu.

Ele deu a volta na cama e, habilmente, introduziu um outro acesso intravenoso cujo soro seguia para o interior de seu braço esquerdo. Depois de injetar duas medicações diferentes no soro, ele disse a Amanda:

— Creio que ela ficaria melhor aos seus cuidados, sra. Marvin, a senhora não acha?

— Com certeza — disse Amanda, tomada pela repulsa. — Magda deveria ser banida da enfermagem!

— Vou ver o que posso fazer — disse o médico, irritado, e saiu.

Horas e dias se passaram com Waverly perdendo e recobrando a consciência. A dor em sua perna diminuíra até um latejar leve e, depois de um longo período de pesadelos e suores frios, a febre cedeu. Amanda não saíra do seu lado: acordava-a todas as manhãs com uma tigela de cereal, e todas as noites dava-lhe de comer um cozido de vegetais delicioso que ela mesma preparava em sua própria cozinha.

Às vezes, levava Josiah até lá, e ambos ficavam sentados perto da cama da garota, de mãos dadas, contando-lhe histórias sobre animais que não eram cuidados por seres humanos, animais selvagens. Diziam que quando o sol se punha na Terra, o céu assumia um brilho alaranjado, algo que Waverly sempre desejara ver. Contavam-lhe que naquele planeta havia rios que desciam por colinas sem interferência humana e, em alguns lugares, o vento soprava com tamanha força que as árvores cresciam tortas.

Na maioria das vezes, Amanda ia ao quarto de Waverly sozinha.

De início, Waverly sentia-se incomodada com a presença daquela mulher o tempo todo, mas logo passou a gostar porque ela a alimentava, dava-lhe cobertores a mais se sentisse frio, tirava-os se estivesse calor. Amanda erguia a sua perna para trocar o curativo, carregava a bandeja com sopa e água, e esses movimentos a deixavam cansada. Mas depois sentava, esfregava as costas doloridas, e nunca descansava. Amanda era uma enfermeira muito melhor do que Magda e, por fim, Waverly sentiu-se tranquilizada com a presença dela, até mesmo grata.

Em nenhum momento Amanda mencionava a gravidez, mas Waverly percebeu que tinha sido confirmada, pela maneira feliz como a mulher cantarolava sozinha, acariciando a barriga, quando acreditava não estar sendo observada. Waverly sentia-se enojada por saber que seu próprio bebê crescia dentro de outra pessoa, mas ser protegida por Amanda, de alguma forma, trazia paz à sua mente. Ela cuidaria bem do bebê quando nascesse.

Assim que melhorou o bastante para se manter acordada por períodos mais longos, Waverly conseguiu pensar novamente no estranho ruído que ouvira naquela noite agonizante no laboratório. Aquele som era a chave para encontrar sua mãe, mas não conseguia imaginar de onde poderia vir. Na Empyrean, ela raramente vagava além dos níveis da biosfera. Não gostava das áreas frias da nave, onde ficavam as máquinas, porém tudo levava a crer que os prisioneiros estavam em um lugar assim.

Kieran era o explorador da Empyrean. Se ele ouvisse aquele sinal através do comunicador, conseguiria de imediato saber de onde vinha. Pela centésima vez, ela desejou poder conversar com ele, nem que fosse por um minuto apenas.

Até que ficou curada. Já podia se sentar na cama por longos períodos, e então chegou o dia em que, com a ajuda de Amanda, conseguiu ficar em pé e caminhar um pouco.

— Quero ver a minha cicatriz — disse ela, que tinha tateado por cima das bandagens e sentiu que a parte de trás de suas coxas não era mais macia. — Me ajude a tirar isso?

Amanda olhou para ela com ar de dúvida, mas ergueu-lhe a camisola com gentileza e tirou as bandagens que envolviam sua perna. Depois ajudou-a a se levantar e olhar-se no espelho pendurado na porta. Waverly precisou se equilibrar no ombro de Amanda, uma proximidade impensável uma semana antes. Porém, as coisas tinham mudado. Amanda havia se tornado uma amiga.

— Não está tão ruim assim. — Amanda tentou sorrir.

Waverly deixou escapar um suspiro. Era um corte feio e irregular que descia atrás de sua coxa, com cerca de vinte e cinco centímetros de comprimento. A pele estava inchada em ambos os lados do corte.

— Receio que vá ficar uma grande cicatriz, meu docinho, mas eles podem melhorar a aparência — disse Amanda, recolocando a bandagem de volta.

— E qual seria o propósito disso?

— Você é bonita, querida. Vale a pena tentar.

Waverly deu de ombros. Poucos meses antes, teria entrado em desespero só de pensar em uma marca no seu corpo, mas agora encarava isso quase com naturalidade. Estava ficando curada. Logo estaria forte e poderia matar Anne Mather e encontrar um jeito de cair fora daquele lugar.

— Precisamos ter uma conversa — Amanda falou.

— Sobre o quê? — Waverly quis saber.

— Quando você for liberada — começou Amanda, hesitante —, virá morar comigo e com Josiah.

— Por que não posso voltar para o dormitório?

— As meninas foram morar com as outras famílias. Sou a única em quem a pastora confia para cuidar de você. Ainda estaremos sob vigilância de guardas durante vinte e quatro horas. Por causa do que aconteceu nos porões de carga...

Waverly aceitou aquilo em silêncio, enquanto Amanda a colocava com jeitinho de volta em seu colchão.

A mulher saiu dali por um breve instante e retornou com uma tigela de canja para Waverly. Um aroma delicioso subia do caldo enquanto mexia com a colher.

— Eu só não consigo entender — Amanda continuou.

— O quê?

— O que você estava fazendo lá. De todos os lugares...

Amanda tentava obter alguma informação? Waverly observou-a e viu que sua testa estava franzida, em sinal de confusão.

— Eu estava procurando armas — respondeu.

Amanda olhou para Waverly com um olhar sério.

— A violência nunca é a resposta.

— Eu não queria *atirar* em ninguém. Queria fugir.

— Fugir para onde? Sua nave foi destruída. Anne mostrou-me os destroços.

Os olhos de Amanda estavam distantes, como se tentasse juntar as peças de algum quebra-cabeça.

— Amanda, por que a New Horizon tinha um encontro marcado com a Empyrean? — Waverly perguntou.

— *Tínhamos* que nos encontrar. Precisávamos de ajuda para solucionar o problema de nossa fertilidade.

— Pegando a nós, garotas, e roubando nossos óvulos?

— É claro que não! Anne fez um acordo com o capitão Jones há alguns anos, de que nos encontraríamos e pegaríamos os embriões que ele congelaria para nos entregar.

Aquela história era totalmente diferente da contada por Anne Mather. Waverly ficou pasma.

— Foi pura sorte termos encontrado vocês, quando mais precisavam da gente. Não sei quanto tempo mais teriam durado a bordo daquela armadilha mortal. Só gostaria de ter podido salvar todos aqueles menininhos também. Se tivéssemos tido tempo! Só tenho esperanças de que nossa nave não se depare com os mesmos problemas que destruíram a Empyrean.

— Então você não sabe mesmo... — disse Waverly baixinho, para si mesma. Mordeu o lábio quando se deu conta de que falara alto demais.

— Não sei do quê?

Waverly olhou para o rosto franco e confiável de Amanda, que poderia realmente não ter conhecimento de todas as mortes a bordo da Empyrean, assim como era bem provável que nem soubesse dos sobreviventes da nave. Desejava contar-lhe o que realmente estava acontecendo, mas se controlou. Confiar nela seria arriscar tudo.

— O que, Waverly? — pressionou Amanda. — Do que eu não sei?

— De quanto estamos gratas — foi a resposta rápida. — Por vocês terem nos salvado. A todas nós.

O sorriso de Amanda tomou conta de seu rosto, e ela pegou a tigela de sopa.

— Isso já deve ter esfriado o suficiente — disse ela, entregando a tigela a Waverly.

Na manhã seguinte, Amanda chegou com uma cadeira de rodas, ajudou Waverly a acomodar-se nela e cobriu-a com um cobertor. Enquanto a conduzia pelo corredor movimentado, as pessoas sorriam para Waverly, especialmente as mulheres, que deveriam saber que ela era a fonte do primeiro lote de embriões... Waverly deu-se conta disso. Tantas delas reluzindo, felizes...

— Você é uma celebridade — comentou Amanda, e Waverly ficou feliz por ela não ter mencionado o porquê.

Quando chegaram aos aposentos de Amanda e Josiah, Waverly viu que ele havia tirado a mesa da sala de estar, onde trabalhava em seu *hobby*, e em seu lugar havia uma espreguiçadeira bem acolchoada. Amanda colocou um monitor na frente de Waverly e mostrou-lhe um documentário atrás do outro sobre a New Horizon. De vez em quando, Waverly tinha um vislumbre de Anne Mather como uma jovem surpreendentemente bela, mas sempre no plano de fundo. Em um dos filmes, o antigo capitão da New Horizon, o capitão Takemara, era entrevistado a respeito da eficiência dos motores da nave. Homem alto com cabelos ondulados negros e olhos penetrantes, falava de sua nave com orgulho.

Naquela noite, enquanto Amanda preparava o jantar, Waverly perguntou:

— O que aconteceu com o capitão Takemara?

Amanda estava cortando pedaços de pepino, melão, agrião e espinafre. Olhou de relance para Waverly, sentada à mesa e com a perna apoiada em uma cadeira.

— Ele teve uma doença estranha. Durou meses daquele jeito, mas não havia nada que os médicos pudessem fazer.

— O que quer dizer que Anne Mather assumiu o comando — disse Waverly, imaginando se a morte do capitão tinha mesmo sido causada por uma doença.

— Bem, ela assumiu o comando *antes* de ele ficar doente, para falar a verdade. Quando as coisas ficaram complicadas... — Amanda se interrompeu, parecendo repensar o que dizia. Colocou algumas colheres na mesa. — Tem mais coisa envolvida nisso tudo.

Amanda ergueu a perna de Waverly devagar, sentou-se na cadeira e colocou o pé da garota sobre seu próprio joelho.

— Está bem assim?

Waverly assentiu com a cabeça,

— A verdade é que o capitão não era lá muito bom em liderança. Quando descobrimos que todas estávamos inférteis... Bem, você pode imaginar o estado em que a tripulação ficou. Entramos em desespero, e ele simplesmente não teve competência para lidar com a situação. Foi por esse motivo que Anne teve que intervir.

— Intervir?

— Ela era a pastora da nave, então já tinha uma posição de liderança. Todos nós comparecíamos aos serviços religiosos, aos domingos, porque seus sermões eram a única coisa que nos dava esperança. O capitão parecia submeter-se a ela cada vez mais, até que, por fim, abandonou seu posto e Anne Mather tomou seu lugar. Simples assim. Sabe, foi melhor para a nave. Ela nos transmitia um propósito, algo que o capitão nunca tinha sido capaz de fazer.

Waverly tinha certeza de que Amanda sabia mais do que estava contando.

— Que doença ele teve?

Amanda abriu um sorriso triste.

— Não sei. Uma enfermidade se espalhou e acometeu muitas das pessoas mais próximas do capitão. Foi uma tragédia.

— Que tipo de enfermidade?

— Achamos na época que havia sido provocada por alguma espécie de parasita. A maior parte do Conselho Central pareceu ter contraído a doença depois de uma das reuniões entre eles, mas os médicos, em momento algum, conseguiram isolar o organismo para matá-lo.

Waverly tentou controlar a respiração, que se agitava.

Amanda voltou a preparar a salada. Em silêncio, Waverly se perguntava pela centésima vez se poderia confiar nela, ou se não passava de uma espiã.

— Sabe o que me intriga? — Waverly começou a dizer, devagar. — Como eles trouxeram para a New Horizon aquele destroço da Empyrean?

Amanda mal ergueu o olhar do frango que preparava.

— Eles o recuperaram usando naves auxiliares e trajes espaciais.

— Eles pegaram o destroço vários dias depois de termos deixado a Empyrean para trás, certo?

— Sim, acho que sim.

— Mas estamos com gravidade constante o tempo todo, não é?

— Sim — respondeu Amanda, tornando mais lentos seus movimentos com a faca.

— Não entendo como eles podem ter recuperado os destroços, só isso. Se estivéssemos em aceleração para manter a gravidade artificial, os pedaços da nave teriam ficado para trás há eras.

Amanda parou de cortar o frango e olhou para Waverly, pensativa.

— Mas vai saber... — murmurou Waverly.

Ovação

Na manhã seguinte, Amanda levou um vestido preto e um véu de renda para o quarto de Waverly, que a observava fingindo dormir. Amanda movia-se sem fazer barulho, arrumando as roupas no cabide, alisando o véu com um cuidado afetuoso.

Tentava não acordar Waverly, que já havia despertado fazia horas e ficara pensando no som que tinha ouvido, tentando imaginar um jeito de fugir para descobrir de onde ele viera. Ela sabia que os guardas estavam o tempo todo do lado de fora dos aposentos de Amanda e Josiah. A presença deles não parecia incomodar Amanda, outro motivo pelo qual não podia confiar totalmente naquela mulher.

Amanda voltou-se para Waverly, que a observava.

— Você está acordada!

Waverly esfregou os olhos.

— Não costumo dormir muito.

— Eu também não. Josiah diz que é por causa do meu temperamento artístico, mas acho que ele só fala isso para me agradar. A verdade é que sou uma pessoa ansiosa.

Waverly abriu um leve sorriso.

— Querida, se você estiver preparada, será mais do que bem-vinda para frequentar os serviços religiosos conosco.

Aquela poderia ser uma maneira de ver Sarah e Samantha.

— Eu gostaria de ir, sim.

— Fico feliz. Anne disse que tinha algo especial planejado para as meninas, e eu odiaria que você perdesse isso.

Que maravilha, pensou Waverly enquanto saía da cama. A perna machucada ainda doía. Assim que Amanda saiu do quarto, colocou o vestido preto e prendeu o véu sobre os cabelos. Odiava o que o conjunto fazia com sua aparência. O vestido ficava muito largo nos quadris, e o lenço não privilegiava a beleza de seu rosto, além de ser opressivo.

Waverly foi mancando até a sala de estar, onde Amanda e Josiah a esperavam. Eles também estavam totalmente de preto, como se fossem a algum funeral. Josiah deu um passo à frente.

— Você está com boa aparência — disse ele.

— Obrigada.

Waverly nunca tinha perguntado, nem o casal comentara nada a respeito, porém certamente seu óvulo, na barriga de Amanda, havia sido fertilizado por Josiah. Então, de um jeito estranho, ele havia se acasalado com Waverly. Apesar disso, tratava-a como se fosse seu pai. A contradição a impedia de aproximar-se dele, algo que vinha de seu interior.

— Josiah preparou um presente para você — disse Amanda.

Ele pôs a mão atrás do sofá e tirou de lá uma bonita bengala de madeira. Waverly viu que o cabo da bengala era entalhado com formas de videiras e passarinhos e, para sua surpresa, adaptava-se confortavelmente em sua mão. Havia até mesmo uma alça para ela colocar em volta do pulso a fim de não deixá-lo cair.

— Uau! — exclamou Waverly. — Obrigada.

— Ele trabalhou nessa bengala o tempo todo em que você esteve de cama — disse Amanda.

— Fiz o acabamento com cera de abelha para conseguir esse brilho — disse Josiah com orgulho.

Waverly passou a mão pela textura aveludada da madeira. Sentia a bengala pesada em suas mãos, como se fosse um taco. Poderia vir a ser útil, quando chegasse a hora.

— É muito bonita.

Josiah ficou ruborizado ao ouvir o elogio.

— Vamos — disse Amanda, dando um tapinha carinhoso no ombro do marido. — Chega de se exibir. Temos de sair logo para que Waverly chegue a tempo.

A caminhada foi lenta. Waverly tinha de parar de vez em quando para descansar, mas o celeiro não ficava muito longe e logo estavam cruzando a ampla sala, ouvindo as vozes da congregação.

— Até mais, meninas — disse Josiah antes de assumir seu lugar no palco, ao lado dos outros músicos.

A área de adoração tinha sido decorada com palha e flores secas espalhadas pelo chão, que estalavam sob os pés de Waverly enquanto ela caminhava em direção ao altar. Quase metade dos assentos já estavam ocupados.

Uma mulher muito baixa caminhou em sua direção e segurou-lhe a mão. Tinha o rosto corado e era gorducha.

— Ah, eu só queria agradecer a você pelo que fez por mim! — disse a mulher, sorrindo.

— O quê? Eu...

— Significa tanto para mim... Você me deu uma nova vida. — A mulher enxugou as lágrimas que caíam de seus olhos. — Obrigada! Sempre honrarei você em meu lar!

Waverly se deu conta de que a mulher deveria estar carregando um de seus embriões, e sentiu um aperto na garganta. Amanda assentiu, com ar bondoso, e guiou-a até a fileira da frente.

— Amanda, quantas são? — perguntou Waverly com um tremor na voz.

— Quantas?

— Você sabe *o quê* — disse Waverly entredentes. — Quantas mulheres estão carregando meus bebês?

A cor tinha sumido do rosto de Amanda quando olhou para Waverly.

— Diga!

— Dezoito — revelou Amanda por fim. — Há dezoito grávidas.

— O quê? Como pode haver tantas?

— Deram uma medicação para você. Na comida — foi a resposta de Amanda. — Isso fez com que você produzisse muitos óvulos.

— E você acha isso certo? — A voz de Waverly saiu tão alta que várias pessoas a olharam.

— Eles não pediram minha opinião, Waverly — disse Amanda em um tom melancólico.

— E se tivessem pedido?

— Eu teria dito que deveriam obter sua permissão. Porque, de qualquer outra forma, é algo simplesmente desprezível.

No púlpito, Anne Mather sentou-se entre duas auxiliares esperando pelo início dos serviços. A mais velha parecia estar quase dormindo, mas a mais nova, de cabelos castanho-avermelhados presos em trança, olhava para a multidão ali reunida com serenidade. Por um instante, o olhar dela e o de Waverly se cruzaram, mas a mulher voltou a fitar o espaço à sua frente, como se nunca a tivesse visto.

Então Anne Mather ainda não a havia descoberto. Por ora, a mulher estava a salvo.

— Quem é aquela sentada ao lado de Anne? — perguntou Waverly a Amanda, que parecia feliz em mudar de assunto.

— Jessica Eaton. Jess. Apenas recentemente se voluntariou para ajudar com os serviços, desde que o diácono Maddox perdeu a voz. Ela faz algumas das leituras.

— Como ela conseguiu esse trabalho? — perguntou, com um tom cauteloso.

— Ela é assistente da Anne. Por quê?

Waverly deu de ombros.

— Curiosidade.

Com as mãos unidas em oração, abaixo do queixo, Anne Mather sorria para Amanda e Waverly. Sua túnica de cetim branco refletia a luz em suas bochechas rechonchudas, conferindo-lhe um brilho santificado.

— Sabe, Waverly, não concordo com *tudo* que minha amiga faz — disse, por fim, Amanda. — Mas não tenho as responsabilidades que ela tem. Ela lida com muita coisa.

— Você queria um bebê, certo? Então não desaprova tudo isso *tanto assim*.

Amanda empalideceu. De súbito, as luzes ficaram mais fracas: era o sinal de que a cerimônia ia começar. Amanda sussurrou a Waverly:

— Imagine se lhe oferecessem algo que você sempre desejou mais que tudo na vida. Você se recusaria a cooperar? Realmente faria isso?

Com muita raiva para dar uma resposta, Waverly olhou ao redor. Viu Samantha, Sarah e Felicity, as três sentadas na fileira da frente, do outro lado do corredor. Samantha encarava Waverly, com os lábios crispados e os olhos castanhos inabaláveis. Parecia mais magra e endurecida também. Sarah virou-se para Waverly e articulou uma palavra, sem emitir som algum, mas Waverly não conseguiu entender. Balançou a cabeça em negativa. Anne Mather tinha caminhado até o microfone e Sarah virou o rosto para o palco, as mãos apertadas, entrelaçadas, no colo.

Felicity fixou os olhos em Anne Mather, com uma expressão branda no rosto. Talvez fosse boa em disfarçar o medo que sentia, ou possivelmente, depois da vida que levara como a mais bela garota a bordo da Empyrean, estivesse tão acostumada a sentir medo que já não conseguia expressar raiva.

Ainda assim, fazia tanto tempo que Waverly não via ninguém da Empyrean que a sensação de ver aqueles rostos familiares foi maravilhosa, não importando quão mudados pudessem estar. Ansiava por Kieran, ou até mesmo por uma foto dele, só para poder contemplar o seu semblante.

Todos se levantaram. Amanda fez um gesto para que Waverly permanecesse sentada, mas ela levantou mesmo assim, apoiando-se, desajeitada, em sua nova bengala.

Anne Mather abriu um sorriso cálido e ergueu as mãos como se fosse abraçar a todos.

— Bem-vindos neste que é o domingo 22.292 de nossa jornada à Terra Nova. Que a paz esteja com todos!

— Que a paz esteja com todos — disseram todos em uníssono, até mesmo Amanda, que estava séria.

— Senhor dos Céus, agradecemos pelas bênçãos que lançastes sobre nosso povo. O Senhor nos mostrou o caminho para a criação da vida, enviando a nós Vossas belas filhas da nave destruída de nossos camaradas. Desejo especialmente honrar essas garotas generosas que compartilharam sua própria essência de vida. Gostaria de pedir que essas jovens venham até o púlpito para que possamos agradecer à altura. Waverly Marshall, Debora Mombasa, Alia Khadivi, Felicity Wiggam, Samantha Stapleton, Sarah Hodges e Melissa Dickinson, por favor, queiram juntar-se a mim.

Chocada ao ouvir tantos nomes, a princípio Waverly não conseguiu nem se mexer. No entanto, quando Samantha ofereceu-lhe a mão, aceitou e deixou-se levar ao púlpito. Sentou em uma das cadeiras, oferecida pessoalmente por Anne Mather. Waverly olhou friamente para a pastora, cuja resposta foi abrir um sorriso e até mesmo acariciou seu rosto. As pessoas ali reunidas murmuraram sua aprovação ante aquele gesto. Depois que todas as garotas sentaram, Anne Mather voltou para o microfone.

Waverly olhou para a multidão e, ao ver aquelas pessoas de meia-idade, grisalhas, abrindo largos sorrisos para ela, quase teve vontade de retribuir-lhes. Mas não conseguia esquecer o que tinham feito à Empyrean, mesmo que a maioria delas nem tivesse conhecimento disso. Ela nunca esqueceria.

Felicity, Alia e Deborah mantiveram a compostura, com um ar solene estampado no rosto. Sarah parecia prestes a verter lágrimas de fúria, e Samantha, com os punhos cerrados apoiados nos joelhos, escrutinava a multidão como se estivesse escolhendo quem mataria primeiro. Waverly duvidava que Anne Mather tivesse obtido a cooperação total delas.

— Agora — disse a pastora, com uma das mãos erguidas — quero que essas meninas vejam o belo trabalho que fizeram na Criação de Deus. Todas as mulheres abençoadas pela generosidade dessas garotas, por favor, queiram se levantar e nos mostrar quem são.

Dezenas e mais dezenas de mulheres se levantaram, muitas com olhos marejados, outras já com lágrimas escorrendo pelas bochechas. Waverly olhou para Samantha, cujos olhos negros faiscavam de fúria. Os de Sarah estavam vermelhos, e ela mordia o lábio inferior de um jeito brutal, como se tentasse conter as lágrimas. Os grandes olhos azuis de Felicity arregalaram-se com a surpresa, e por um breve instante ela olhou para Waverly, depois desviou o olhar, assumindo uma expressão indecifrável.

— Graças a essas garotas valentes — prosseguiu Anne Mather —, vamos sobreviver à noite escura da jornada da Humanidade pelo Universo, e nossos filhos verão a alvorada na Terra Nova!

A sala irrompeu em demonstrações de emoção. Pessoas levantavam-se, batiam palmas, emitiam gritinhos de júbilo, além de acenarem para as garotas. Muitas choravam abertamente.

Durante a onda selvagem de aplausos que se seguiu, Waverly gritou ao ouvido de Samantha:

— O que eles fizeram com vocês?

— Eles nos drogaram! — gritou Samantha. — Quando acordamos, já estava feito. Então eles pediram permissão, quando mal estávamos conscientes.

— Vamos fugir daqui! — disse Waverly.

— Temos de fazer isso durante os serviços — respondeu Samantha. — É a única hora em que estamos todas reunidas!

— Temos de nos encontrar! — disse Waverly, notando que os aplausos cessavam.

Não restava muito tempo.

— Eles me vigiam a cada segundo.

— Conversarei com Amanda — disse Waverly. De todas as mulheres que haviam engravidado, o rosto dela era o único que demonstrava perturbação. — Acho que ela vai nos ajudar.

Samantha colocou a mão no joelho de Waverly.

— Não podemos confiar em *ninguém* aqui! — disse, enquanto o último aplauso ia sumindo. — Prometa que não vai falar nada disso com ela, Waverly!

Waverly mordeu o lábio enquanto observava Amanda, que poderia ser a única chance delas, mas Samantha tinha razão. Teriam de encontrar outro jeito.

— Certo — disse, no momento em que Anne Mather iniciou o seu sermão.

— Gostaria de levar vocês de volta a quinze anos atrás — começou Anne Mather, com a voz envolvendo a congregação como um chamado, como se suas palavras significassem a promessa de vida eterna. — Depois de anos de descuidos e egoísmo ingênuo, finalmente resolvemos nos lançar à tarefa de conceber nossas famílias, e então descobrimos que nenhuma de nós jamais teria filhos. Vocês se lembram de como nos sentimos naquela ocasião?

Muitas das mulheres assentiram.

— Estávamos devastadas. — Anne Mather deixou que a palavra "devastadas" ficasse pairando no ar antes de prosseguir: — Deus disse a Abraão certa vez: "Sabes tu, com certeza, que tua semente será um estranho em uma terra estranha". Ainda assim, a esposa de Abraão, Sarah, não teve filhos. Então, ela disse a ele: "Ouve-me agora, o Senhor impediu-me de dar à luz: rogo-te que vás deitar-te com a minha criada, pode ser que eu consiga filhos por meio dela". E Abraão deu ouvidos a Sarah.

Anne Mather ergueu uma das mãos em direção à fileira de garotas sobre o púlpito, e a congregação, obediente, ergueu os olhares contemplativos para as meninas. Waverly sentiu-se mortificada. Olhavam para ela como se fosse uma espécie de santa.

— Essas garotas são a realização da promessa de Deus de trazer pessoas novas à New Horizon!

Mais uma vez a congregação irrompeu em aclamações, e Anne Mather se mostrou embevecida com o efeito que causava. Falara com suprema convicção, e seu rebanho havia respondido à altura.

— Essas pessoas realmente acreditam que estão fazendo a vontade de Deus — disse Samantha ao ouvido de Waverly.

— Talvez não *todas* — Waverly disse, pensativa, e olhou para Anne Mather.

Aquela mulher realmente acreditava no que dizia? Ou tudo aquilo não passava de uma encenação? Anne Mather encarava Waverly com ar de triunfo, fazendo parecer que o propósito daquela situação era mostrar-lhe seu poder.

Ela conseguiu convencê-los de que são favorecidos por Deus, pensou Waverly, *e que servem a propósitos especiais. Ela sabe como fazer com que a adorem. É aí que reside o seu poder.*

Depois de infinitas leituras, canções entoadas por Josiah e o restante do coro, e mais uma onda de aplausos para Waverly e as outras meninas, os serviços finalmente acabaram. Waverly deixou que Samantha a ajudasse a descer do púlpito e, logo em seguida, assustou-se com a súbita presença de Anne Mather a seu lado.

— Espero que tenham gostado da homenagem — disse ela com um sorriso largo e presunçoso. — Eu queria mostrar a vocês nossa gratidão.

Amanda juntou-se a elas.

— Belo sermão o de hoje, Anne — disse Amanda, sorrindo jubilosamente.

Anne Mather olhou para Amanda com uma expressão verdadeira de afeto.

— Anne era minha babá, Waverly. Faz muito tempo.

— Amanda era como uma filha para mim — disse Anne Mather.

O amor entre as duas era quase palpável. Estava claro que Anne Mather se importava muito com o que Amanda achava dela.

— Waverly — disse Amanda, de braços dados com Anne Mather —, sabia que Anne era professora de crianças? Foi ela que ensinou a mim e a Josiah a ler.

— Eu não era muito boa dando aulas — disse Anne Mather, balançando a cabeça em negativa.

— É mesmo? — Amanda parecia surpresa. — Creio que seja algo que eu gostaria de tentar fazer algum dia. Quer dizer, se tivéssemos crianças aqui.

— Agora vocês têm! — pronunciou-se Waverly, que tentava imaginar um jeito de se comunicar com Samantha. — Amanda, por que você não monta uma escola para as garotas?

Os olhos cor de cinza de Anne Mather voltaram-se rapidamente para Waverly, que abriu um sorriso malicioso.

— Essa é uma boa ideia! — exclamou Amanda.

— Você daria uma ótima professora — disse Waverly.

— Não sei se as garotas estão prontas... — objetou Anne Mather, e Waverly pôde ver o suor nas têmporas da mulher.

— Ando tão entediada o dia todo — disse Waverly. — Seria bom ver minhas amigas também.

— Por favor, deixe-me fazer isso, Anne! — pediu Amanda com a voz suplicante. — Não aguento mais pintar vinte e quatro horas por dia! E seria bom para as garotas.

Waverly manteve um ar de inocência, mas a fúria no olhar de Anne Mather deixou claro que não estava sendo ludibriada. Não que Waverly se importasse, pois era óbvio que o desejo de Anne Mather era que Amanda pensasse nela como uma líder santificada, e não como uma mentirosa calculista. Era isso que dava a Waverly poder sobre a pastora.

— Vou pensar no assunto — disse, meticulosamente, Anne Mather.

— O que há para se pensar? — quis saber Amanda, confusa. — Temos jovens meninas aqui. Elas precisam aprender coisas.

— Há considerações a serem feitas.

Josiah chamou a esposa para juntar-se a uma conversa com o coro, e ela afastou-se, deixando Anne Mather e Waverly sozinhas.

— Essas pessoas adoram você — Waverly disse a Anne, com um tom de voz baixo e ameaçador. — Especialmente a Amanda.

— Somos todos uma família — replicou Anne Mather, com as bochechas rosadas.

— Será que ainda a amariam se soubessem de todas as coisas que fez?

Anne Mather encarou-a, surpresa, e Waverly se afastou mancando com sua bengala.

Escola

As coisas aconteceram de um jeito estranho. Amanda acordou Waverly certa manhã e entregou-lhe um uniforme castanho-amarelado, meias três quartos marrom e uma boina tricotada. A roupa fez Waverly lembrar-se de fotos que havia visto de escoteiras do século XX.

— Não consegui dissuadi-los da ideia de fazer vocês usarem uniforme — disse Amanda, erguendo os ombros como um pedido de desculpas.

Waverly não se incomodava em ficar parecendo uma idiota com aquelas roupas. Só queria ver as amigas.

Amanda usava um uniforme de corte diferente, mas da mesma cor, e meias marrom também. Em vez da boina ridícula, tinha um lenço preto no pescoço. Depois de um café da manhã com cereais, bananas e mel, Amanda conduziu Waverly até a sala de estar e sentou-se de frente para ela, com as mãos em sua barriga levemente arredondada.

— Achei que estávamos de saída — disse Waverly.

— Ah, mas estamos.

Alguém bateu à porta, duas batidas rápidas e desagradáveis.

— Vamos indo! — falou Amanda, entregando a bengala a Waverly.

Havia dois guardas do lado de fora e, atrás deles, estavam reunidas as garotas mais velhas da Empyrean, todas de uniforme e boina. Os olhos azuis de Felicity tinham uma expressão vazia. Samantha tirara sua boina e a apertava entre as mãos. Sarah tinha os olhos endurecidos fixos em Waverly.

— Estão todas prontas para ir à escola? — um dos guardas perguntou a Waverly. Era o homem da cicatriz, com um sorriso desdenhoso.

Ela o ignorou e, mancando, passou pelas outras garotas, até postar-se ao lado de Samantha e Sarah.

— Oi. — Samantha inclinou-se na direção da amiga, prestes a falar algo, quando a voz severa de um dos homens a interrompeu.

— Nada de se afastarem! Nada de ficar vagando por aí. Nada de conversa. — O guarda apontou para a própria orelha. — Tenho a audição de uma baleia assassina.

Waverly desviou o olhar, tentando não parecer impressionada.

— Cabana dois-três-quatro! — ele gritou, como se liderasse as garotas em um jogo.

Elas o seguiram em fila dupla. Waverly tivera esperanças de que os guardas fossem na frente, de modo que pudesse conversar com Sarah e Samantha, mas um deles se colocou atrás das filas. Waverly podia sentir os olhos dele fixos nela, enquanto seguia cambaleando, apoiando-se em sua bengala.

Percorreram os corredores, dando voltas, até chegarem a uma sala na seção administrativa. Não havia nenhum portal ali. Faltava ventilação no lugar e a iluminação era fraca. Dispostas em fileiras, havia pequenas mesas e cadeiras idênticas às carteiras escolares da Empyrean, só que limpíssimas, sem pichações, arranhões, sem um sinal de uso sequer.

O guarda entregou um pedaço de papel a Amanda, que leu-o com uma expressão de raiva, porém parecia resignada quando anunciou:

— Garotas, fizemos um mapa dos assentos na sala para me ajudar a lembrar do nome de vocês!

Ela designou um lugar a cada garota. Waverly ficou no canto de trás, numa fileira das laterais, e Sarah ficou no meio. Não poderiam se olhar nem conversar, estavam distantes demais.

Amanda distribuiu entre as garotas exemplares de um livro de poesia, solicitando que lessem os versos de um poeta do passado da América do Norte, chamado Walt Whitman, para depois discutirem o poema. A maioria delas ficou em silêncio, em seu próprio mundo, mas algumas pareciam animadas por voltar a uma sala de aula e juntaram-se à discussão. Waverly sentou-se confortavelmente e relaxou. Ficou observando os guardas, procurando por algum ângulo que pudesse usar.

Os homens andavam de um lado para outro da sala, segurando suas armas junto do peito. Waverly notou que Amanda olhava com ódio para eles. Chegou a interromper a aula por um tempo para pedir que parassem de distrair suas alunas, mas eles apenas sorriram e continuaram andando. Samantha virou-se uma vez em seu assento e olhou para Waverly, porém um guarda deu um peteleco na cabeça dela com o dedo, e ela aprumou-se de volta.

— Meninas — disse Amanda para a classe. Sua voz tremia. — Agora que leram uma amostra de Whitman, que tal passarem vinte minutos trabalhando em um poema escrito por vocês? Farei com que leiam em voz alta depois, então deem o melhor de si!

O único som na sala era o de canetas rabiscando papéis, mas logo as cabeças começaram a se erguer, conforme as garotas terminavam seus poemas. Waverly observava os guardas, tentando pensar em uma maneira de enviar uma mensagem para Samantha sem ser notada. Mas a sala era pequena demais, e os guardas, sempre vigilantes. Ela imaginou-se golpeando o sujeito da cicatriz na cabeça e correndo com o restante das garotas para tomar posse de uma nave auxiliar. Agarrou uma perna da cadeira, como se pegasse em um taco, com tanta força que sentiu o suor brotar na palma da mão.

— Certo! — disse Amanda. — Parece que a maioria de vocês já terminou. Alguém gostaria de ler para a classe o que escreveu?

A mão de uma das garotas ergueu-se rapidamente no ar. Era Samantha. Waverly endireitou-se no assento.

Samantha ficou em pé, com a cabeça curvada sobre seu poema, a franja cobrindo-lhe o rosto. Seu olhar voltou-se para Waverly. Ergueu as sobrancelhas e disse:

— Não é para ninguém me *copiar*! — A voz dela parecia presa na garganta. — Trabalhei duro nisto. *Cada outra palavra* que escrevi foi uma tortura.

Amanda deu risada.

— Você fala como uma verdadeira poetisa.

Samantha continou com os olhos fixos em Waverly, depois baixou o olhar para a caneta sobre a mesa da amiga.

Copiar? Cada palavra?, Waverly pensou. A amiga queria que ela anotasse o que estava prestes a ler? Pegou a caneta e, de modo quase imperceptível, Samantha assentiu. O guarda com a cicatriz ficou parado atrás de Samantha, olhando para ela com ar de suspeita. Waverly curvou-se sobre a carteira enquanto anotava as palavras da amiga, que fazia uma pausa entre cada linha do poema, erguendo o olhar para certificar-se de que Waverly a estava acompanhando:

> Tenho, amor, uma faca afiada n'alma,
> Apanharei emocionalmente mais, meu sangue ferve.
> Correrá risco, prenda minha, todos correrão.
> Dentro, fora, dos corações, serviços de felicidade falham.
> Passou tempo, sua linda mensagem chegou onde?
> A eles, que estão apaixonados, responda:
> Quem, amanhã, sorrirá?

Samantha voltou a sentar, a cabeça baixa.

— Bom... — falou Amanda, sem saber o que dizer — esse seu poema foi intenso, Samantha! Ele me fez recordar dos poetas do início do século XX na Terra. Mais alguém gostaria de ler?

Ninguém se pronunciou, então Amanda chamou Melissa Dickinson, que ficou em pé, lendo algo monótono sobre estrelas e o tempo.

Waverly observava os guardas, que tinham começado a andar de um lado para outro de novo. Aquele da cicatriz estava vindo em sua direção. Ela queria cobrir seu caderno, onde havia copiado o poema de Samantha, mas pareceria suspeito. Seu coração batia acelerado enquanto sentia o guarda aproximar-se às suas costas. Ele tinha parado para olhar o caderno, por cima de seu ombro? Waverly não sabia. Por fim, ele foi para outro lugar. Ela percebeu que havia prendido a respiração, e seus pulmões gritavam, precisavam de ar, até ter certeza de que o guarda tinha perdido o interesse nela.

Quando o guarda se afastou, indo para a frente das carteiras, ficou observando Samantha, curvada sobre o caderno. Ela apagava palavras, reescrevia-as, riscava algumas. Por um instante ele pareceu prestes a arrancar o poema da garota, mas ao ver que Amanda o observava de cenho franzido, recuou e ficou parado no canto da sala.

No fim do dia, os guardas conduziram as garotas pelos corredores até o local de onde tinham saído. Assim, Amanda e Waverly foram as primeiras a ser deixadas.

— Até que a aula foi boa, não achou? — Amanda perguntou a Waverly, com um tom de voz animado. — Não gostei daqueles leões de chácara por lá, mas não consegui dissuadir Anne. Acho que você a assustou quando desceu lá no porão de carga, e ela alega que não quer que nenhuma de vocês seja ferida.

— Imagino — foi o comentário de Waverly, deixando claro, pelo tom irônico, que não acreditava naquela explicação. Podia ver que Amanda também não.

Waverly fingiu um bocejo.

— Ficar sentada o dia todo me deixou cansada. Se não tiver problema, vou tirar um cochilo.

— Só não se esqueça de ler a lição de história para amanhã! — disse Amanda em tom de comando.

Waverly trancou-se em seu quarto e acendeu a luz do abajur de sua escrivaninha. Ficou com os olhos pregados no poema de Samantha, tentando decifrar a mensagem, mas aquilo parecia apenas uma mistura confusa de palavras. Dedicou-se à tarefa de decifrar o poema, até sentir-se completamente frustrada. Estava prestes a desistir quando se lembrou de Samantha ter dito algo estranho antes de ler o poema. O que foi? Alguma coisa sobre tortura.

Cada palavra foi uma tortura?

Não.

Cada *outra* palavra foi uma tortura!

Waverly foi riscando cada segunda palavra do poema, até que a mensagem embutida nele foi surgindo:

> Tenho uma faca. Apanharei mais. Sangue correrá. Prenda todos dentro dos serviços. Felicidade[7] passou sua mensagem. Onde eles estão? Responda amanhã.

Waverly empenhou-se durante horas em sua resposta para Samantha, escrevendo e reescrevendo outro poema, nutrindo esperanças de que houvesse uma lição similar na aula do dia seguinte.

Pela manhã, estava exausta. Amanda sugeriu então que ela não fosse à escola, mas insistiu em ir. Quando os guardas chegaram com as outras garotas, ela estava pronta, em seu estranho uniforme, com a mensagem para Samantha enfiada no caderno sob o braço.

Amanda deu um tempo para que as alunas escrevessem um poema curto com base em "Ode a uma urna grega", de John Keats, e Waverly esperou algumas meninas lerem os seus antes de erguer a mão. Não queria parecer ansiosa demais.

— Por que você não fica sentada na sua carteira e lê daí mesmo, Waverly? — perguntou Amanda.

— Linha sim, linha não, de meus dentes as palavras tiraram uma lasca — Waverly forçou-se a dar um sorriso.

— Fico feliz em ver que vocês estão levando as tarefas tão a sério! — A alegria de Amanda estampava-se em seu rosto.

---

7 Alusão à personagem Felicity, cujo nome significa "felicidade" em inglês. (N. da T.)

Waverly olhou de relance para Samantha, que tinha sua caneta pousada discretamente sobre o caderno em seu colo. Waverly alisou o papel que continha seu poema sobre a mesa, para lê-lo, tomando o cuidado de fazer uma pausa ao final de cada verso:

Não sei onde
Os amantes vão se abraçar.
Eles estão sendo aprisionados
Por seus próprios corações e mentes.
No lugar onde se encontram
Apenas os mais valentes ousam entrar.
Há um ruído ritmado
De seus corações em uníssono batendo
Como de uma estação
Primaveril os gorjeios dos pardais à procura
De água, mas não há som de água.
Sozinho não vive o coração, a menos que
Encontre outros para ajudar
A suportar o tédio e a solidão, fazendo que
Fujam. Sairei em busca
De nossos corações feridos e cuidarei
Deles assim que puder
Mantê-los longe de novos infortúnios.
Assim que eu os encontrar
O nosso amor a salvo estará e então
Poderemos fugir
Num cavalo alado sobre o arco-íris.

Durante semanas as garotas se comunicaram dessa maneira, embutindo mensagens em poemas, em redações, bem diante dos guardas, que foram ficando relaxados com o passar do tempo e já não estavam tão vigilantes, e sim bem mais entediados. Em uma mensagem complexa, tecida em um soneto, Waverly ficou sabendo que Samantha estava morando com um casal que tinha uma cozinha cuidadosamente planejada, que continha todos os artefatos e dispositivos mecânicos concebíveis. Desse modo ela conseguira pegar facas sem ser notada; possuía três, e não se atrevia a pegar mais. Sarah embutiu ideias relacionadas ao local de onde poderia vir o som ritmado que Waverly descrevera, sugerindo o sistema de controle ambiental, que ficava nos andares superiores da nave, ou a turbina de água, que mantinha a água corrente nas incubadoras dos peixes. Mas não havia como sair procurando. Waverly atormentava-se por saber que sua mãe estava em algum lugar na New Horizon, sofrendo e com medo, e não conseguia chegar até ela.

As garotas realizaram progressos de várias formas. Passaram a arquitetar um plano de fuga, lapidando-o meticulosamente até que Waverly acreditasse que realmente poderia dar certo.

Tudo dependia de ela conseguir realizar uma busca pelos sobreviventes da Empyrean. No entanto, os guardas ficavam o tempo todo do lado de fora de seu quarto, e não havia maneira de passar por eles.

Em uma tarde, a solução veio a Waverly como uma inspiração. Se Anne Mather mantinha os cativos da Empyrean em segredo, certamente ocultava sua existência da tripulação também. O acesso à área onde estavam os prisioneiros devia ser restrito. Se era assim tão simples, ela deveria ter pensado naquilo antes!

— Amanda — disse Waverly quando a mulher entrou carregando uma grande cabaça cheia de uvas vermelhas. — O que temos para fazer hoje?

— Não muita coisa. Só um pouco de jardinagem.

Waverly ficou brincando com o lápis.

— Só estou curiosa. Porque ouvi dizer que não é permitido a ninguém entrar na estação de tratamento de águas residuais.

— É mesmo? Achei que era com o condicionamento atmosférico que eles realmente se preocupavam.

— É?

— Eles acham que o metal no chão fica sujeito a pressões ou algo do gênero. Somente o pessoal treinado tem permissão de entrar lá. Não que alguém se importe com aquele lugar, de qualquer forma.

— Acho que é isso aí mesmo — disse Waverly, incapaz de ocultar a alegria em sua voz, embora Amanda não parecesse tê-la notado. Condicionamento atmosférico. Isso explicava os sons que ouvira lá da estação de comunicação naquela noite agonizante no laboratório.

Era lá que sua mãe estava.

Uma forte onda de alívio invadiu seu corpo e sua alma. Ela teve de sair da sala de estar e dirigir-se a seu quarto, caso contrário acabaria chorando na frente de Amanda. Depois de meses de preocupação, medo e planejamentos bem calculados, elas finalmente tinham a chave.

Não restava mais nada a planejar. Chegara a hora de acabar com Anne Mather.

Serviços

No dia dos serviços, Waverly levantou-se extremamente ansiosa. Não conseguira dormir. Permanecera fitando a escuridão, revendo em sua mente as etapas que precisaria vencer, repetidas vezes. Sua vida, assim como a de Samantha e de Sarah, dependia da perfeita execução do plano. Caso falhassem, ao final do dia poderiam não estar vivas.

Esperava conseguir se mover com rapidez, apesar de sua perna ferida. Estava feliz por ter a bengala que Josiah tinha feito para ela.

— Ah, você está acordada — falou Amanda, enfiando a cabeça em seu quarto, algo que vinha fazendo com muita frequência nos últimos tempos.

Quando Amanda entrou, Waverly deu-se conta de que a mulher agora realmente parecia grávida, com uma barriga bem saliente e o quadril largo. Sua própria filha, ou filho, estava dentro do corpo dela, pensou.

— É melhor nos apressarmos — disse Amanda. — Não podemos nos atrasar.

— Sim, eu sei.

Waverly enfiou-se em seu vestido sem graça, ajeitou o véu sobre os cabelos e olhou-se no espelho. Estava tão transformada... Em seu rosto, mais magro, havia círculos escuros formados pelas olheiras e uma ruga talhada entre as sobrancelhas, vertical e profunda. Tinha envelhecido.

— Vamos nos mexer! — Josiah apressou-as da sala de estar.

Ele estava ansioso para executar um novo hino que havia escrito. Waverly sentiu uma certa tristeza ao pensar que nem ele, nem Amanda faziam ideia do que estava prestes a acontecer.

Ela saiu mancando do quarto. Sabia que estava mais fraca agora do que quando entrara naquela nave, mas era mais forte do que Anne Mather. Tinha de ser.

A caminho dos serviços, uma mulher em estágio avançado de gravidez parou e beijou-lhe a mão, reluzindo de felicidade.

— Deus a abençoe — a mulher sussurrou.

Waverly mal olhou para ela. Estava nervosa demais.

Seguiu serpenteando entre as cadeiras e assumiu seu costumeiro lugar junto a Amanda, na fileira da frente, onde podiam ver Josiah e o coro. Analisou a multidão ali reunida em busca de Samantha, que estava sentada onde deveria, a estibordo, e depois procurou por Sarah, que se encontrava no outro canto da sala, a bombordo. Ergueu a mão em um sinal para que Samantha esperasse, prendendo a respiração.

Samantha fez um rápido sinal de *ok* com o polegar. As facas tinham sido escondidas. A tarefa de Samantha, de chegar lá mais cedo para colocá-las em seus lugares, fora a mais arriscada, mas Waverly sabia que era a melhor das garotas para essa missão.

O coração de Waverly disparou. Diante do palco no qual teria de subir, e olhando para a garganta de Anne Mather, pensou em como seu plano era terrivelmente simplista. Apenas algumas portas trancadas e poucas facas seriam o suficiente? O plano delas funcionaria?

Era desesperador o fato de estarem em minoria.

Engoliu em seco, nauseada. Tinha que dar certo. Não haveria outra chance.

— O que há de errado? — quis saber Amanda, colocando a mão nas costas de Waverly. — Você está bem?

— Sim — disse Waverly com um tremor na voz. — Só estava pensando em como gostaria de agradecer a você, só isso.

— Hein?

— Por tudo o que você vem fazendo por mim.

— É claro, Waverly. Eu amo você, você sabe disso.

Waverly só conseguiu dar-lhe um sorriso tímido. Josiah começou a dedilhar o violão e todos os presentes sentaram-se. Anne Mather, que vestia uma túnica cor-de-abóbora com bordados de pássaros e flores, subiu ao púlpito. Depois ergueu uma mão rechonchuda.

— Que a paz esteja com todos! — gritou Anne Mather.

— Que a paz esteja com todos! — respondeu a multidão.

Sob as palavras jubilosas de Anne Mather, os ouvidos de Waverly captaram o fraco som de passos indo na direção das laterais da imensa sala.

Agora não havia mais como voltar atrás.

Waverly levantou-se. Sarah e Samantha já tinham fechado as duas primeiras portas. Ela pôde ouvir um estalo baixo, e sentir o cheiro de ozônio, enquanto elas desativavam as travas elétricas. Poucas pessoas olharam ao redor, distraídas, e rapidamente voltaram a atenção para Anne Mather. Enquanto a pastora falava sobre a celebração da colheita que estava por vir, o terror invadiu Waverly e por um instante sua visão ficou turva, mas ela conseguiu mover-se para ir na direção do púlpito. Amanda segurou-a pelo vestido e perguntou, em um murmúrio:

— Aonde você está indo?

— Preciso fazer xixi — respondeu Waverly, também sussurrando.

Ao chegar diante do púlpito, ajoelhou-se. Colocou a mão sob a palha que cobria o chão e sentiu o frio cabo de metal. A faca estava exatamente onde deveria estar.

Prendeu-a entre os dentes e, depressa como um raio, subiu ao púlpito com um impulso.

Anne Mather parou no meio da frase, atônita.

Waverly agarrou-a pelo cabelo, forçando-lhe a cabeça para trás, e então pressionou a lâmina da faca contra sua jugular. Sentiu o tremor de Anne Mather. Ela estava com medo. Exalava um odor enjoativo de sabonete e loção de coco, e Waverly sentiu-se nauseada por estar tão perto da mulher que pretendia matar. Por um instante, sua determinação enfraqueceu-se.

Um grito de surpresa ergueu-se, vindo da congregação. As mulheres cobriam a boca para abafar os gritos, e alguns homens se levantaram, como se para ajudar Anne Mather, mas ficaram paralisados, os olhos fixos em Waverly.

— Isso é inútil, Waverly — disse Anne Mather, mesmo com a garganta apertada.

— Vou matar você — foi a resposta de Waverly, pressionando mais a lâmina. O corpo gorducho de Anne Mather enrijeceu-se. — Não se mexa! — alertou Waverly, girando a faca.

A lâmina fez um leve corte na pele da pastora.

Waverly ouviu passos às suas costas e virou-se rapidamente. Josiah e os membros do coro estavam a cerca de um metro de distância, paralisados, com os olhos fixos na faca. À sua direita, uns poucos homens tinham subido no palco, mas mantinham certa distância.

Na fileira da frente, Amanda continuava sentada, cobrindo a boca com as mãos. Anne Mather tentou se soltar, mas Waverly segurou-a com mais força.

— O que você deseja com isso? — perguntou Anne Mather entre os dentes.

Waverly ignorou-a e falou ao microfone:

— Se alguém quiser saber quanto eu gostaria de matar Anne Mather, chegue mais perto. Vou mostrar.

As palavras dela soaram como um feitiço, um encanto que silenciou toda a congregação. Sentindo-se encorajada, olhou para a esquerda, depois para a direita, com uma expressão de ódio.

— Recuem! — gritou.

Josiah e os outros músicos pularam para trás, com os braços erguidos. Os homens à direita de Waverly foram recuando lentamente.

Waverly inclinou-se em direção ao microfone, mas antes que pudesse falar, Anne Mather disse:

— Fiquem calmos! Vocês podem ver quanto esta garota está confusa...

Waverly pressionou a bengala no pescoço da pastora, fazendo-a calar-se.

Era a vez de Waverly fazer seu discurso.

— Quero que todas as garotas da Empyrean ouçam o que tenho a dizer — disse, buscando o rosto de cada uma delas entre a plateia. Eram como estrelas minúsculas em um céu tenebroso. — A Empyrean *não* foi destruída. Anne Mather vem mentindo sobre isso o tempo todo. O que vocês não sabem é que os sobreviventes da nossa nave estão sendo mantidos prisioneiros aqui dentro desta nave.

Ouviu-se um murmúrio de incredulidade em meio às pessoas ali reunidas, mas Waverly ergueu o tom de voz:

— Garotas! Se quiserem ver seus familiares de novo, corram até o bombordo da sala onde Samantha...

Antes que pudesse terminar a frase, todas as garotas levantaram. Abrindo espaço entre as pessoas, mordendo os braços daquelas que tentavam segurá-las, foram se movendo pela sala. As mais velhas corriam para ajudar as mais novas, erguendo-as e tirando-as de suas famílias adotivas. As crianças se debatiam, chutando mãos e rostos, até finalmente se libertarem.

Centenas de pés batiam no chão indo a bombordo da sala.

Estava funcionando!

Os adultos começaram a segui-las, mas as meninas eram mais fortes e mais rápidas, conseguiam escapar com facilidade.

Waverly soltou um longo grito, que parecia um uivo, o que fez os adultos pararem onde estavam, tempo suficiente para que as garotas conseguissem sair da sala. Quando a porta se fechou com segurança atrás delas, Waverly falou à plateia, que era uma desordem disforme e assustada.

O plano era levar Anne Mather até a estação de condicionamento atmosférico e usá-la como refém para fazer os guardas soltarem os prisioneiros. No entanto, ao olhar para todas aquelas pessoas, Waverly soube que não teria como manter a armadilha por muito tempo. Eles acabariam saindo dali e impediriam as garotas de fazerem o que pretendiam.

A menos que ela conseguisse convencê-los.

— Vocês são boas pessoas — pronunciou-se ao microfone.

Waverly ouviu um grito à sua direita, e Samantha estava parada ao lado da última porta aberta. Com movimentos dos lábios, indagou: *O que você está fazendo?* Mas Waverly ignorou-a.

— Vocês são boas pessoas, mas permitiram que crimes inomináveis fossem cometidos. Anne Mather atacou nossa nave, destruiu nossas famílias, retirou nossos óvulos sem nosso consentimento, e separou todas essas meninas de seus pais. Sua pastora é uma mentirosa. Ela vem mentindo para vocês o tempo todo!

Anne Mather balançou a cabeça, negando o que Waverly dizia, mas sentiu uma forte pressão em sua traqueia.

Quantas pessoas olhavam para Waverly, chocadas? Quantas em fúria? Quantas mais sentindo culpa?

A maioria... em descrença.

Não acreditavam nela.

Mas algumas, sim. Uma parte delas devia ter conhecimento da verdade.

— A maior parte de vocês não sabia que os sobreviventes da Empyrean estavam aqui, a bordo da New Horizon — gritou Waverly.

O suor de Anne Mather agora ensopava o tecido fino do vestido de Waverly.

— Alguns de vocês têm conhecimento disso.

— Ela tem razão! — alguém gritou lá atrás. Uma mulher com cabelos cor de areia, levantando-se de sua cadeira. — Venho preparando comida para eles! Há pessoas lá embaixo! Estranhos!

Vozes raivosas tentaram combatê-la, mas então um homem gritou:

— Baldes cheios de dejetos estão sendo descidos até a estação de tratamento de águas residuais! E não nos dizem de onde vem aquilo!

A mulher que tinha beijado a mão de Waverly levantara-se de sua cadeira:

— Acredito nela! Waverly não mentiria!

As vozes agora se levantavam entre protestos e acusações. Waverly gritou ao microfone:

— Vocês conseguiram o que queriam! Vão ter nossos bebês. Agora nos deixem partir em paz!

Waverly arrastou Anne Mather para fora do palco, enquanto algumas pessoas se aproximavam. Com a ponta afiada da faca, fez um corte perto do olho da pastora, que soltou um berro. Todos recuaram à visão do sangue, erguendo as mãos em súplica.

— Waverly! Não faça isso! Waverly! — Amanda gritou.

Mas Waverly ignorou-a, seguindo de costas em direção a bombordo.

Estava quase lá, quando sentiu alguém atrás dela.

O guarda da cicatriz segurava Samantha pelo pescoço e tinha uma arma de fogo apontada para sua cabeça.

Fuga

— Waverly... — Samantha começou a dizer, mas o guarda apertou o braço em volta do pescoço da garota, impedindo-a de continuar.

— Posso matá-la — disse ele a Waverly, determinado. A cicatriz retorcia enquanto falava. — Não pense que não farei o que estou dizendo.

Waverly viu que outros cinco homens armados tinham entrado na sala. Um deles torcia o braço de Sarah, atrás das costas dela, e um rio de lágrimas escorria dos olhos da menina. Mais uma dúzia de garotas estava parada à porta, sem tirar os olhos de tudo o que se passava na sala.

Elas tinham falhado! Waverly arruinara tudo com aquele discurso idiota! É claro que as forças de segurança estavam monitorando os serviços. O que se passara por sua cabeça?

Estava prestes a soltar a faca quando ouviu um som animalesco, algo entre um grunhido e um grito. Samantha tinha agarrado o braço do guarda e o torcera, conseguindo afastá-lo de seu pescoço.

— Corra! — gritou Samantha para Waverly, esticando a mão para pegar a arma do homem.

Por um longo momento, a multidão, a nave, até mesmo o gás da nebulosa, tudo pareceu ficar mais lento, como à espera do que viria em seguida.

Então o universo entrou em movimento novamente, com um som agudo de algo estourando. Seguido de outro. Samantha caiu no chão... estava imóvel...

Um grito sufocado veio da garganta de Anne Mather, que se prostrou de joelhos, e nesse momento Waverly se deu conta de que a havia soltado.

— Ah, não! — sussurrou Anne Mather. — Waverly, o que você fez?

O outro guarda soltou Sarah. Sua arma pendia, frouxa, na lateral de seu corpo, até que caiu no chão.

Sarah correu em direção ao corpo de Samantha e virou-a de barriga para cima, soluçando e chorando sobre o cadáver da amiga, cujos olhos estavam inertes.

— Sam! — Sarah debruçou-se sobre a amiga. — Não! Não! Não!

Uma mulher rechonchuda ajoelhou-se perto de Sarah e colocou as mãos nas suas costas. Uma outra acariciava sua cabeça. A multidão agitava-se.

— O que você *fez*? — gritou um homem para o guarda. — Você é *louco*?

O ar estava pesado.

Waverly sentiu uma mão em seu braço e um sussurro:

— Vá! — Era a voz da mulher de cabelos castanho-avermelhados presos em uma trança.

Jessica, a auxiliar de púlpito que a havia alertado fazia tanto tempo, agora empurrava-a em direção à saída, onde o restante das garotas esperava. O rosto de Serafina estava contorcido de pavor. Briany Beckett chorava e Melissa Dickinson segurava a mão dela, tentando confortá-la. A maioria das garotas olhava suplicante para Waverly.

— Vá! — disse Jessica.

— E Sarah...?

— Eu cuido dela.

Jessica foi empurrando e abrindo passagem através das pessoas que se amontoavam ao redor de Samantha e Sarah. Um dos guardas gritou:

— Para trás! Para trás!

Ele apontava sua arma para cima, mas um homem grande e musculoso agarrou-a, jogando-a para longe do guarda.

Ouviu-se um tiro e em seguida Waverly saiu correndo em direção à porta, segurando a faca à sua frente para manter as pessoas afastadas. Sua perna estava rígida, mas ela conseguiu cobrir rapidamente a distância que a separava das outras meninas. Outro tiro e, de repente, a multidão se dispersava, fugindo dos disparos.

As garotas estavam aterrorizadas, juntas, encostadas na parede. Sarah agora esforçava-se para soltar-se de Jessica, que por sua vez lutava para arrastá-la para trás, em direção à porta.

— Sarah! Temos que ir! — gritou Waverly.

Sarah olhou ao redor, atordoada, e viu Waverly na saída. Jessica ergueu-a pelos ombros e empurrou-a em direção a Waverly.

Algumas pessoas notaram que a porta estava aberta e agora corriam até Waverly, ameaçando pisotear Sarah, que tentava abrir passagem. Waverly deu um passo à frente, balançando a bengala diante daqueles rostos, e as pessoas recuaram.

— Não se aproximem! — berrou, enquanto Sarah seguia em meio à massa de ombros, com Jessica logo atrás.

— Waverly! — Amanda tentava se aproximar, com lágrimas escorrendo pelo rosto. — Deixe eu ajudar vocês!

Waverly apontou a faca para ela.

— Me deixe em paz!

— Anne não vai deixar vocês irem embora, Waverly — disse Amanda. — Vocês precisam de mim.

Waverly percorreu os olhos pela sala em busca de Anne Mather, mas a mulher tinha desaparecido. Sentiu-se murchar por dentro. Tinha arruinado o plano. Precisava de Anne Mather. Sem refém, não teria como barganhar, não poderia fazer com que os guardas soltassem os prisioneiros.

No fim das contas, precisava de Amanda.

Então assentiu e Amanda seguiu em frente correndo, quase voando. Josiah tentou segui-la, mas sua mulher era rápida demais. Passou deslizando pela saída e Waverly foi logo atrás, com a faca levantada no ar, até que a porta se fechou diante do rosto pasmo de Josiah. Rapidamente, Sarah cortou os fios com a faca de Waverly. O cheiro de ozônio fez arder suas narinas.

A porta estremeceu com um corpo batendo contra ela, e depois mais um. Aquela porta não aguentaria por muito tempo.

— Temos de levar as garotas até a área das naves auxiliares — disse Waverly a Sarah.

— Vou levá-las — prontificou-se a menina.

— E nossos pais? — quis saber Melissa Dickinson.

— Vou resgatá-los — prometeu Waverly. — Agora vá com Sarah e espere na nave auxiliar.

Waverly virou-se para Sarah, cujo rosto cheio de sardas estava ensopado de suor.

— Se não conseguirmos chegar a tempo, vocês sabem o que devem fazer.

Sarah assentiu, embora relutante. Teria estômago para deixar Waverly e o resto das meninas para trás, se fosse necessário?

— Vá! — disse Waverly.

Sarah reuniu todas as garotas e seguiu pelo corredor rumo ao elevador, as mais velhas carregando as pequenas. Se fossem rápidas, chegariam em cinco minutos ao hangar das naves auxiliares.

Waverly, Amanda e Jessica seguiram seu rumo em direção ao elevador na popa da nave, que as levaria até a estação de condicionamento atmosférico. Amanda apertou o botão do elevador. Mais tiros ressoaram.

— Ah, meu Deus, espero que Josiah esteja bem — disse ela em um gemido.

Por fim, a porta do elevador se abriu, fazendo com que a violência das outras partes da nave parecesse um sombrio devaneio. Waverly apertou o botão que as levaria até a área do condicionamento atmosférico, mas Jessica apertou um botão para o andar administrativo.

— O que está fazendo? — perguntou Waverly.

— Eu sei onde Anne guarda a chave do contêiner.

— Ah, graças a Deus!

Waverly não teria que tomar Amanda como refém, no fim das contas.

— Além disso — disse Jessica, baixinho —, devemos pegar algumas armas.

— Por que está nos ajudando? — quis saber Waverly, subitamente com medo de ter caído em uma armadilha.

Os olhos de Jessica tinham uma expressão desesperada e mortalmente cansada.

— Eu acreditava em Anne Mather, mas... — seus olhos ficaram sombrios — não mais.

— Nenhuma de nós pode imaginar a pressão que ela enfrenta... — Amanda começou a dizer.

— Eu posso — disse Jessica. — Venho trabalhando com ela. Já se passaram cinco anos.

— Conheço Anne há quarenta anos — disse Amanda baixinho.

— Então você sabe que ela matou o capitão Takemara? — perguntou Jessica em um tom desafiador.

Amanda abriu a boca para protestar, mas Jessica continuou falando.

— Ela quase admitiu isso para mim, em uma noite em que a encontrei bêbada em seu gabinete. O suicídio do comandante Riley também parece suspeito, mas ela não fala nada sobre o assunto. E você se lembra de quando o Conselho Central foi envenenado através da comida?

— Não consigo acreditar...

— Pense, Amanda. Com o passar dos anos, muitos dos que criticavam Anne ficaram doentes ou sofreram acidentes, não se lembra?

O elevador parecia mover-se muito lentamente, de um jeito desesperador, e quando a porta abriu, a auxiliar do púlpito ergueu uma das mãos.

— Esperem aqui. Vou pegar as armas.

Ela saiu correndo na direção do gabinete de Anne Mather, deixando Amanda e Waverly sozinhas.

— Por que você não me contou que era tão infeliz, Waverly? — perguntou Amanda em um tom desolado. — Eu poderia ter ajudado você a encontrar uma maneira melhor do que esta...

— Você sabia, esse tempo todo, que minha mãe estava lá?

A boca fina de Amanda se contraiu.

— Não, eu não sabia.

— Então como consegue defender Anne Mather? Sabendo que ela vem mantendo nossas famílias prisioneiras durante tanto tempo?

— Ela poderia tê-las matado. O que não aconteceu.

— Então você aprova o que ela fez? — perguntou Waverly em tom de desafio.

Amanda cerrou os olhos e quando os abriu de novo, estava com o olhar voltado para o chão.

— Não.

Jessica voltou correndo, carregando uma arma em cada mão e uma terceira presa com uma faixa a seu peito. Entregou uma delas a Waverly, e outra a Amanda. A porta do elevador fechou.

— Você está com a chave? — perguntou Waverly a Jessica.

Jessica ergueu um grande chaveiro e selecionou uma chave prateada em resposta.

Quando a porta do elevador se abriu, dando para a área de condicionamento atmosférico, as três mulheres apontaram instintivamente as armas à frente, mas não havia ninguém ali. O barulho de bombas de ar era tão grave e alto que Waverly o sentia em seu peito.

— Onde estão? — perguntou a Jessica, que apontou para um corredor estreito.

Uma plaqueta na parede dizia "Controle de Umidade".

As três avançaram lentamente ao longo do corredor, atentas à possível presença de guardas. A princípio, Waverly fez um esforço para distinguir sons humanos, mas havia tantos ruídos diferentes — dos ventiladores, do ar pelas entradas e saídas do teto, dos passos delas nas grades de metal do piso —, que acabou desistindo.

Chegaram a uma câmara grande. Bem acima, no topo das imensas estruturas de metal dos filtros de ar, havia um contêiner de gado que costumava ficar no porão de carga. Havia uma escada apoiada nas estruturas, e Waverly começou a subir.

— Devagar! — exclamou Amanda, em um sussurro.

— Cuidado! — gritou Jessica.

Waverly, em um reflexo, abaixou a cabeça.

Ouviu-se o estampido de um tiro. Amanda gemeu, e Waverly escutou um baque. Viu um guarda deitado no chão, contorcendo-se de dor, com sua arma também no chão fora de alcance. Jessica chutou a arma para mais longe e gritou:

— Anda logo!

Waverly socou o contêiner de metal com punhos cerrados.

— Mãe! — ela gritou.

Sons quase inaudíveis vinham do interior do contêiner, e então dedos finos esticaram-se através da saída de ar.

— Waverly? — sussurrou alguém.

— Vou tirar vocês daí — disse ela.

Sua visão estava anuviada pelas lágrimas enquanto corria até a trava na extremidade do contêiner. Ficou tentando colocar a chave, até que se encaixasse na fechadura, mas o mecanismo não cedia. Realizou a mesma tentativa diversas vezes...

— Pare!

A palavra veio de trás dela, mas Waverly a ignorou. Estava quase conseguindo.

Um zumbido pareceu rasgar seus ouvidos e um buraco surgiu no metal bem diante dos seus olhos, para o qual ficou olhando, e mais um surgiu bem perto de seu ombro.

— Pare de atirar! — gritou Amanda. — Pelo amor de Deus, Anne!

Balas zuniam acima de Waverly e atingiam o metal. Anne Mather e diversos homens se aproximavam, vindos do outro lado da sala. Ela abaixou a cabeça e tentou usar a chave mais uma vez, mas a tranca não se mexia.

Os disparos continuavam.

— Vá embora! — sua mãe gritou de dentro do contêiner.

— Não, mãe! Vou conseguir tirar você daqui!

Sua mãe estendeu os dedos para fora do contêiner e ela os segurou.

— Onde estão as outras garotas?

— Esperando no hangar das naves auxiliares! — gritou Waverly.

— Elas estão esperando por *você*? Então vá, Waverly! Corra até elas e caiam fora desta nave. Encontraremos um jeito de sair daqui.

— Não posso deixar você, mãe! — disse Waverly, entre soluços. Aquilo tudo era demais. Precisava que alguém assumisse o comando, que levasse as garotas para casa. Não podia mais lidar com aquela situação. — Preciso de você, mãe!

— Desça daí, Waverly! — gritou Anne Mather.

A mulher estava mais perto agora, e dificilmente Amanda e Jessica conseguiriam controlar Anne Mather e seus homens.

— Você não vai conseguir! — gritou a pastora.

Waverly ergueu sua arma, mirou e atirou em Anne Mather, que esquivou-se. A garota virou-se de novo para lidar com a tranca, mas a chave havia emperrado.

Sentiu algo borrifar na porta de metal. Era seu próprio sangue. Fora atingida no braço por uma bala.

— Eles vão matar você, Waverly! Corra! — gritou sua mãe.

— Mãe! — gritou Waverly. Seu braço e sua perna doíam. Ela não conseguia mais.

— CORRA! — berrou sua mãe.

Por fim, Waverly desistiu. Jogou as chaves dentro do contêiner antes de descer a escada vagarosamente. As balas passavam silvando acima de sua cabeça, enquanto ela se esgueirava pela estreita abertura entre as unidades de filtração, e depois seguia até o elevador a bombordo que a levaria diretamente ao hangar das naves auxiliares.

Fez uma parada breve e olhou para Amanda e Jessica, agachadas atrás de uma unidade de filtração. Amanda continuava gritando:

— Parem de atirar! Vocês enlouqueceram?

Amanda segurava sua arma junto ao peito, aterrorizada demais para usá-la. Só Jessica estava atirando, mas era o suficiente para fazer com que Anne Mather e seus guardas hesitassem.

Amanda fez um aceno para que Waverly fosse embora.

— Quando você passar por aquela porta, feche-a e dê um tiro na fechadura! Vá!

Waverly encarou-a, querendo dizer algo, nem que fosse um “Obrigada”, mas não conseguiu. Então, disparou porta afora, com os pulmões prestes a explodir, mancando, enquanto se enfiava pelo corredor. Apertou com força os botões para fechar a porta depois de passar por ela, e então atirou no teclado, na esperança de retardar Anne Mather e seus guardas ao menos por um tempo, depois saiu correndo o mais rápido que pôde até o elevador.

De repente derrapou e parou.

Só podia estar tendo um pesadelo.

Parado, em pé diante do elevador, estava o guarda da cicatriz, o que tinha matado Samantha. Ele estava de costas para Waverly e olhava para o outro lado do corredor, segurando sua arma meio frouxa nas mãos.

Parecendo sentir a presença dela, o homem virou a cabeça. Os olhares se encontraram. Ele ergueu uma das mãos, como se quisesse pedir a Waverly que não atirasse. Sem pensar, ela mirou. Assim que seu dedo encontrou o gatilho, o homem abriu a boca e berrou:

— Espere!

Mas ela puxou o gatilho.

Ele soltou um gemido e caiu.

Em um instante, ele estava em pé, no outro, desmoronado, encostado na porta do elevador, a mão no meio do abdômen, onde havia uma explosão vermelha. Waverly aguardou (dez segundos? um minuto? uma eternidade?) até que os olhos dele ficaram embotados e de sua boca começou a vazar um líquido.

Naquele momento, Waverly ouviu Anne Mather e os outros guardas golpeando a porta atrás dela. Ouviu o guinchar do metal quando a porta se abriu. Eles vinham para matá-la.

Correu até o elevador e deu um tapa no botão acima do ombro do guarda, que se encontrava completamente imóvel. Ela sabia que deveria tomar a arma dele, e quase fez isso, mas não ousou, não conseguia tocá-lo.

A porta do elevador se abriu e ele caiu para trás, com um baque forte quando sua cabeça atingiu o chão de metal. Waverly ouviu um estalar nos dentes dele, o ar saía em gorgolejos de sua garganta, e ele ficou ali, parado, com o tronco dentro do elevador e as pernas para fora.

Waverly engoliu o choro mesclado a soluços. Tinha de tocá-lo.

Forçou-se a empurrar os ombros do homem. Podia sentir as pontas afiadas de seus ossos atravessando-lhe a pele, e sentia o cheiro de sua boca aberta, que já tinha o odor da morte. Com toda sua força, empurrou-o até conseguir colocá-lo porta afora.

— Não! Meu Deus, Shelby! — Ouviu Anne Mather lamentar através da fenda na porta.

Shelby. Esse era o nome dele, pensou Waverly enquanto apertava o botão para chegar ao hangar das naves auxiliares.

A porta do elevador se fechou, e seu estômago revirou. Tocara em um homem morto... e morto por sua causa. Vomitou no canto do elevador, apoiando-se na parede. Um odor acre preencheu o ar, mas ela endireitou-se, firmou-se sobre suas pernas e descobriu que nada sentia. Nenhuma tristeza por deixar a mãe para trás. Nada de mágoa porque Samantha, a maravilhosa e forte Samantha, tinha sido morta. Dor nenhuma em seu braço, que ainda sangrava. Nem mesmo remorso por ter tirado a vida de um homem. Nada. Waverly nada sentia.

Enquanto o elevador se movia pelos andares, ela ouvia disparos de armas. A violência havia se espalhado pela nave toda. Encolheu-se, com as costas apoiadas na parede do elevador, entoando baixinho uma espécie de oração.

Quando a porta do elevador se abriu, ela disparou, voando pelo corredor.

— Por favor, por favor, por favor — ouvia os sussurros a cada passo que dava.

Virou a esquina no hangar das naves auxiliares, escorregou e parou.

Dezenas de mulheres estavam ali reunidas junto das garotas, segurando-as.

Waverly ergueu a arma, apontando para elas.

— Soltem as meninas! — Ela as mataria se fosse preciso. Agora sabia que seria capaz.

Umas poucas mulheres endireitaram-se e fitaram-na com olhares inexpressivos. Outras carregavam caixas cheias de comida e grandes jarros de água para o porão de carga. As garotinhas beijavam mãos, abraçavam pernas, e então se moviam lentamente até entrar na nave auxiliar, enquanto as pessoas acenavam em despedida. Waverly foi rastejando até a nave, empunhando a arma.

— Você não precisa dessa arma — disse alguém.

Era a mulher baixinha e avermelhada que a havia agradecido durante os primeiros serviços. Ela ergueu uma das mãos e continuou:

— Waverly, queríamos nos despedir de você enquanto os homens estão segurando os guardas. E trouxemos um pouco de comida e de água, o bastante para alguns meses. Não se sabe quanto tempo passarão no espaço.

Enquanto dizia isso, a mulher terminou de carregar os suprimentos e fechou a porta que dava para o porão de carga.

— Gostaríamos que vocês ficassem — acrescentou a mulher. — Não é seguro o que estão fazendo.

— Estamos partindo — disse Waverly.

— Sei disso — respondeu a mulher com tristeza, mas ergueu as mãos acima da cabeça e gritou: — Que a paz esteja com todas!

— Que a paz esteja com todas! — disseram as outras em eco.

Waverly avançou lentamente em direção à nave auxiliar e foi subindo a rampa de costas, com o olhar endurecido. Não tinham medo *dela*, mas sim *por* ela.

— Façam com que elas parem! — guinchou Anne Mather, avançando com oito guardas armados. — Waverly, você não vai sobreviver!

Dentro da nave auxiliar, Waverly socou o botão de controle para erguer a rampa.

Correu para dentro da cabine do piloto, olhando através do vidro enquanto se estabelecia o caos no hangar. Um homem grande deu um tiro nos guardas, que se espalharam, atirando de volta. Anne Mather gritava, o rosto roxo de fúria, os cabelos sobre seus olhos, o manto bordado pendendo torto de seus ombros. A pastora não tinha mais compostura nenhuma, agora parecia um animal.

Waverly ativou os motores e fixou os olhos no *airlock*, com o coração na boca. Pressionou o botão no painel de controle onde estava escrito "*Airlock*", mas a porta não se abriu. O monitor na frente dela piscava um comando: "Inserir código de destravamento".

Código? Ela não tinha código nenhum! Alguém correu até os controles do *airlock*. Felicity. Ela saíra da nave auxiliar e estava socando o teclado do *airlock*.

— O que você está fazendo? — perguntou, gritando, Waverly.

Uma mulher loira envolveu os ombros de Felicity com os braços e sussurrou algo ao ouvido da garota, que em seguida pressionou alguns botões e o *airlock* se abriu. Ambas viraram-se e acenaram em despedida para Waverly.

Waverly acenou com a cabeça para a amiga, sabendo que nunca mais a veria. Então disse:

— Obrigada.

Felicity sorriu para Waverly pela primeira vez desde muito tempo.

Waverly deu partida nos motores, soltou as correntes e sentiu a nave auxiliar erguendo-se do chão do hangar. Com as mãos tremendo, guiou a nave em direção à porta do *airlock*, agora aberta. Tentando lembrar-se das simulações que tinha praticado com Kieran, foi guiando a nave para dentro da câmara. Com um sibilar do sistema hidráulico, a porta do *airlock* fechou-se e a porta externa abriu-se para a infinidade do espaço sideral. Waverly empurrou o *joystick*.

Estavam do lado de fora.

Ela acionou os *azipods* dos motores, e a nave, como se tivesse levado um poderoso chute, foi para a frente, fazendo com que Waverly batesse contra o próprio assento. No monitor, a New Horizon ia desaparecendo ao longe, dentro do gás da nebulosa.

— Onde estão os outros? — perguntou Sarah do assento do copiloto.

Waverly ficou alarmada. Ela estivera ali o tempo todo?

O rosto de Sarah estava branco por trás das sardas, e sua voz soava remota, como se viesse de outra sala através de uma tubulação.

— Onde estão nossos pais?

A boca de Waverly tornou-se uma linha apertada e reta.

— Waverly?

5

METAMORFOSES

Um líder é um mercador de esperanças.

Napoleão Bonaparte

Um fio pálido

Quantas horas... ou dias... Kieran havia passado deitado naquele catre na cela, com o olhar fixo no teto? Eles mantinham as luzes sempre acesas, sem nunca apagá-las, para que não tivesse noção de horário. A julgar por sua fome, havia se passado muito, muito tempo.

Antes de tudo aquilo acontecer, Waverly estava em segurança e Kieran vivia com os pais, nunca sentira fome. Agora conhecia a sensação. Costumava chamar de fome aquele vazio incômodo em seu estômago, na época em que podia comer, sempre que quisesse, tudo o que desejasse. Milho direto na espiga. Seu favorito. Gostava de um pouco de óleo de castanha na espiga de milho, só um pouco cozida, o suficiente para ficar quente. Tão crocante e doce. Ou feijão, com azeite, além de alho e salsa. Frango assado com alecrim, do jeito como cheiraria se viesse da cozinha de sua mãe. Quando voltava da aula, o aroma da comida que sua mãe preparava causava-lhe uma reação instantânea no estômago, o que costumava chamar de fome. Agora ele percebia que o que sentia naquela época não podia ser chamado assim.

Fome era aquela agonia que Kieran sentia em suas juntas, que fazia sua cabeça doer, e a orelha se contrair espasmodicamente a cada som que ouvia. Era o que tornava seus dentes moles, como se pudessem cair por falta de uso. E isso o deixava fraco. Kieran sentia como se cada braço pesasse uns cinquenta quilos. Levantar-se era um ato que exigia os resquícios de suas forças. Erguer-se da cama, pôr-se de pé e caminhar dois passos até a pia para pegar água tomava-lhe uma hora de planejamento e um enorme esforço.

A única coisa que conseguia sentir, além de fome, era raiva. Tinha salvado os pais deles, arriscado a própria vida, e o deixavam ali para morrer.

Ele os odiava a todos.

— Você não me parece bem — disse alguém.

Ele até se esquecera de que havia outra pessoa do outro lado das barras de sua cela. Sealy Arndt ou Max Brent, os camaradas de Seth, vigiavam-no constantemente. Dessa vez, era Max.

— Acabei de comer uma salada das boas. — Max abriu um largo sorriso, que deixava à mostra grandes dentes tortos. — Boa e fresca. Não alimenta muito, mas... Acho que vou preparar alguns ovos para mim quando meu turno acabar. Minha mãe me ensinou a fazer ovos mexidos. Gosto deles com cebolinhas.

— Vá pro inferno! — conseguiu dizer Kieran.

— Poderia fazer um pouco de salada para você também. Tudo que precisa fazer é dizer aos outros como lamenta o que fez, e aí trarei um grande prato com ovos. Ia gostar disso, não?

— Eu gostaria que você calasse a boca — disse Kieran, furioso —, seu vermezinho sádico!

— Se você confessar, trarei um pouco de pão. Sarek descobriu como fazer um pão sírio e, pra falar a verdade, não é ruim. Quer um pouco? Tem apenas que admitir seus erros na frente de todo mundo. Vai levar só um minuto.

Kieran desejava o pão mais do que tudo, mas se confessasse seus "crimes", do jeito que Seth queria que fizesse, perderia para sempre a Empyrean. *Amanhã farei isso,* disse a si, como fazia todos os dias. *Amanhã. Hoje não. Posso aguentar um pouco mais.*

— Vou fazer o seguinte, Kieran: darei os ovos a você e depois você confessa. O que tem a dizer? — Max irrompeu em uma gargalhada. — Estou brincando!

— Você é podre mesmo — disse Kieran.

— É bom que acredite nisso.

Kieran nem podia imaginar como Max justificava para si mesmo aquele comportamento. De certa forma, ele era pior que Seth, pois sentia prazer com a dor de Kieran.

Toda vez que a voz de Seth soava aos ouvidos de Kieran, as rugas em sua face aprofundavam-se.

— Vamos lá, Kieran. Vamos acabar com isso — ele tentava persuadi-lo. — Tudo que você precisa fazer é admitir os seus erros para a tripulação, depois disso daremos algo para você comer!

Kieran sempre dizia "não", mas era algo que se tornava cada vez mais difícil.

A porta abriu-se e Sealy Arndt entrou para assumir seu posto como guarda.

— Quer fazer um intervalo? — perguntou ele a Max.

— Por que não? — foi a resposta de Max, enquanto caminhava lentamente. — Hora do jantar! Delícia! Delicinha!

Sealy sentou-se no canto oposto ao de Kieran, com os olhos reluzentes, e puxou um pão de dentro do bolso da jaqueta.

— Ah, meu Deus! — disse Kieran, não conseguindo se conter.

Era um simples pão de trigo, nada muito elaborado, mas ele ansiava por uma pequena mordida que fosse. Durante os últimos cinco dias (quatro? seis?), os guardas frequentemente comiam na sua frente. Era a maneira especial de torturá-lo.

Algo caiu no chão ao lado de sua cama. Esforçando-se para ficar de lado, tateou o piso até que viu o que era: um naco de pão. Nem mesmo o mastigou. Engoliu-o com violência e, quando o alimento chegou a seu estômago, contorceu-se de tanta dor.

— Toma — disse Sealy, entregando-lhe uma bolsa gravitacional com água.

Kieran colocou os lábios no canudinho e abriu o fecho. O líquido deslizou até seu estômago como um bálsamo curador. Embora estivesse terrivelmente fraco, aquilo parecia despertar seu corpo. Quando havia bebido até a última gota, Sealy jogou-lhe mais um pedaço de pão.

— Não deixe ficar aí no chão por muito tempo — disse o garoto, irritado, olhando de relance para a porta.

Kieran forçou-se a mastigar o pão devagar e engoliu-o. Agora, com o líquido no estômago, já não sentia tantos espasmos.

Pedacinho por pedacinho, Sealy alimentou-o até o pão acabar.

O estômago de Kieran parecia contorcer-se, e ele sentiu ânsia de vômito, mas resistiu. Não se permitiria vomitar. Manteria a comida no estômago.

De repente ocorreu-lhe que poderia ter sido envenenado. Sentou-se, tremendo, e perguntou:

— Você acabou de me matar?

— Não! — Sealy pareceu ofendido.

— Então por quê?

O garoto pegou a arma que estava sobre seus joelhos. Passou o dedo pelo gatilho, virou a arma, admirou seu perfil e, por fim, disse:

— Senti pena de você.

Então, no fim das contas, ele era humano.

— O que os outros garotos estão dizendo?

— Não vou ajudar você, se é o que está pensando.

Kieran sentia tamanha fraqueza que caiu de lado e permaneceu imóvel, arfando.

Ele preferia a presença de Sealy à de Max, porque o primeiro era apenas hostil e mal-humorado, ao passo que Max era cruel. Kieran preferia apoiar-se na parede a estibordo, porque dali podia ver um espelho e fixar o olhar no vidro, imaginando-o uma janela de verdade que dava para outra sala. Era estranho como esse tipo de coisa lhe trazia um sensação de conforto. Quão pequeno seu mundo havia se tornado.

— Sarek estava perguntando de você — disse Sealy de um jeito casual.

— O que você falou a ele?

— Eu disse que você estava magro.

Kieran soltou um suspiro desanimado. Então o garoto só queria zombar dele.

— Ele pediu para dizer "oi" — acrescentou Sealy.

Aquilo soou tão fora de contexto que Kieran ergueu o olhar para o outro garoto. A expressão de Sealy não entregava nada. Estaria fazendo alguma oferta a Kieran?

— Bem, então... diga a ele... — Sua mente ficou a mil.

O que deveria dizer? Tentou se lembrar de seu primeiro dia ali, antes de saber realmente o que era a fome. Havia tido uma boa ideia. Que poderia tirá-lo daquela cela.

Kieran cerrou os punhos e os olhos.

Julgamento. A palavra saltou-lhe à mente. Sim.

— Diga a Sarek que ele e os outros garotos devem pedir um julgamento para mim.

— Isso faria Seth dar umas boas gargalhadas.

— Eles devem exigir a apresentação formal dos meus crimes.

— É? — indagou Sealy com um ar de escárnio. — Definitivamente, seria algo em que Seth cairia, porque ele é um idiota, não é?

Kieran dispensou as palavras de Sealy. Estava morrendo de fome. E tinha que cair fora dali.

Julgamento

Kieran dormiu. Depois da conversa com Sealy e sua tentativa de alcançar o lado de fora, os dias se estenderam como uma planície no deserto em direção ao horizonte. Suportara ocasionais provocações de Max e visitas de Seth perguntando-lhe se estava pronto para confessar, mas na maior parte do tempo, não havia nada em que pensar. Voltava seus pensamentos para Waverly. Para seus pais. Às vezes, convencia-se de que estavam a caminho de casa, e de que os veria em breve.

Conversava com eles em sua mente. Dizia-lhes o que planejava fazer quando finalmente saísse dali. Pedia-lhes conselhos. E, às vezes, escutava. Em vários momentos chegou a acreditar que o que ouvia não era fantasioso. Alguma mensagem estava chegando até ele na forma de uma voz que ressoava como um sino distante em sua mente.

Depois de um tempo, a voz parou de soar como a do pai ou da mãe de Kieran, ou mesmo de Waverly, ou de qualquer pessoa que conhecesse. A voz era a dele mesmo.

Certa noite, quando Kieran sentiu a morte pairando no canto de sua cela fétida, esticou a mão até ela.

Deixe-me sair daqui, implorou em silêncio. *Não quero morrer.*

Você será libertado, respondeu-lhe a voz.

Ele achou que tinha ouvido mesmo algo real, e não só um produto de sua imaginação. Havia alguém ali? Abriu os olhos e fitou o teto sobre sua cama. Ouviu alguém respirar à esquerda, virou-se e viu Max Brent ali sentado, com a arma nos joelhos, cochilando. A voz não era de Max. Não poderia ter sido.

Kieran perguntou-se se estava tendo uma alucinação, mas na verdade sentia-se mais lúcido do que nunca. Fechou novamente os olhos.

Quando?, perguntou.

Quando for a hora certa. A voz vívida se encontrava entre sua mente e seu ouvido, lugar onde os sons adquirem significado.

Mas por que tenho de esperar assim?

Há um propósito no sofrimento.

Que propósito? Quem é você?

Eu sou.

Darei minha vida a você, se me ajudar.

Já o estou ajudando.

Kieran achou que talvez aquilo fosse verdade, o que fortaleceu seu ânimo. Sealy continuava a alimentá-lo sorrateiramente com pão e sacos gravitacionais contendo um caldo. Havia recebido vinte e quatro refeições, uma por dia, e passara fome por cerca de uma semana antes de receber comida pela primeira vez. Portanto, devia estar na cela havia um mês. As refeições ajudavam-no a se manter vivo, mas não eram o suficiente; ainda estava faminto, e muito fraco. Seus espasmos estomacais pareciam mais violentos agora, seus músculos, mais tensos, a pele, mais flácida. Estava com sede, mas não tinha força para caminhar até a pia.

Conseguia apenas ouvir o zunido dos motores e sentir a vibração da nave. Para Kieran, tal som sempre fora a mesma coisa que o silêncio, mas agora o ouvia como se fosse o eco de tambores a uma longa distância.

Não sentia mais medo. Depois de tantos outros terem morrido, o que seria mais um? Imaginava seu corpo flutuando no espaço, girando como um cata-vento, eternamente, congelado e imutável. Algo nessa ideia o confortava.

O zunido dos motores pareceu intensificar-se, e Kieran se perguntou se estariam mudando de curso ou aumentando a velocidade. Provavelmente,

Seth tivera alguma ideia maluca de ir atrás da New Horizon para dar início a uma guerra que ele não tinha como vencer. Kieran nutria esperanças de que Seth acabasse sendo morto, ele e o restante dos garotos; já não se importava em conceber aqueles pensamentos impiedosos. Se o tinham abandonado daquele jeito, para morrer de fome, mereciam tal fim.

O som dos motores ficou mais alto e havia algo estranho nele, que não conseguia identificar. Ouviu Max levantar-se de sua cadeira para abrir uma fresta na porta. Agora conseguia ouvir melhor.

Não eram os motores: eram vozes, parecendo entoar uma espécie de cântico. E aos poucos distinguiu-o. Os garotos da Empyrean estavam falando, em coro: "Julgamento, julgamento, julgamento!". Repetidas vezes.

Sealy havia deixado sua mensagem vazar?

Kieran inclinou a cabeça. Max Brent estava parado perto da porta, ouvindo. Quando notou que o prisioneiro olhava para ele, bateu a porta com força e apoiou-se nela.

— Nem pense que vamos lhe dar um julgamento — disse a Kieran. — Eles podem gritar até perder a voz.

— O que vocês vão fazer? Atirar em todo mundo? Vocês precisam deles para manter a nave em funcionamento.

— Nós não precisamos de ninguém — disse Max, nervoso.

Kieran queria dizer algo devastador, mas não conseguia pensar nas palavras certas, então fechou os olhos de novo. Esperava que os garotos o tirassem dali, mas a ideia de desejar algo, de solicitar algo, não mais lhe parecia um pensamento lógico. O tempo havia se estilhaçado a seu redor. Havia apenas o agora. *Agora,* ele estava na cela. *Agora,* estava com fome. *Agora,* estava com sede. *Agora,* não podia erguer as mãos e arrancar do peito aquela fome e aquela sede. Dormiu...

Foi acordado por um baque alto no interior da cela. Assustado, deparou-se com o rosto enfurecido de Seth acima do seu.

— Peguem-no.

Mãos ásperas fecharam-se em volta dos braços de Kieran, e então ele sentiu-se arrastado pelo corredor. Aquele movimento lhe dava náuseas. Tentou colocar os pés no chão, mas a tontura o dominou, fazendo-o desmaiar.

Quando voltou a si, estava sentado em uma cadeira, com as mãos e as pernas pendendo, inúteis. À sua frente estavam os garotos da Empyrean, e todos olhavam para o palco onde ele se encontrava. O auditório. Ele não estivera ali desde o dia do ataque. Naquele palco realizavam-se cerimônias e *shows*. Quando garotinho, cantava "You are my sunshine" naquele lugar. Agora, estava em um julgamento.

Muitos dos garotos que se encontravam ali ficaram alarmados com a aparência de Kieran. Por outro lado, eles também estavam com uma péssima aparência.

Arthur Deitrich, na fileira da frente, tinha um ferimento horrendo no braço, como se tivesse sido algemado ou atado com cordas. Seu olho estava roxo, e em uma das narinas havia vestígios de sangue. Por ser amigo de Kieran, devia ter enfrentado muitos problemas com Seth e seus guardas.

Sarek Hassan, também na fileira da frente, tinha o lábio rachado. Talvez tivesse chegado à conclusão de que, afinal, Kieran não era tão ruim assim e acabara levando um soco por isso. Parecia em estado vigilante, como sempre, até que seus olhos encontraram os de Kieran, e então ele franziu a testa, com os punhos cerrados.

Não eram apenas os garotos mais velhos que estavam marcados pelo estilo de liderança de Seth. Todos os garotinhos menores pareciam estar com medo. Um deles, de quatro anos, chorava; tinha o braço enfaixado em uma tala, e tomou um susto quando outro garoto sentou-se a seu lado.

— Calem-se todos! — alguém gritou.

Era Seth, em pé em uma plataforma sobre o palco, ao lado de Kieran.

Ele usava o uniforme de um oficial de segurança, grande demais para ele, apertado com o cinto. Sealy e Max estavam parados atrás dele, segurando suas armas.

Kieran teria seu julgamento, mas diante daquelas armas, ele sabia que ninguém o defenderia.

Então era isso: humilhação pública e depois o *airlock*. O fim.

— Calem-se e ouçam! — disse Seth em um tom irritado. — Estamos dando início ao julgamento de Kieran Alden. Max Brent, queira, por favor, ler a lista de transgressões do acusado.

Max puxou um pequeno caderno.

"Kieran Alden impediu a Empyrean de perseguir a New Horizon, e agora talvez nunca possamos reencontrar as nossas famílias. Kieran nos impediu de salvar nossos pais da radiação na sala dos motores, e agora, tanto Mason Ardvale como Sheldon White e Mariah Pinjab estão mortos, e os outros estão doentes. Ele danificou os controles atmosféricos em sua navegação descuidada com a nave auxiliar, e estamos vivos apenas devido à intervenção rápida de Seth Ardvale. Kieran Alden mostrou inúmeros outros exemplos de incompetência em liderança. Ele é um perigo a esta nave e a todos a bordo dela."

Aquelas palavras eram aterrorizantes. Kieran observava a plateia. A maioria dos garotos parecia apavorada. Muitos dos mais novos choravam. Esperar que fizessem um levante contra Seth seria pedir demais.

— A corte chama a primeira testemunha, Matt Allbright — anunciou Seth.

Aquilo era uma farsa. Primeiro um garoto, e depois outro, postaram-se bem ao lado de Kieran e falaram mentiras descaradas enquanto Sealy e Max apontavam suas armas para eles. Kieran tentou dar ouvidos ao que diziam, buscando uma maneira de defender-se, mas estava tão cansado e sentia tanta dor que era difícil concentrar-se, mesmo sabendo que disso dependia sua vida. Depois de um tempo, desistiu de prestar atenção e tentou formular uma argumentação em sua mente, mas estava exausto e logo as ideias se perdiam e sua visão se turvava.

Foi o silêncio que, por fim, trouxe-o a si novamente. Ergueu o olhar e viu que Seth voltava à plataforma, com o rosto assumindo uma expressão sombria.

— Com todas essas provas contra ele, parece-nos correto proferir a sentença de morte a Kieran Alden, a menos que ele esteja disposto a confessar seus crimes...

— Sim! — alguém gritou.

Kieran olhou para o público, tentando ver de quem era aquela voz.

— Quero ouvir o que ele tem a dizer em sua defesa!

Era uma voz familiar, mas Kieran não conseguia distingui-la. Quem quer que estivesse falando, estava oculto entre a plateia.

— Isso mesmo — disse Sarek, na fileira da frente, com os olhos fitando Kieran. — Deixa o filho da mãe explicar-se.

Kieran olhou para Sarek, que mantinha uma expressão estudadamente neutra. Não sabia se o outro estava ou não tentando ajudá-lo, mas aquela era sua chance, pois pela primeira vez Seth olhava para Kieran, tentando avaliá-lo.

— Kieran? — pressionou Seth. — Está pronto para confessar?

Kieran assentiu. Durante tanto tempo vinha dizendo a si mesmo que confessaria no dia seguinte, mas não haveria mais dias seguintes. Se não o fizesse agora, eles o matariam.

A plataforma parecia estar a mais de um quilômetro de distância. Ele não conseguiria chegar até lá... seria impossível caminhar... ou não seria?

Virou-se de lado no assento e, apoiando as mãos no encosto da cadeira, fez força para levantar. Seu corpo tremia, os joelhos entortavam-se, mas ele se recompôs e forçou as pernas. Estava em pé pela primeira vez em dois dias. Deu a volta na cadeira, até conseguir colocar uma mão na plataforma, e se arrastou até lá. Tinha de se apoiar naquilo com quase todo seu peso, mas conseguiu. Olhou para os garotos, que estavam em silêncio.

Muitos daqueles rostos estavam cortados, feridos, beliscados. E cheios de pavor. Se Kieran cedesse agora, assim seria a vida deles.

Mas não. Não poderia ceder e confessar.

Em vez disso, buscou em sua mente algo a dizer.

A verdade. Era isso que seu pai sempre lhe dizia: "A verdade tem poder".

— Não se aponta uma arma para a cabeça de uma testemunha em um julgamento justo — grasnou ele ao microfone. Sua boca estava pegajosa, e a voz mal saía.

— O que está fazendo? — perguntou-lhe Seth em um sussurro. — Vamos lá, homem. Vamos pôr um ponto final nisso.

— Mentiras são a base deste julgamento.

— O que ele disse? — gritou um garoto. — Não consigo escutar o que ele diz!

— Ele disse que sente muito — mentiu Seth. — Sente muito por tudo o que fez. Então agora vamos esquecer isso tudo e arrumar alguma coisa para ele comer.

Será que Seth estava blefando?

Kieran balançou a cabeça em negativa.

— Não foi isso que eu disse — gritou. — Não vou confessar. Você vai ter que me matar.

O silêncio reinava no auditório. Até mesmo o choro dos garotinhos menores tinha cessado.

Seth empurrou Kieran para o lado e assumiu o lugar na plataforma. Sem conseguir se equilibrar, Kieran caiu no chão.

— A sentença da corte é: Kieran Alden deve ser submetido à execução pública — anunciou Seth. — Leve-o até o hangar das naves auxiliares — ordenou a Sealy.

O garoto, paralisado, ficou encarando-o.

— Vamos logo com isso! — gritou Seth, impaciente.

— Mas... — Os olhos de Sealy estavam focados em Kieran.

É isso, pensou Kieran. Estava com medo, mas não fecharia os olhos. Se iriam matá-lo, veriam seus olhos, que encaravam Sealy, na espera.

— Mas que droga! — gritou Seth. — Max! Tire Kieran daqui!

No entanto, Max não conseguia se mover.

— Achei que não iríamos matar ninguém — disse ele por fim.

— *Achar* não é tarefa sua, Max!

Seth avançou na direção dele, com a intenção de desarmá-lo, mas Kieran estava mais perto do garoto. Não conseguia lutar, mas foi capaz de se virar e atingir Max nos joelhos, derrubando-o no chão, assim como a arma. Kieran usou o que sobrara de suas forças para lançar-se em direção à arma e cobri-la com o corpo.

— Seu maldito, infeliz! — gritou Seth. — Por que você não desiste?

Seth bateu em Kieran com ambos os punhos cerrados. A saliva voava de sua boca. Kieran aguentava os golpes de Seth, segurando a arma de Max junto do peito. Viveria ou morreria. Queria viver para ver Waverly novamente. Então encheu os pulmões de ar e gritou:

— Ajudem-me!

De súbito, não sentiu mais o peso de Seth. Sarek puxara-o para trás, em um movimento de judô que quase o estrangulava. Seth enfiou as unhas em Sarek e chutava Kieran, até que um garoto de uns sete anos jogou-se em uma das pernas de Seth. Um outro, ainda mais novinho, agarrou a outra perna. Logo Seth estava cercado por um enxame de garotos, todos gritando furiosamente, querendo tirar um pedaço dele.

A multidão estava elétrica. Uma dúzia de brigas irromperam ali. Alguns dos garotos tentavam defender Seth e seus guardas, mas foram vencidos pelo número maior dos outros. Uma pilha de garotos lançou-se sobre Sealy, tirou a arma dele e arrastou-o até o chão. Max tentou fugir e sair pela porta, mas um garoto grande, de doze anos, o derrubou.

Tinha acabado.

O rosto redondo e cheio de sardas de Arthur Deitrich surgiu na frente de Kieran.

— Você está bem? — ele perguntou.

Kieran fez um sinal para que se aproximasse.

— Jogue todos eles na cela. Reúna todas as armas e traga-as até mim.

Foi uma luta para Arthur abrir caminho em meio à multidão reunida ao redor de Seth. Ele gritou algo para Sarek e então Kieran viu uma cena que o maravilhou: Sarek, ajudado por outros oito garotos, arrastavam Seth para fora do auditório, enquanto ele praguejava e rangia os dentes, enfurecido.

— Você vai se arrepender! — Seth gritou para Kieran antes de ser levado embora dali.

Arthur havia conseguido as armas e as levava para Kieran.

— Tire os cartuchos — disse Kieran, que ficou observando enquanto os dedos desajeitados de Arthur mexiam nos mecanismos.

Um dos garotos levou para ele uma bolsa gravitacional cheia de água, da qual ele foi bebendo em goles, sedento. Arthur ergueu a munição para que Kieran visse.

— Ok. Agora esconda onde ninguém possa encontrar, Arthur. Esconda todas as armas.

Quase tropeçando nos próprios pés, Arthur saiu apressado com as armas nas mãos.

— Kieran, você está bem? — O pequeno Matthew Chelembue pôs a mãozinha na bochecha dele, preocupado.

Kieran abriu um sorriso.

— Traz um pouco de comida, Matthew.

Recuperação

Durante os primeiros dias, Kieran só conseguia tomar caldos e comer pão. Ficava deitado em um catre no Comando Central, tentando responder a perguntas sobre como limpar os filtros de ar, ou quantas galinhas deveriam ser mortas para o jantar, mas na maior parte do tempo, cochilava.

Tão logo conseguiu sentar-se sozinho, olhou para o console de vídeo que mostrava a cela em que Seth, Sealy e Max estavam trancafiados. Seth andava de um lado para outro como um animal enjaulado. Max estava sorumbático. Sealy permanecia quieto, porém alerta. Se Seth algum dia descobrisse que fora Sealy quem o ajudara, o garoto correria risco de vida. Talvez pudesse tirar Sealy dali e levá-lo para uma cela individual, onde ficaria a salvo.

Mas colocou tal pensamento de lado. Os três líderes da rebelião tinham causado o mais completo caos durante um mês de domínio na nave e muitos dos garotos estavam furiosos com eles. E Sealy tinha quebrado o braço de Matthew Perkins, embora afirmasse ter sido um acidente. Então Kieran achou mais prudente que ele passasse um tempo na cela, pelo menos até que ele próprio estivesse seguro naquela situação política. Suspeitava que entre os garotos poderia haver uma corrente de simpatia por Seth. Às vezes, sentia-se observado por olhos não muito amistosos. Teria que assumir o controle da nave com mão firme para certificar-se de que Seth não causaria uma insurreição e retomaria o poder.

— Estou feliz por você estar de volta — Arthur Deitrich disse a Kieran certa noite.

Os dois estavam se tornando bons amigos e com frequência conversavam até tarde, depois que todos tinham ido dormir. Arthur abraçou sua caneca de chocolate quente junto do peito.

— Chocolate quente sempre me traz recordações da minha mãe — disse Kieran baixinho.

Arthur lançou-lhe um olhar de reprovação. Os garotos haviam feito um pacto silencioso de não mencionar os pais, nem as garotas, nada de suas vidas passadas. Era uma forma de sobreviverem. No entanto, naquela noite, Kieran desejou lembrar.

— Ela sempre colocava bastante chocolate, e borrifava leite de cabra, o que deixava a bebida cremosa.

— Gosto do meu escuro — comentou Arthur.

— Onde estavam os seus pais durante o ataque? — quis saber Kieran.

— Não sei ao certo. Provavelmente meu pai estava no celeiro. Minha mãe deveria estar no jardim ou... — Arthur olhou dentro de sua caneca. — Essa é a parte mais difícil. Não sei o que aconteceu com eles, e não tenho a quem perguntar.

— Acho que meu pai está morto — disse Kieran, surpreso consigo. Era algo em que não se permitia sequer pensar, e tinha acabado de dizê-lo! Como se tivesse tido certeza daquilo o tempo todo...

— Você acha isso mesmo? — perguntou Arthur em um tom gentil.

— Meu pai e minha mãe estavam no hangar das naves auxiliares a estibordo. — Kieran percebeu que nunca tinha contado isso a ninguém. — Vi a minha mãe entrar em uma das naves, mas...

Arthur olhava para fora do portal, e Kieran se perguntou: todas aquelas pessoas ainda estavam lá fora, girando nas trevas gélidas? Afundou-se no silêncio, enquanto Arthur sorvia seu chocolate quente, sem falar nada.

— Sabe, Kieran — disse Arthur, por fim —, Seth realmente tentou matar você.

— Você não acha que ele estava blefando?

— Pode ter começado como um blefe, mas não sei ao certo se teria terminado assim.

Kieran remexeu-se na cadeira. Não gostava de falar sobre aquele dia.

— Tudo que quero dizer é que ele... ainda é perigoso.

— Sim, ele é perigoso, e a maioria dos garotos tem consciência disso.

— Alguns querem tirá-lo de lá, nem que seja à força — disse Arthur, com os olhos azuis fixos em Kieran. — Se isso acontecer, Seth poderia causar muitos danos.

— É por isso que temos de garantir que ele não saia de lá.

— Você deveria me deixar pegar as armas onde escondi.

— Nada de armas — falou Kieran, com firmeza.

— Não sabemos o que vai acontecer.

— É verdade, mas não podemos agir como Seth. A única prova de que estamos certos é que *não* agimos como ele.

— Você achou uma maneira de sair da cela. Ele também vai conseguir.

— Pode ser que sim.

Arthur podia estar certo. Mas... talvez Kieran conseguisse trazer para o seu lado aqueles que apoiavam Seth.

— Quem você acha que está contra mim?

Arthur pensou muito na pergunta e relacionou mentalmente dez nomes. No topo da lista estava Tobin Ames, o garoto que planejara descer até a sala dos motores para chegar até a mãe.

— Por que você não pede para Tobin vir até aqui em cima falar comigo? — disse Kieran.

— Você tem certeza?

— Quero tentar conversar com ele.

Kieran havia se incompatibilizado com Seth por ignorá-lo. Tentaria usar uma tática diferente com Tobin.

Tobin sempre fazia Kieran se lembrar de um ouriço, com aqueles cabelos castanhos ásperos e espetados, um corpo rechonchudo e um olhar inquieto que não se fixava em um lugar só. Ele parecia sonolento quando se aproximou da cama de Kieran.

— Arthur acordou você?

— Eu estava cuidando da minha mãe — disse o garoto com um ar melancólico.

— Como ela está? — perguntou Kieran, mantendo o tom de voz baixo. Sabia que assim pareceria mais sábio, mais calmo, além de mais adulto.

— Ela não está muito bem — disse Tobin, meio irritado. — Se você tivesse nos deixado descer...

— ...estaríamos todos mortos. Você sabe por que não poderíamos ter descido lá, Tobin. A única maneira de regatá-los foi como fizemos. Pergunte à sua mãe.

— Eu perguntaria... — A voz do menino foi sumindo antes de terminar a frase.

Então ela estava inconsciente. Poderia estar morrendo. Todos poderiam estar morrendo.

— Na verdade, chamei você aqui para debatermos outro assunto — ressaltou Kieran, tentando soar o mais paciente quanto podia. — Preciso de um oficial médico, e ouvi dizer que você vem se aprofundando nos estudos dos vídeos instrucionais, aprendendo bastante.

— Tive de fazer isso! Eles não estavam doentes apenas por causa da radiação! Sofriam de doenças da descompressão, e tinham cortes, escoriações...

— Estou colocando você no comando da enfermaria — disse Kieran. — Escolha três meninos capazes de fazer parte de sua equipe, e comece a treiná-los.

Tobin estava tão surpreso que ficou sem voz por um instante.

— Para fazerem o quê?

— Ajudarem você. Arthur fez um inventário do conteúdo dos depósitos de provisões e dos celeiros, e o milho está quase maduro. Teremos de fazer a colheita em breve, o que quer dizer que vocês, garotos, terão de lidar com os equipamentos, vão trabalhar duro. Haverá ferimentos. Precisamos nos preparar.

Kieran não acrescentou a informação de que a enfermaria era a área onde Tobin teria menos oportunidades de lhe causar danos políticos. Se o garoto levasse seu trabalho a sério, não teria tempo de organizar um levante.

Tobin saiu confuso do encontro com Kieran naquela noite, mas designou três de seus amigos para ajudá-lo na enfermaria. E assim os quatro passavam horas, todos os dias, treinando uns aos outros com o uso dos vídeos e as incontáveis enciclopédias que tinham a bordo.

Quando Kieran se sentiu bem o bastante para andar, a enfermaria foi o primeiro lugar que visitou. Havia medicamentos largados pelos armários, além de tanques de oxigênio vazios pelo chão, mas todos os pacientes tinham lençóis limpos e pareciam bem cuidados, até mesmo os que ainda estavam terrivelmente fracos.

Oito. Apenas oito adultos restavam. *Por favor, meu Deus, não permita que mais ninguém morra,* pediu Kieran em sua prece.

Sentou-se ao lado do leito de Victoria Hand e procurou por algum sinal de consciência no rosto inchado da mulher. Ela era agora a única pessoa a bordo com conhecimentos e habilidades médicas, e eles precisavam desesperadamente dela.

— Sua mãe chegou a falar algo? — perguntou a Austen, que estava sentado em uma cadeira ao lado da cama.

— Hoje não — respondeu o garoto, que parecia um fantasma de tão pálido. — Ontem ela estava acordada.

— Ela tem conseguido ajudar vocês, meninos? Dando algum tipo de conselho...

Austen balançou a cabeça em negativa.

Kieran segurou a mão da mulher e apertou-a de leve, na esperança de sentir algo em retorno, mas nem mesmo a respiração dela se alterou. Levantou-se.

— Acho que você está fazendo realmente um bom trabalho — disse a Tobin, que estava parado atrás dele. — Como está a *sua* mãe?

O garoto sorriu.

— Ela falou comigo hoje de manhã. E me reconheceu.

Kieran sentiu que Tobin o havia perdoado.

— O que ela disse?

— Conversamos sobre meu pai, sobre onde ele pode estar. O que faremos quando ele voltar. Ela quer preparar um bolo para ele.

Foi a vez de Kieran abrir um sorriso.

— Vou poder comer um pedaço desse bolo?

O garoto assentiu de má vontade.

— Claro. Pode comer um pedaço.

No dia seguinte, Kieran sentiu-se forte o bastante para fazer uma inspeção nas alas agrícolas. Não fazia ideia dos prejuízos que quarenta horas de gravidade zero poderiam ter causado ali e estava ansioso para ver o resultado.

Seth tinha cuidado das questões mais prementes, porém ainda havia problemas a resolver. Os celeiros estavam cheios de poeira. Uma fileira de álamos no arboreto tinha caído e uma equipe de meninos estava triturando-os. Na ala dos trópicos, uma palmeira caíra por cima de uma área de limoeiros, matando diversas árvores menores. O pequeno rebanho de cabras havia sofrido alguns ferimentos, mas as galinhas e os galos pareciam saudáveis, embora o galinheiro estivesse imundo. Tirando isso, os danos eram mínimos, e sabia que, se os garotos se empenhassem, conseguiriam fazer os reparos necessários.

No entanto, seria um problema mantê-los trabalhando. A atmosfera andava pesada na nave. Mais de seis semanas haviam se passado desde que as garotas tinham sido sequestradas, e a cada dia a preocupação dos garotos aumentava. Pânico não era mais o que os regia; estavam realmente desesperados. Alguns haviam parado de trabalhar, e se sentiam desencorajados. Kieran tinha de fazer algo a respeito. Tinha de encontrar uma maneira de dar-lhes esperança.

Transformação

Certa noite, depois de um longo dia na colheita do milho, Kieran sentou-se na cadeira do capitão no Comando Central e ficou observando o terminal de comunicação. Os sensores captariam a presença de uma nave muito antes de eles obterem contato visual, mesmo assim Kieran gostava de fazer a rolagem pelas diferentes visões do lado de fora, espiando para o interior da sombria nebulosa, na esperança de vislumbrar a New Horizon ou a nave auxiliar de sua mãe. A única outra pessoa que estava com ele no Comando Central era Sarek, que comia grãos e feijão amassados, em forma de purê, e cujo rosto estava iluminado pela luz azulada da tela de comunicação. Kieran sorvia de uma caneca um intenso *Earl Grey* feito de flores de bergamota e folhas de chá que cresciam lá na Terra. Tinha um aroma agradável, penetrante, sem açúcar nem leite de cabra. O chá fazia sua mente encontrar foco.

Sarek colocou sua tigela sobre a escrivaninha e esfregou o rosto com as mãos. Sempre sério e quieto, havia amadurecido muito desde o ataque, tendo carregado nos ombros tanta responsabilidade quanto Arthur.

— Nunca lhe agradeci, Sarek — admitiu Kieran.

O garoto virou-se.

— Pelo quê?

— Por me ajudar no meu julgamento. Você salvou a minha vida.

— Acho que não. Seth parecia mais assustado que você.

— Mas você se meteu mesmo assim. Valorizo o que fez.

Os olhos negros de Sarek fixaram-se nos de Kieran.

— O moral do pessoal está baixo, você sabe, não é?

— Como poderia não estar?

— Matt Allbright não apareceu para que eu pudesse sair do meu turno hoje. Encontrei-o no leito da mãe. Ele me disse que não faz mais sentindo ficar tentando, porque nunca encontraremos os outros. Já se passou tempo demais. E ele não é o único a falar nisso.

— Não sei o que posso fazer quanto a isso, Sarek. — Soava como o velho Kieran, que nunca sabia como proceder.

— Tudo que sei é que estou fazendo mais trabalho em menos tempo — disse Sarek. — E vejo garotos fugindo de suas responsabilidades, andando por aí em um silêncio melancólico ou expressando raiva e ressentimento. A nave não pode ser comandada assim.

Kieran colocou sua caneca de chá no suporte ao lado da cadeira do capitão e reclinou-se. Estava a ponto de confiar em Sarek tanto quanto confiava em Arthur.

— O que, na sua opinião, faz a diferença? — O garoto olhou confuso para Kieran, que continuou: — Você não desistiu. Qual é a diferença entre você e Matt Allbright?

Sarek apoiou um dos cotovelos no braço da cadeira enquanto pensava no assunto. Balançava a cabeça.

— Tudo que sei é que acordo todas as manhãs, posiciono-me em direção a Meca e faço minhas preces.

— E isso ajuda?

Sarek deu de ombros.

— É o que o meu pai gostaria que eu fizesse.

Kieran assentiu, lembrando-se daquela noite terrível em que estava com suas forças exauridas, a noite em que a voz veio para lhe confortar.

— Então você acredita em Deus — disse Kieran.

— É.

— Por quê?

Sarek parecia perplexo com a pergunta.

— Acho que só me parece óbvio. Deve ter algo por trás disso tudo. — Ele fez um gesto em direção ao portal, onde uma estrela ou outra piscavam meio escurecidas através da nebulosa. — Quero dizer: toda a criação... Você, eu... Só por causa de algum acidente cósmico? Não me parece algo realista.

— Sei o que você quer dizer — comentou Kieran pensativo. — Mas você acha que somos minoria?

— Em que sentido?

— Você acha que somos os únicos a bordo que têm fé?

Sarek balançou a cabeça em negativa.

— Nem de longe. De qualquer forma, não mais. Meu pai sempre dizia que não existem ateus em trincheiras.

— Por que sua família não optou por seguir na outra nave? — quis saber Kieran.

Isso era algo que Kieran sempre se perguntava em relação a sua própria família, que, por ter crenças espirituais, nunca se encaixara muito bem na Empyrean.

Sarek deu de ombros.

— Não acho que famílias muçulmanas teriam se encaixado na outra nave também.

Kieran assentiu... pensativo.

Naquela noite, Kieran deitou-se na cama do capitão e refletiu sobre como ele havia liderado os garotos até então. Tinha sido prático, lógico e responsável, mas não os havia inspirado.

— Estou falhando com eles? — sussurrou para a escuridão.

Eles precisam de uma visão, disse-lhe a voz.

Kieran sentou-se na cama, com os lençóis em volta das pernas.

— Você está mesmo aí? — perguntou ele. — O que posso fazer?

Dê a eles uma visão.

— Como?

Você encontrará uma maneira.

— Preciso mais do que isso! — gritou ele, mas estava sozinho de novo.

Uma visão, dissera-lhe a voz. Era isso que faltava aos garotos. Algo que pudessem visualizar como seu destino, alguma meta em direção à qual trabalhariam, mesmo enquanto estivessem sofrendo, lamentando a perda dos parentes.

Kieran lembrou-se da noite em que muitos dos garotos tinham descoberto que haviam perdido os pais no massacre do hangar das naves auxiliares, e o sermão que encontrara. Nessa noite tinha dado aos meninos esperança o bastante para continuarem tentando, ou pelo menos não desistirem, porque, ele percebeu, o sermão ajudara-os a sentir que ainda estavam conectados a seus entes queridos perdidos, como dizia Sarek.

Tinha de encontrar mais sermões como aquele.

Saiu da cama, ligou a lâmpada do abajur na escrivaninha e sentou-se diante do computador do capitão. Encontrou a pasta que continha os sermões, com títulos como: "Úteros inférteis, corações férteis" e "Nossas colheitas são nossos filhos". Poucos daqueles sermões falavam dos problemas que ele e os garotos estavam enfrentando, mas leu todos que discorriam sobre a missão maior e o dia glorioso em que as naves chegariam à Terra Nova, quando a ocupação poderia ter início. Era uma missão sagrada, um pacto com Deus e o restante da humanidade, não apenas com aqueles que tinham ficado para trás, na Terra, mas com seus filhos, e os filhos de seus filhos, durante os milênios por vir.

Aquelas palavras envolveram Kieran, e ele sentiu que eram verdadeiras. A missão da Empyrean era o maior empreendimento em toda a história da humanidade. A continuação da vida originada na Terra dependia dessa missão, que não poderia falhar. Com certeza aquela era a vontade de Deus.

Mas por que Deus permitira que aquelas pessoas matassem suas famílias e levassem as garotas embora? Por que Ele colocara a missão em risco? A menos que... o que acontecera fizesse parte do plano d'Ele.

O sofrimento tem um propósito, pensou Kieran. A dor e a inanição na cela haviam-no purificado e preparado seu espírito para receber a mensagem de

Deus, que permitira o ataque para que toda a tripulação da Empyrean estivesse aberta à voz divina.

Kieran ficou acordado a noite toda, lendo os sermões, tomando notas, escrevendo seus próprios pensamentos sob o anel amarelo formado pela luz da escrivaninha. Quanto mais escrevia, mais fortemente sentia que estava indo ao encontro de seu destino. A voz havia direcionado Kieran até ali. Ele descobriria o que tinha de fazer.

Pela manhã, quando alguns dos garotos entraram no Abrigo Central em busca de seus cafés da manhã, depararam-se com 150 cadeiras diante de uma plataforma. Nessa plataforma estava Kieran Alden, de pé, usando terno preto e gravata, com a barba feita, os cabelos avermelhados penteados para trás, as unhas limpíssimas, sem uma mácula sequer. Kieran levou o megafone à boca.

— Pessoal, sentem — disse ele. — Tenho alguns pensamentos que gostaria de compartilhar com vocês.

Os garotos hesitaram até virem pão fresco e generosas quantidades de geleia de amoras silvestres em cada uma das cadeiras. Então se sentaram, felizes.

Apenas metade dos meninos estava ali, mas era um bom começo. Kieran fez um sinal de cabeça para Arthur, que apertou um botão no intercomunicador e a gravação de uma sonata de Beethoven começou a ser tocada. Arthur diminuiu a intensidade das luzes, mantendo um único refletor em Kieran, de forma que ele brilhasse. Kieran imaginava-se refletindo a luz de diversas formas, absorvendo-a e liberando-a como um dom para os tristes e assustados garotinhos.

Ele poderia mesmo fazer isso? Era realmente esse tipo de homem?

— Obrigado por virem.

Kieran olhou para suas anotações, que na noite anterior haviam lhe parecido tão brilhantes... Agora que sessenta pares de olhos o observavam, à espera, as palavras que escrevera pareciam ralas e sem valor. Débeis. Sentia sua luz se esvair.

No entanto, mesmo modestas, eram melhor que nada.

— Passamos por muita coisa nos últimos meses — começou ele. — Perdemos entes queridos, fomos separados de nossos familiares, de nossos amigos, e não sabemos onde se encontram nem se estão em segurança. Até passarmos por essa nebulosa, não há nada que possamos fazer além de esperar pelo melhor.

Kieran ouviu um riso de deboche no fundo da sala, mas não parou para erguer o olhar à reação de alguns garotos.

— Por que isso aconteceu conosco? Fomos enviados à vastidão do universo para recriar nosso lar à imagem da criação perfeita de Deus na Terra. — Muitos dos garotos passaram a olhá-lo com perplexidade. Alguns pareciam pensativos. — Todos nós sempre acreditamos, sem questionamentos, na importância da nossa missão. Vamos erguer nossas mãos para mostrar nossa solidariedade ante o fato de que nossa missão é o trabalho de Deus.

Kieran ergueu a mão direita e a maioria dos garotos fez o mesmo.

— Olhem ao redor. Olhem para todas essas mãos erguidas. A maioria de nós já sabia o tempo todo que estávamos realizando a obra de Deus. Agora, abaixem as mãos e permitam que eu faça algumas perguntas a vocês.

Obedientes, os garotos baixaram as mãos. Kieran fez uma pausa, olhando para eles, e todos retribuíram o olhar, observando-o, esperando para ouvir o que diria em seguida.

Estava sendo muito mais fácil do que ele havia imaginado.

— Quem de vocês ia aos serviços religiosos uma vez por semana? Podem erguer a mão.

Somente cinco mãos foram levantadas, como Kieran achou que aconteceria.

— Quantos compareciam aos serviços religiosos uma vez por mês?

Mais seis mãos se ergueram, porém a maior parte dos garotos olhava para Kieran com a vergonha estampada no rosto.

— Podem abaixar as mãos. — Kieran esperou que todos os meninos o atendessem. — Agora fico pensando em como as coisas poderiam ter sido diferentes se tivéssemos prestado atenção ao lado espiritual de nossa missão. E se tivéssemos sido mais diligentes? Deus teria sido mais bondoso conosco na hora de nossa necessidade? Estariam nossas mães e nossos pais aqui, hoje, se tivéssemos dado a Ele mais atenção? Se tivéssemos nos ajoelhado, apenas uma vez por semana, e agradecido a Deus por nos conceder o privilégio de ser a primeira geração a colocar os pés no planeta que, em breve, toda a humanidade vai chamar de lar, para todo o sempre?

Kieran voltou o olhar pela sala. Com certeza, havia ali rostos céticos, e muitos pareciam não estar prestando atenção no que ele dizia, mas a maioria estava concentrada. Alguns até pareciam a ponto de chorar.

— Acho que em nossa vida diária, nos esquecemos de quem somos. Nós somos os antepassados de uma nova civilização. Vamos montar a base para inúmeras gerações de seres humanos em um canto da galáxia onde ninguém... — Kieran inspirou para tomar fôlego e continuou em voz alta — ...onde NINGUÉM jamais pôs os pés. Nós RESGATAREMOS as garotas, e com elas criaremos um mundo novo!

Ele os havia conquistado. Muitos o encaravam com uma veneração que não conseguiam esconder. Amos Periwinkle tinha cruzado as mãos sob o queixo e encarava Kieran com arrebatamento. Tobin Ames, o garoto que tramara contra ele antes, parecia encantado pela enormidade das ideias de Kieran.

— É por todos esses motivos que vamos dar início a uma nova tradição. Toda manhã de domingo, nos reuniremos aqui, comeremos pão juntos, e vamos falar sobre Deus. Terminaremos cada cerimônia religiosa nos ajoelhando e agradecendo a Ele por nos colocar nesta fantástica nave e nos enviar pela galáxia. Agradeceremos por nos escolher para ser... — ele fez uma pausa, criando nos garotos a expectativa pelo que viria depois — ...os criadores de um mundo!

Kieran deu a volta na plataforma e, com grande cerimônia, prostrou-se de joelhos, cruzou as mãos e curvou a cabeça em uma prece.

Levou apenas alguns minutos. A princípio, eles só ficaram encarando-o, mas depois, um por um, os meninos se puseram de joelhos e também curvaram a cabeça.

Poucos permaneceram sentados, o que já era esperado, mas a maioria havia se unido à nova ideia. O próprio Kieran continuou ajoelhado por muitos minutos, sentindo a vibração da sala, e permaneceu em perfeito silêncio enquanto os garotos entoavam suas preces. Lentamente, a tensão que ainda restava no ar pareceu se esvair. Quando, por fim, Kieran sentiu a paz assentar-se sobre sua congregação, ergueu o olhar, abriu um sorriso e disse:

— Amém.

No domingo seguinte, havia pão sírio com alho e azeite de oliva, e Kieran deu graças a Deus pela colheita. No outro, havia pão de milho e manteiga de leite de ovelha, e Kieran louvou a Deus pelo novo lote de pintinhos que havia nascido dos ovos na ala das aves. Depois de alguns meses, acrescentou um momento no encontro em que qualquer um que desejasse poderia entoar suas preces em voz alta. Era uma boa forma de medir como a tripulação estava se sentindo. Soube que os serviços religiosos estavam sendo motivadores quando, em um dos domingos, um garoto chamado Mookie Parker levantou-se e disse:

— Eu agradeço a Deus por estes serviços religiosos, porque fazem com que eu me sinta melhor.

Kieran viu diversas cabeças assentirem, concordando com o garoto, e muitas outras faces olhavam-no com admiração. Tinha funcionado. Ele havia se tornado um líder que causava inspiração, com a ajuda de Deus, e sentia-se grato por isso.

Em outro domingo, cerca de cinco meses depois do ataque, de seu púlpito Kieran ergueu o olhar e notou que quase todos os garotos da nave estavam frequentando os serviços religiosos que ele criara. Sentiu-se ainda mais gratificado quando um menino foi até ele, depois da cerimônia, e deu um puxão em seu casaco para lhe fazer uma pergunta.

— Meus pais estão no céu? Posso conversar com eles?

Kieran olhou na face levemente sardenta do garotinho e disse:

— Sim, estão no céu. E você deve conversar com seus pais todos os dias.

A resposta lhe veio de forma tão automática, com tamanha naturalidade, que Kieran sentiu que devia ser verdade.

O garoto relaxou, abrindo um largo sorriso, e foi se afastando para contar a um grupo de amigos o que Kieran lhe havia dito.

Kieran tinha certeza agora. Estava fazendo a obra de Deus.

O problema com Seth

A nave estava escura. Em seus novos aposentos, Kieran deitou na cama do capitão, em um colchão largo e maravilhosamente macio. Seria um bom lugar para estar com Waverly, caso algum dia a visse de novo. Apertou o rosto contra o travesseiro, imaginando mergulhar em seus cabelos macios.

Pela milésima vez, pensou em mudar o curso da nave para ir em busca de Waverly. Era quase uma necessidade física: tomar o controle da Empyrean, começar a girar a nave e seguir em direção ao caminho tomado pela New Horizon. No dia anterior, quase dera essa ordem, mas Arthur Deitrich havia implorado que continuassem como estavam, pois a melhor esperança que tinham era permanecerem no mesmo curso.

— Deixe que venham até nós — dissera Arthur.

Até mesmo Sarek havia concordado com Arthur.

— Você esteve certo o tempo todo, Kieran. Não há nada a ser feito a não ser esperar. Se eles estão procurando por nós nesta maldita nebulosa, a única maneira que terão de nos encontrar é se ficarmos onde acham que estamos.

— O ataque dentro da nebulosa foi engenhoso, em termos de tática — comentara Arthur em um tom sério.

— Vamos nos vingar deles — dissera Kieran com um tom desafiador. — Se tivermos que esperar até chegarmos à Terra Nova, que seja, vamos pegá-los!

O fato era que agora que a nave estava sob controle e todos os garotos estavam trabalhando, Kieran pensava em Waverly o tempo todo. Sem dúvida se preocupava com seus pais, mas sentia que a garota precisava dele, e ele não estava lá para ajudá-la.

Não adiantava tentar dormir, então ligou o abajur ao lado da cama. Na parede à sua frente havia uma reprodução emoldurada de uma pintura antiga de Van Gogh, com montes de feno de um amarelo brilhante. A imagem fazia-o pensar na Terra, de um jeito que nunca pensara antes: se nunca tivessem deixado a Terra, haveria uma maneira mais fácil de encontrar Waverly... Poderia sair correndo até o local onde ela estivesse, e simplesmente trazê-la de volta. Mas não estava no velho planeta, e sim em uma nave que cruzava uma odiosa nebulosa cor-de-rosa. Não havia para onde ir.

Assustou-se quando a luz na estação de comunicação em sua mesa de cabeceira piscou.

— Capitão, você tem que descer até a cela.

Kieran ouviu sons de objetos se estilhaçando e grunhidos.

— O que está acontecendo?

— Os prisioneiros estão brigando, senhor. Estão se matando!

Kieran vestiu suas calças de cânhamo e colocou as sandálias. Chegou em segundos ao elevador, que desceu rapidamente, mal lhe dando tempo para recuperar o fôlego. Quando a porta do elevador se abriu, pôde escutar a briga. Era como se animais estivessem lutando por uma presa.

Quando chegou à cela, viu Seth chutando o estômago de Sealy, enquanto Max tentava impedi-lo. Sealy estava inconsciente e Max não parecia em condições muito melhores. Seth respirava com dificuldade, tinha a mão ferida, mas continuava a chutar Sealy, repetidas vezes, sem parar.

— Pare! — disse Kieran.

Seth nem pareceu ouvi-lo.

— Pare! — Kieran berrou, pegando as chaves da mão do guarda.

Abriu a porta da cela e foi para cima de Seth. Logo os dois estavam no chão e Kieran começou a esmurrar o rosto de Seth repetidas vezes, xingando-o.

Seth enfiou as unhas na cara de Kieran, tentando derrubá-lo, sem conseguir. Então desistiu e Kieran continuou socando-o, com os punhos cerrados, repetidamente. Quando Kieran por fim parou, os olhos de Seth estavam inchados e o lábio inferior sangrava.

Os nós dos dedos de Kieran ardiam, cortados pelos dentes de Seth. Ele estava sem fôlego, exausto. Os guardas, dois jovens novatos naquela função, encaravam-no aterrorizados.

— O que estão olhando? — perguntou Kieran, raivoso.

— D-desculpe — disse um deles, um garoto de treze anos chamado Harvey Markem, que tinha uma das mãos sobre a barriga como se fosse vomitar.

— Separe-os. Um em cada cela — ordenou Kieran, levantando-se. Somente agora percebia, surpreso, o que tinha feito. — Eles deveriam ter sido separados há muito tempo.

— Desculpe — disse Harvey de novo.

— Não é culpa sua — Kieran retrucou. — É culpa minha.

Harvey e o outro guarda, um garoto de quinze anos chamado Junior, entraram na cela e pegaram Seth pelos braços. Enquanto o puxavam pelo corredor, Kieran ficou parado na entrada a fim de evitar que Max fugisse. O garoto estava exaurido. Jazia no chão, com olhos inexpressivos voltados para Kieran.

Sealy não se movia, deitado de bruços, e Kieran olhou para ele com remorso. Sabia que o garoto corria perigo perto de Seth, mas não os havia separado. Agora Sealy estava quase morto.

Quando os guardas voltaram para buscar Max e o arrastaram para a outra cela, Kieran virou Sealy de barriga para cima. O garoto estava cheio de hematomas, tinha o punho sobre o peito, a mão retorcida como a garra de um animal ferido. Kieran rasgou a camiseta dele para abri-la e se assustou ao ver a quantidade de ferimentos antigos e novos.

— Entre em contato com a enfermaria e diga a eles para trazerem uma maca e algumas bandagens, além de antisséptico para os outros dois.

Poucos minutos depois, dois garotos com olhos sonolentos chegaram da enfermaria, de pijama, e carregaram Sealy dali em uma maca. Tinham trazido antisséptico e bandagens, que Kieran empurrou através das grades para Max, que estava deitado em um catre, com as mãos sobre a testa, e depois para Seth, que arfava de um modo grotesco encostado em uma parede.

— Você provavelmente vai querer alguns analgésicos — Kieran disse a Seth.

— Provavelmente.

Seth pegou um tubo de unguento e aplicou-o nos lábios cheios de sangue. Pela habilidade com que tratava suas feridas, Kieran imaginou que Seth havia cuidado de si mesmo diversas vezes depois de muitas surras, talvez dadas pelo próprio pai, o que poderia explicar sua personalidade furiosa.

— Imagino que o grande pastor Kieran Alden não seja tão perfeito, no fim das contas — observou Seth, colocando uma bandagem em um ferimento em seu braço. Você me bateu pra valer.

— Nunca disse que sou perfeito.

Seth soltou uma risada.

— Não precisava dizer.

Kieran olhou com vergonha para os próprios punhos, ensanguentados.

— Sinto muito por ter atacado você.

— Você teve motivos.

Seth abriu o frasco de aspirinas, jogou um punhado delas na boca e mastigou-as, fazendo barulho. Foi mancando até a pia e bebeu água da torneira.

— Por que você atacou Sealy?

— Tente adivinhar.

— Ele fez algo de que você não gostou.

— Pode-se dizer que sim. — Seth olhou de esguelha para Kieran. — É por causa dele que estou aqui.

— Como você descobriu?

— Ele me contou. — Seth deu risada, balançando a cabeça. — Que tolo! Sentiu culpa!

Os dois ficaram em silêncio até Seth terminar de tratar seus ferimentos. Então ele deitou na cama, soltando um gemido, e colocou um dos braços sobre os olhos.

— Eu gostaria de voltar no tempo — falou Kieran.

Seth olhou-o, surpreso.

— Faria muitas coisas de modo diferente — continuou Kieran.

Perguntava-se por que insistia em conversar com Seth, quando o garoto quase o tinha matado. No entanto, com exceção de Waverly e de seus pais, Seth era a pessoa mais próxima dele. Arthur era esperto, mas jovem demais; Sarek era confiável, mas muito distante. E não era por ele e Seth terem a mesma idade, ou porque ambos tinham condições de liderar os garotos, pensou Kieran. Era mais do que isso.

Kieran sabia que era uma pessoa excepcional e que Seth também era. Em circunstâncias diferentes, os dois poderiam ter sido amigos.

— Acho que eu também faria algumas coisas de um jeito diferente — disse Seth por fim, com mau humor. E depois acrescentou: — Como aquele julgamento, que foi um tiro no meu pé.

— Você realmente ia me matar? — quis saber Kieran, tentando dissimular o medo em sua voz. Mesmo trancafiado, Seth lhe provocava medo.

Seth pensou um tempo antes de responder.

— Sabe, eu só estava tentando fazer você ceder — disse ele — para que, quando você saísse da cela, não causasse mais problemas.

Kieran estremeceu por dentro. Quase tinha dado certo. Houve momentos em que estivera pronto a fazer qualquer coisa por uma refeição.

— Mas então os meninos começaram a pedir um julgamento... — continuou Seth. — Tentaram fingir, agindo como se quisessem seu sangue, mas saquei que estavam ajudando você. E eu sabia que nunca teria o controle, a menos que...

— Então você teria mesmo... me matado?

Seth demorou a responder, irritado.

— Não foi isso que eu fiz, foi?

— Mas você queria me matar.

— Querer e fazer não são a mesma coisa.

— Você quase me deixou morrer de inanição.

— Não fiz pior do que o meu pai fez comigo quando descobriu que eu tomava as bebidas dele. Uma tigela de sopa por dia durante toda a época de colheita. Experimente fazer isso um dia desses.

O rosto de Seth estava tão inchado que era difícil ver sua expressão, mas Kieran sabia que mencionar o pai lhe causava dor. Seth prosseguiu:

— É claro que eu conseguia comida sorrateiramente, sem meu pai notar, mas você também fez isso.

— Você sabia? — perguntou Kieran. — Que Sealy me dava pão escondido?

— Fui eu que falei para ele fazer isso — Seth disse, contrariado. — Eu não queria que você soubesse que vinha de mim. Aquele pão era para ser o começo.

— Do quê?

— Dos incentivos. Por bom comportamento.

Também teria funcionado, pensou Kieran. Seth não fazia a mínima ideia de quão perto ele estivera de ceder. *E nunca saberá*, disse para si.

— Se eu o deixasse sair daqui, você tentaria de novo, não?

— Tentaria o quê?

— Tomar o comando da nave.

Seth ficou calado durante tanto tempo que Kieran presumiu que não teria resposta. Começou a se afastar dali quando Seth disse:

— Foi isso que você fez, não?

Kieran parou e, sem nenhum traço de emoção, disse:

— Mandarei que tragam roupas limpas para você aqui embaixo amanhã. — E foi embora.

Estrelas

Kieran conduzia a ceifadora, juntando fardos de feno. Dois outros garotos usavam as empilhadeiras, erguendo os fardos cuidadosamente com as garras dianteiras das máquinas. As empilhadeiras pareciam divertidas, e se Kieran achasse seguro, poderia colocar um garoto mais novo na ceifadora e ele faria um turno empilhando o feno. Mas por ora estava preso em seu assento, cortando fileira após fileira do feno que seria usado para adubo ou como forração onde dormiam as galinhas e as cabras.

De repente, teve um sobressalto ao sentir uma mão em seu ombro. Era Arthur, que subira no estribo da ceifadora e se apoiava nele. O garoto estava sem fôlego, suado, os olhos arregalados atrás das lentes sujas de seus óculos, e falava algo apressadamente. Mas Kieran não conseguia ouvi-lo por causa do ruído do motor, então teve de desligar a máquina. É bom que seja algo realmente *importante,* pensou.

— Eu disse que a nebulosa estava se diluindo! — Arthur gritou.

— O quê? — Kieran ficou encarando o garoto. — O que você quer dizer com "se diluindo"?

— Quero dizer que podemos ver estrelas.

Kieran tinha de ver aquilo! Acenou para os dois garotos das empilhadeiras e seguiu Arthur em direção ao elevador que os levaria diretamente até o Comando Central.

— Quantas estrelas? — perguntou, ansioso. — Algumas?

— Muitas! Acho que estamos quase saindo da nebulosa.

O coração de Kieran disparou e ele teve de se apoiar na parede do elevador. Tinha praticamente se recuperado do período que passara sem se alimentar, mas ainda estava um pouco fraco. Volta e meia sofria uma tontura.

Havia cerca de uma dúzia de garotos no Comando Central, mas não se ouvia som algum. Kieran podia apenas ouvi-los respirando enquanto olhavam, admirados, pela janela do portal. Por trás da fina névoa residual da nebulosa, havia estrelas. Milhões e milhões de estrelas, que surgiam em maior quantidade à medida que a nave avançava. Kieran lembrou-se da noite em que seu pai tentara lhe explicar que, lá na Terra, durante o dia não era possível ver as estrelas. *No crepúsculo*, dissera ele, *elas surgem uma de cada vez.*

Kieran nunca conseguira imaginar como aquilo se dava, mas agora estava acontecendo bem diante de seus olhos. As estrelas pareciam abrir caminho, empurrando uma cortina de seda.

— Meu Deus! — murmurou baixinho.

Era realmente verdade. Estavam chegando à extremidade daquela nuvem horrível que os havia engolido durante anos.

Por um tempo, Kieran observou as estrelas ao lado dos garotos, notando a diferença entre elas. Algumas eram vermelhas, outras, azuis, algumas tinham um tom amarelado. Subitamente ocorreu-lhe uma ideia, e então gritou para Sarek, que controlava a estação de comunicação.

— Comece a fazer uma varredura com o radar! Eles podem ter saído da nebulosa também!

Sarek encarou-o por um instante, sem entender o que Kieran queria, mas de repente suas mãos voaram para o painel. Começou a habilitar as antenas dos radares da nave, para que recebessem todas as frequências possíveis, e então ligou os oito feixes de luz em busca de algum objeto sólido em um raio de 16 milhões de quilômetros.

A cabine permaneceu em silêncio. Ninguém parecia esperar que algo acontecesse. O choque foi brutal quando uma voz humana foi ouvida através da conexão de Sarek.

— *Mayday.*[8] *Mayday* Empyrean. Se receberem esse sinal, por favor, respondam. Aqui quem fala é Waverly Marshall. *Mayday. Mayday* Empyrean. Se...

— O que é...? — disse Arthur sem fôlego.

Outros garotos gritaram. Um deles caiu de joelhos. Kieran não conseguia despregar os olhos de Sarek, enquanto um tremor percorria a sua espinha e se espalhava pelos braços e pernas. Era a voz *dela*!

A mensagem foi repetida em *loop*, diversas vezes, antes que Kieran conseguisse falar alguma coisa.

— Responda! — exclamou ele.

Sarek pegou o microfone, chegou na mesma frequência da mensagem e disse:

— Aqui é a Empyrean. Waverly, onde você está? Alô?

Todos se espremiam em volta da estação de Sarek enquanto a voz fina de Waverly ecoava naquela mensagem repetitiva. Kieran tentava encontrar alguma pista significativa na voz dela. O som era baixo e tremido, mas a voz era calma, determinada. Soava valente.

— Sarek — disse Kieran em desespero —, faça com que a mensagem se repita em *loop*, a...

— Alô? — disse a voz de uma jovem, frágil e hesitante.

Kieran agarrou o microfone, tirando-o das mãos de Sarek.

— Chame a Waverly!

— Quem está falando? — a voz quis saber.

— Chame a Waverly! — berrou Kieran, mas outra voz já surgia ao microfone.

— Kieran?

Kieran sentiu o coração parar. Estava ouvindo a voz dela. Estava ouvindo Waverly.

— Waverly, onde você está?

---

8 *Mayday* é um pedido de ajuda utilizado em radiotelefonia internacional por navios e aeronaves, uma versão anglicizada do francês *m'aidez*, que quer dizer "ajude-me".

As lágrimas rolavam pelo rosto dele. Não se importava com o que os outros garotos pensassem. Naquele momento, tudo o que queria era ouvi-la.

— Não sei. Não podemos estar muito longe, não há muito atraso na transmissão.

— Vocês estão bem?

— Nós estamos bem. E vocês?

Kieran pensou ter "ouvido" lágrimas na voz dela.

— Estamos bem!

— Pode dizer ao capitão Jones para nos procurar?

— Harvard não está aí com vocês? Ou meu pai? — perguntou Kieran, com a voz trêmula.

Seguiu-se uma pausa, um silêncio, e a voz de Waverly mudou, tomada por uma tensão amarga.

— Nenhum adulto, Kieran. Só as garotas.

Vários meninos começaram a gritar. Peter Stroub socou a parede de metal repetidas vezes. Kieran sentiu o coração afundando no peito, mas se recompôs, colocou o microfone no mudo e disse para a sala:

— Então os adultos estão nas naves auxiliares, e quando emergirem da nebulosa, faremos contato com eles também.

Uns poucos garotos assentiram, mas a maioria só ficou com os olhos pregados no chão, melancólicos e sem esperança.

— Por favor, Kieran, pode chamar o capitão Jones? — pediu Waverly. Havia um toque de histeria na voz dela. — Ou um piloto. Alguém que saiba como nos encontrar!

— O capitão... não está aqui agora. Vamos providenciar para que vocês entrem na Empyrean e conversamos sobre essas coisas depois.

Arthur foi até o *display* do radar e ficou alternando entre as telas até encontrar uma que tivesse alguma mensagem piscando: *Objeto em movimento.* Apontou para um ponto que se movia.

— Só pode ser elas. Estão na nossa frente, vindo em nossa direção.

— Você consegue planejar um curso de interceptação? — perguntou Kieran a Arthur, que olhava com ar de dúvida para os equipamentos de navegação.

— Posso tentar.

O desespero ameaçava tomar conta de Kieran, e ele teve de lutar para controlá-lo antes de dizer, bem baixo:

— Dê o melhor de si.

Parecia algo muito difícil de se fazer, mas Arthur achou que, com as estrelas claramente visíveis, o programa de navegação seria capaz de planejar um curso de interceptação automaticamente. Kieran teve uma estranha sensação no estômago enquanto a nave mudava de direção, seguindo a estibordo.

— Quanto tempo?

Arthur olhou para a tela à sua frente e disse:

— Algumas horas.

Ele não podia esperar tanto. Desejava poder tirar todos os garotos do Comando Central para conversar em particular com a namorada, mas não lhe pareceu justo.

— Como vocês está, Waverly? Está bem de saúde?

— Sim, estou saudável. Acho que todas nós estamos.

— Quem está aí? — gritou Sarek. — Minha irmã está aí?

— Estão todas as garotas, menos Felicity Wiggam e... e... Samantha Stapleton.

— Como vocês fugiram?

Ela ficou em silêncio por um bom tempo até dizer:

— Não quero conversar sobre isso no comunicador, Kieran.

Alguma coisa muito ruim tinha acontecido, ele podia ouvir na voz dela.

— Quero falar com a minha irmã!

Alfie Moore, com a testa franzida, esticou a mão na direção do fone de ouvido de Kieran. Mas Kieran queria continuar com o fone para prosseguir sua conversa com Waverly. Contudo, ela disse:

— Kieran, há muitas meninas aqui que querem falar com seus familiares.

Kieran sentiu-se ofendido. Por que ela não queria falar com ele? Alfie puxou o fio do fone de ouvido de Kieran, que deixou que o garoto o pegasse e foi sentar na cadeira do capitão. Não conseguia conversar com mais ninguém, estava agoniado demais com aquela espera. Ignorou as perguntas dos garotos à sua volta e ficou lá sentado, rígido como uma pedra, o maxilar cerrado, até que por fim deixaram-no em paz. E se Waverly colidisse com a nave auxiliar no casco da Empyrean? Ela nunca tinha pilotado uma nave espacial de verdade antes. E se morresse, quando já estava quase em casa?

Logo o intercomunicador soou, e a voz penetrante de Waverly surgiu nos alto-falantes.

— Consigo ver vocês! Estou vendo a Empyrean!

— Ah, meu Deus!

Kieran levantou-se, aflito.

— Dez minutos — disse Arthur, cujos dedos voavam sobre o teclado à sua frente.

Kieran sentiu a velocidade da Empyrean cair drasticamente. Estava leve em seu assento, enquanto observava a tela de Arthur e o pontinho que se movia rapidamente: era a nave de Waverly circundando a Empyrean para mirar o hangar das naves auxiliares a bombordo.

Saltou de sua cadeira e saiu correndo pelo corredor. Não conseguia fazer com que seus pés fossem mais rápidos. Apertou com força o botão do elevador e chutou a porta enquanto esperava.

— Vamos logo, vamos! — gritou.

Quando chegou ao hangar das naves auxiliares, encontrou quase todos os garotos ali com os olhos pregados na porta do *airlock* em uma expectativa silenciosa. Foi correndo até a estação de comunicação e gritou:

— Sarek, me conecte com a nave dela.

— Ela desligou o fone de ouvido — informou Sarek.

— O quê?!

— Ela disse que eu a estava distraindo.

— A que distância estão? — quis saber Kieran.

— Acabei de abrir a porta externa.

Kieran podia sentir as veias pulsarem em seu pescoço. Cravou os olhos na porta, os lábios esticados e rígidos, esperando, imóvel.

— Por favor... — sussurrou ele, baixinho.

O silêncio era absoluto. Tobin Ames mordia o lábio superior, as mãos enfiadas nas axilas. Jeremy Pinto estava agachado e movia-se para a frente e para trás, nos calcanhares, enquanto encarava a porta.

Subitamente, o ranger de metal contra metal ressoou pelo hangar, e o coração de Kieran congelou. Mas logo ele ouviu a porta externa se fechando, e então o bombear ritmado do ar para dentro do *airlock*.

A porta interna do *airlock* se abriu. Os garotos espalharam-se para abrir caminho enquanto a nave auxiliar entrava e seguia seu curso até o chão como um desajeitado pássaro gigante. E parou de frente para eles. Silenciosamente, a rampa foi baixada, e dezenas de pés de garotinhas emergiram, a princípio hesitantes, mas depois mais rápidos, conforme viam os irmãos, amigos, namorados. De súbito a sala estava repleta de vozes que choravam, riam, gritavam enquanto as meninas caíam nos braços dos garotos que as esperavam.

Waverly foi a última, como Kieran imaginara.

Estava tão magra, tão pálida... e mancava. Os cabelos, opacos, cobriam-lhe os ombros. Kieran subiu a rampa para encontrá-la, ergueu-a no colo e desceu com ela nos braços.

— Eu consigo andar — falou Waverly ao ouvido dele.

— Eu sei — Kieran sussurrou em resposta, enquanto a carregava pelo hangar.

Assim que os dois ficaram sozinhos no elevador, Waverly abraçou-o com força, como se temesse ser arrancada dele. E, então, chorou copiosamente.

Juntos

Kieran tirou a roupa de Waverly e deixou-a sentada na beirada da cama, nua, enquanto lhe preparava um banho. Pelo espelho sobre a pia, observou-a enquanto ela olhava para o nada, como se não conseguisse acreditar onde estava. Kieran colocou algumas gotas de essência de baunilha na água e então foi buscá-la.

— O capitão não vai ficar bravo? — ela quis saber, a voz fraca e vulnerável.

Kieran ajoelhou-se e ficou olhando para o rosto dela. Waverly parecia hesitar entre a necessidade de entender e o medo de saber.

— Não — respondeu por fim, gentil.

Esperou para ver se ela faria outra pergunta, o que não aconteceu. Então pegou-a delicadamente pelo braço e, apoiando-a em seus passos lentos, levou-a até a banheira.

Enquanto a garota entrava na água, Kieran viu a cicatriz de sua perna, irregular, um corte vermelho que parecia ter atingido o músculo que havia ali embaixo. Havia outra cicatriz no ombro dela do tamanho de um polegar, negra e brilhante. Quando Waverly sentou, ele viu mais cicatrizes em seu abdômen, uma bem no meio da barriga, perto do umbigo, e duas logo abaixo, na altura do ilíaco. Pareciam cicatrizes cirúrgicas.

— O que eles fizeram com você?

Waverly olhou para ele com olhos desolados.

— Tudo.

Kieran não quis saber mais nada. Pegou uma esponja e despejou sabonete nela, espremendo-a até que se formasse uma espuma. Esfregou a esponja nas costas de Waverly, depois ao longo da cervical e desceu pelos braços finos até as axilas. Com os polegares, massageou a pele entre as vértebras, os ombros e a nuca. Vagarosamente, ajudou-a a se deitar na banheira e ficou observando enquanto a água molhava seus cabelos. Em seguida verteu sabão neles e esfregou o couro cabeludo. Aquele momento se fixava em sua memória. Nunca esqueceria como ela ficara na água, ali deitada, confiando plenamente nele.

Depois ele passou a esponja na região toráxica e, com os dedos, fez pressão entre suas costelas, com gentileza, até ouvi-la suspirar. Deslizou a esponja por sua barriga, pelas pequenas cicatrizes, e foi descendo pelas pernas até os pés, onde limpou bem os espaços entre os dedos. Com os polegares, massageou os arcos dos pés, até Waverly soltar novamente um suspiro.

Ao perceber que as pálpebras de Waverly caíam lentamente sobre seus olhos, Kieran ajudou-a a ficar em pé e envolveu-a com uma toalha de algodão. Guiou-a até a cama do capitão, onde ela, sentindo-se grata, desabou. Após descansar a cabeça no travesseiro, ela adormeceu de imediato.

Kieran observou-a sob a luz fraca do abajur, preocupado, ouvindo cada respiração que lhe escapava pelos lábios. Ela era tão amável, tão terna, era ainda sua Waverly, mas estava transformada. Ela se remexeu, adormecida, e falou baixinho: "Mãe, mãe". Mas depois ficou novamente imóvel.

O estômago de Kieran roncou, e ele se deu conta de que não havia comido nada o dia todo, mas não podia sair de perto dela. Sentia um medo irracional de ir até a cozinha buscar pão e frutas e, quando voltasse, Waverly não estivesse mais ali. Temia que tudo não passasse de um sonho. Então permaneceu observando-a, ouvindo sua respiração, sentado a noite toda na cadeira ao lado da cama.

Quando Waverly acordou, Kieran despertou alarmado de um cochilo leve e viu-a sentada na cama, abraçando os joelhos junto ao peito, olhando ao redor. Ela esfregava os olhos para dissipar o sono.

— Então o capitão se foi — disse ela com a voz fraca.

Como ele amava ouvi-la falar...

— Sim.

— E seus pais? Estão aqui?

Kieran negou com um balançar de cabeça. Waverly observava-o, enquanto sua mente trabalhava, tentando se recordar de algo...

— Não havia nenhum adulto no hangar das naves auxiliares quando chegamos aqui.

— Não.

Era muito doloroso fazê-la conhecer a verdade. Contar tudo diretamente seria horrível, então Kieran esperou que ela mesma tirasse suas conclusões.

— Não há nenhum adulto a bordo, não é, Kieran? — disse ela, por fim.

— Apenas alguns ficaram para trás, mas houve um vazamento no reator, e todos eles ficaram muito doentes. Aqueles que não morreram no ataque foram atrás de vocês.

Lentamente, ela assentiu. Estava tão distante... e tão assustada.

— O que aconteceu com você, Waverly?

Ela deitou-se na cama, com os olhos vazios.

— Tem alguma coisa para eu comer?

— Já volto — disse Kieran. — Por favor, não vá a lugar nenhum, certo?

Kieran saiu correndo pelo corredor. A nave estava estranhamente silenciosa e ele imaginou que todos os garotos estavam conversando com as irmãs, namoradas e amigas, atualizando-se sobre o que havia acontecido, descobrindo verdades horríveis. Na cozinha, apanhou um pão, uma fatia grossa de queijo de cabra, alguns damascos e ameixas, além de peito de frango frio temperado com sálvia e alecrim, os temperos prediletos de Waverly. Despejou azeite em uma tigela ao lembrar que ela gostava de mergulhar nacos de pão no óleo.

Colocou tudo em uma cesta e foi correndo de volta aos aposentos do capitão, onde encontrou Waverly sentada à escrivaninha, debruçada sobre um leitor portátil, a testa franzida. Ela vestira uma calça dele, que pendia em seu quadril de um jeito sedutor, e uma camisa de cânhamo que parecia engoli-la. Agora que tinha saído da cama, ela se parecia mais com a Waverly que ele conhecia. E Kieran sentiu-se reconfortado com o olhar determinado em seu rosto.

— Aqui está — disse, colocando a cesta de comida na frente dela.

Waverly partiu o pão e entregou-lhe o pedaço maior.

— Então imagino que você seja o novo capitão... — disse ela, com uma sobrancelha erguida.

— Quem mais seria?

— Você vai ser bom... — disse ela, distraída, mergulhando um naco do pão no azeite.

Kieran sentou-se ao lado dela, analisando-a. Sabia que Waverly precisava conversar. Talvez conseguisse falar se ele iniciasse o diálogo.

Enquanto ela comia, Kieran contou-lhe sobre a perda de contato com as naves auxiliares, o vazamento do reator e o resgate dos pais realizado com a ajuda de Seth. Contou também que Seth o havia traído e aprisionado.

— Não consigo acreditar que Seth tenha feito isso. — Waverly mordeu o lábio. — Não é a cara dele fazer algo assim.

— Acredite em mim, Waverly. — Kieran ficou observando a reação no rosto dela enquanto absorvia todas as informações novas. — O pai dele tinha morrido. Acho que perdeu os limites.

Contou também que quase morrera de inanição, mas no fim conseguira um julgamento que derrotara Seth. E que agora vinha aprendendo a ser um líder. Quase falou sobre os serviços religiosos, sua maior realização, mas queria fazer disso uma surpresa.

— Conte o que aconteceu desde que você partiu, Waverly. Você não pode me falar?

Kieran pôs o pão de lado, embora estivesse faminto. Não conseguiria comer até entender o que havia acontecido com ela e com o restante das garotas. Precisava saber de tudo.

Ela assentiu, parecendo aceitar que não tinha como fugir do relato.

Ambos conversaram durante horas. Waverly falou sobre uma mulher chamada Amanda e dos costumes estranhos na New Horizon. Revelou como adquirira aquela horrível cicatriz na coxa e as marcas em seu abdômen. Kieran ficou sabendo que ela seria a mãe de mais de doze bebês na New Horizon, e isso o deixou horrorizado. Porém, a última coisa que ela contou foi a pior: tinha deixado todos os adultos na New Horizon, prisioneiros.

— Você viu minha mãe ou o meu pai? — Kieran perguntou, angustiado.

— Não, Kieran. Só consegui falar com a minha mãe. Nem pudemos conversar direito. Não faço a mínima ideia de quem mais estava com ela.

— Você não *perguntou* sobre os meus pais? — A pergunta tinha um tom de cobrança, enquanto o rosto de Kieran assumia um ar frio.

Waverly pareceu esmorecer, mas sua voz saiu forte quando falou:

— Está acontecendo uma guerra civil agora mesmo, Kieran. Acho que, se a oposição vencer, os prisioneiros serão libertados. Assim poderão voltar em breve.

— E se a oposição não vencer? Não acredito que você os deixou para trás!

— Você não faz ideia do que está falando.

Os olhos escuros de Waverly fixaram-se no rosto dele como pedras quentes.

— Eles estavam atirando em mim, Kieran. Teriam me matado. — Ela olhou para Kieran com fúria, mas seu rosto pareceu dissolver-se diante dos olhos dele. Então abaixou a cabeça. — Eu deveria ter tentado mais.

— Desculpe. — Kieran envolveu-a com os braços. — Waverly, você fez tudo o que podia. Tirou as garotas de lá.

Ela começou a chorar e a soluçar compulsivamente, apoiando-se nele.

— Eu não queria ir embora. Minha mãe me mandou fazer isso. Ela me disse que eles fugiriam. Kieran, e se não conseguirem? Terá sido minha culpa!

— Você é uma heroína.

Mais uma vez, Kieran se convenceu de que Waverly era uma mulher incrível, surpreendente, com a qual queria passar o resto da vida. Tomou-lhe o rosto entre as mãos e olhou-a nos olhos.

— Não se culpe! Está me ouvindo? Nada disso é sua culpa. Você salvou as garotas.

— Não todas — disse Waverly em um sussurro.

Ela escondeu o rosto na camisa de Kieran e começou a falar bem baixinho. Ele então se deu conta de que Waverly simplesmente não queria ser ouvida enquanto falava de Samantha. De como a amiga levara um tiro de um guarda, da forma como caíra no chão, sem vida, diante de seus olhos.

— Você não está me dizendo que acha que foi culpa sua, está?

— Eu não imaginava que os serviços religiosos estavam sendo monitorados. Eu queria tanto que o plano funcionasse que não me permiti pensar que poderíamos ser pegas...

— Waverly...

Kieran afagou os cabelos dela. Tocou de leve as lágrimas que escorriam por seu rosto e então beijou-lhe as pálpebras, o nariz, o queixo, as bochechas, a testa, os lábios.

— Seu plano funcionou. Você está aqui. Assim como as garotas. Você conseguiu.

— Vou sentir falta da Sammy — ela sussurrou.

Kieran não soube o que dizer. Pegou-a pelo braço, fez que ela saísse da escrivaninha e levou-a até a cama no quarto. Ajoelhou-se a seu lado, tomou a mão dela e beijou-a.

— Preciso de você — disse.

Waverly ficou apenas olhando para ele, mas Kieran notou a emoção em seus olhos.

— Sinto como se você já fosse minha esposa.

Ela assentiu.

— Também sinto isso.

Ele inclinou-se e beijou-a repetidas vezes. Deitaram-se juntos na cama, abraçados, os lábios unidos. No silêncio do quarto, ouvia-se apenas o som da respiração acelerada dos dois.

EPÍLOGO

Os que são fiéis conhecem apenas o lado trivial do amor;
é o infiel que conhece suas tragédias.

Oscar Wilde

Estranhos

Eles dormiram enlaçados, até ouvirem o som de alguém batendo à porta do quarto. Waverly ergueu a cabeça, com a respiração acelerada, e então se lembrou de onde estava. *Estou em casa,* pensou, sorrindo, e deixou-se cair novamente no travesseiro.

Kieran levantou, esfregando o rosto com a mão, e abriu uma fresta na porta. Arthur Deitrich estava parado do lado de fora, mordendo o lábio inferior.

— Kieran, está todo mundo esperando.

Kieran olhou-o inexpressivo.

— Pelo quê?

— Pelos serviços. Você está atrasado.

Waverly sentou-se na cama. Estava surpresa por ficar mais do que feliz ao ver o rosto redondo de Arthur. Acenou para ele com a mão, ao que o menino respondeu com um sorriso tímido. Kieran levou as mãos à cabeça.

— Está todo mundo lá?

— Sim! Já coloquei o pão. Tivemos de preparar o dobro na noite passada, por conta das garotas, e ficaremos sem geleia até a semana que vem, quando os morangos estarão maduros, então usei mel.

— Que horas são?

— Oito e vinte! É melhor você se mexer!

— Segure as pontas pra mim — disse Kieran e fechou a porta.

Waverly ficou olhando enquanto ele vestia rapidamente uma camisa de linho e a calça de seu terno, murmurando:

— Não acredito que me esqueci disso.

Waverly envolveu seus ombros com o cobertor.

— O que está acontecendo?

— É uma coisa nova — ele falou, distraído. — Comecei a fazer isso para animar o pessoal. Você deveria aparecer por lá.

— Aparecer onde? Pra quê? — ela quis saber, com certo temor na voz.

Arthur tinha usado a palavra *serviços?* Surpresa, ela olhou para os objetos no quarto... uma sela antiga, uma foto em sépia de um caçador do século XIX segurando seu rifle... e sentiu-se quase tão desorientada quanto a bordo da New Horizon. Observando enquanto Kieran dava o nó em sua gravata, perguntou, já suspeitando da resposta:

— Para o que você está se preparando?

Ele sorriu.

— Os serviços religiosos. São realizados no Abrigo Central. Apresse-se ou vai perdê-los.

Ao ouvir as odiadas palavras "serviços religiosos", visualizando Anne Mather em seu púlpito, Waverly enrijeceu-se. Ficou ali sentada, sem se mover, enquanto Kieran corria até a escrivaninha e pegava um leitor portátil. Estava já na porta quando se lembrou dela e voltou correndo até o quarto para lhe dar um beijo.

— Você vem? É no Abrigo Central. Quero que você veja o que consegui realizar lá.

Ela quis perguntar o que ele tinha realizado, mas Kieran já tinha ido embora.

Waverly ficou encarando a porta que se fechou depois de ele sair. Lutando para combater um pânico que ameaçava crescer dentro dela.

Acalme-se, disse a si mesma. *Esta não é a New Horizon. Você está em casa.*

Podia sentir as marcas de Kieran em sua pele, o áspero contato da barba dele em seu corpo. Seus músculos estavam doloridos por terem feito sexo ansiosamente, algo que tantas vezes ela havia imaginado, visualizado... e desejara que fosse perfeito. E quase tinha sido. Recordou-se da noite anterior: a maneira atenciosa de Kieran, o jeito como ele a fitava e como tratava seu corpo... os dedos dele vagando por sua pele, o jeito como afastava as mechas de seu cabelo, tirando-as de seu rosto... No entanto, quando acabou, ela não pôde evitar a sensação de que... algo mais era possível, um quê a mais que poderia ter desabrochado entre eles, mas que não aconteceu.

Disse então a si mesma que esse "algo" viria com o tempo. Não tinha que acontecer tudo em uma única noite. E tinha sido muito bom dormir nos braços dele...

Para Waverly, a noite anterior parecia irreal, algo que pudesse ter visto na tela de um comunicador. Mal habitava seu corpo enquanto se vestia. Colocou uma das calças de cânhamo de Kieran e pegou uma túnica dele. Nem se deu ao trabalho de se olhar no espelho ou cuidar do cabelo. Desceu descalça, caminhando pelos corredores, deixando que o frio do metal tocasse as solas de seus pés. Seu coração parecia puxar o sangue de seus braços, de suas pernas, de sua mente.

O Abrigo Central estava lotado, ruidoso com as conversas e as risadas. Se as garotas estavam tristes por não terem encontrado os pais (e nenhum adulto), por outro lado também irradiavam felicidade com o retorno à nave, ao lar, com seus irmãos, amigos e namorados. E agora que os garotos sabiam que pelo menos alguns pais estavam vivos na New Horizon, também emanavam felicidade. Waverly podia sentir esperança na sala, mas a distância, como se fosse impossível tocá-la.

Sentou-se na última fileira e ficou observando enquanto Kieran assumia seu lugar no púlpito. Ele brilhava.

— Obrigado por comparecerem — disse ele, esperando que o público se acomodasse em seus lugares e se acalmasse.

Seus olhos estavam pousados em Waverly, e ele sorriu para ela antes de prosseguir.

— Em primeiro lugar, quero dar as boas-vindas às garotas. Sentimos muito a falta de vocês, muito, mas muito mesmo.

Os garotos gritaram entusiasmados, e Kieran deu risada, fazendo um movimento para que silenciassem.

— Há cerca de cinco meses — continuou Kieran —, nossa comunidade foi dilacerada. Nós, garotos, fomos deixados para trás, preocupados com nossos pais e com nossas irmãs, além de temermos por nós mesmos. As garotas foram tiradas de nós, levadas para viver com estranhos, e tiveram de passar por violações imperdoáveis.

— O que ele acha que sabe sobre o que vivenciamos?

Waverly ouviu o sussurro vindo de algumas fileiras à frente da sua. A voz era de Sarah, que balançava a cabeça e franzia a testa. Elas se entreolharam, cientes de que ambas estavam se fazendo a mesma pergunta: por que Kieran fazia um sermão? Comportava-se exatamente como Anne Mather.

— Quando se lida com um golpe terrível — continuou ele —, há duas escolhas: desistir ou prosseguir. Mas não se pode fazer isso sozinho. Nós, humanos, somos criaturas sociais. Nós, garotos, precisamos uns dos outros enquanto esperávamos pelo retorno de vocês, meninas. Tivemos de encontrar uma maneira de nos unir, de criar uma nova e mais forte comunidade. E conseguimos.

— A Empyrean se recompôs, tornando-se algo vibrante e saudável. Tivemos nossas provações, nossos problemas e sofrimentos particulares, mas agora sabemos que a cada semana podemos deixar todas essas coisas de lado e vir até aqui. Partimos o pão juntos e lembramos uns aos outros do propósito que é tão maior do que nossos planos e nossas preocupações menores.

Ele olhou com um ar vigilante para a audiência ali reunida e Waverly pensou em um velho filme que vira sobre um orgulhoso e bitolado maestro de uma orquestra sinfônica, que olhava para seus músicos da mesma forma que Kieran olhava para as pessoas ali reunidas...

— Há um desígnio em funcionamento por trás da cortina das estrelas, e estamos realizando-o, seguindo em direção ao futuro na maré do tempo, ao nosso destino como os primeiros a estabelecer um novo mundo!

A sala estava imóvel. *Ele já os dominou,* pensou Waverly. Até mesmo as garotas mais velhas estavam ouvindo com atenção.

— Não sabemos o que acontecerá amanhã — disse Kieran. — Foi algo que aprendemos da maneira mais difícil, não foi? Tivemos uma existência pacífica durante tanto tempo, que achávamos que as coisas nunca mudariam. No entanto, estávamos errados. Havia uma grande ameaça por trás do véu da nebulosa que não víamos, ameaça que nos deixou feridos, sangrando, à beira da morte. Mas agora sabemos quem são nossos inimigos. E haveremos de triunfar sobre eles.

— Como sei disso? Como posso ter certeza de que é nosso propósito vingar nossos entes queridos? Contarei a vocês, do fundo do meu coração."

Ele fez uma pausa. O conhecimento de Kieran, deliberadamente calculado, fazia Waverly lembrar-se tanto de Anne Mather que ela quase soltou um gemido. *Esse é o talento dele,* ela percebeu. *O dom dele.* Que tinha ficado oculto o tempo todo, uma estranha habilidade de fazer com que as pessoas acreditassem que ele detinha o conhecimento de alguma verdade secreta, que somente ele poderia mostrar-lhes o caminho. *Porque apenas ele conhecia a mente de Deus.*

Era uma mentira tamanha, perigosa, terrível!

E era ainda mais aterrorizante porque ele acreditava na própria mentira.

— O que fazemos aqui, depois de toda nossa dor, de nossas atribulações, é especial — disse Kieran. — É como uma luz reluzindo nas trevas do universo, atiçada por Deus e ardendo em nosso interior. Os sacrifícios que fizemos, a dor que suportamos, tudo teve um propósito, que foi nos transformar.

Kieran abriu bem os braços, como se estivesse abraçando a todos os jovens sentados diante dele.

— Nós somos a nova geração. Com a ajuda de Deus, faremos de nosso novo lar uma terra de plenitude. Daremos as boas-vindas a milhões que nos sucederão no nosso mundo esplêndido e abundante. Porém, antes disso, prometo algo a vocês: *encontraremos* nossos pais, *puniremos* as pessoas que os tiraram de nós. Seremos os vitoriosos criadores da Terra Nova, de nosso novo lar!

Kieran sorriu para os rostos arrebatados, desceu do púlpito e prostrou-se de joelhos. Com as mãos unidas diante do peito, entoou uma prece.

Ao ver a congregação inteira seguir o exemplo de Kieran, Waverly pôs-se de pé e saiu dali, trôpega.

Fiz com que Samantha fosse morta, pensou ela, apoiando-se em uma parede no corredor. *Matei um homem. Deixei minha mãe lá, prisioneira. E, depois de toda aquela dor e de todo aquele infortúnio, fugi de Anne Mather e de sua insanidade.*

Mas temo que não.

Kieran

Kieran estava grato por ter se saído tão bem com seu sermão. Tinha feito atualizações nele, improvisando as partes relativas ao retorno das garotas, mas, mesmo assim, tinha fluído com perfeição. Como vinha acontecendo sempre, tinha sentido como se algo maior estivesse falando através dele, usando-o para mostrar o caminho à congregação.

Cada sermão fortalecia ainda mais sua fé.

Quando todos ficaram de joelhos, ele dera uma olhada rápida ao redor, em busca de Waverly, mas ela não estava em sua cadeira. Tinha saído dali? Embora sua ausência tivesse deixado Kieran alarmado, ele prosseguira em um tom suave:

— Quem tem agradecimentos a compartilhar com os outros?

Quase todos tinham algo por que agradecer, então a cerimônia estendeu-se por um bom tempo. Kieran ouviu-os com o máximo de paciência que conseguia, mas sua atenção estava à deriva. Olhava para a cadeira vazia de Waverly. Onde ela estaria? E por que tinha ido embora?

Estaria doente? Sua perna doía? Ele a tinha aborrecido de alguma forma? Sabia que não havia dito nada ofensivo nem errado no sermão, então não poderia ser isso.

Quando as preces finais terminaram, Kieran se misturou à plateia, buscando por ela, mas em vão. Algumas das crianças cumprimentavam-no e agradeciam. A pequena Serafina Mbewe envolveu as pernas dele com seus bracinhos rechonchudos em adoração, mas Kieran estava tão impaciente para sair dali que quase tropeçou ao tentar se desvencilhar da menina.

Correu pelos corredores até seus aposentos, mas Waverly não estava lá. Sentou-se lá, mas rapidamente levantou. Por fim, depois de se sentir um idiota, confuso, magoado e inútil, deduziu aonde ela havia ido. Em uma palavra: lar.

Começou a descer com rapidez, dois degraus por vez, até onde as famílias tinham vivido.

A porta que dava para os aposentos de Waverly estava escancarada, e ele a encontrou no chão da cozinha, chorando. Havia legumes apodrecidos ali, no chão, e um monte imenso de massa de pão cheia de mofo verde no balcão da cozinha.

— Waverly — disse ele, sentindo-se confuso.

— Vá embora, por favor — ela pediu.

Waverly não conseguia nem olhar para Kieran, que ajoelhou ao lado dela.

— O que há de errado?

— Tudo! — ela gritou, quase gemendo, encostando em um armário.

— Diga.

— Não, Kieran — disse ela, empurrando-o. Estava ainda muito fraca e acabou desistindo de tentar afastá-lo, então desabou, encolhendo-se.

— Não vou a lugar nenhum até você me dizer o que há de errado — ele disse. — O que é?

— Você — ela respondeu em um sussurro.

— O quê?

— Você, Kieran.

Waverly limpou as lágrimas.

— Que diabos era aquilo que você estava fazendo lá? — perguntou em tom de acusação.

— Do que você está falando? Dos serviços religiosos?

— Sim, os serviços — retorquiu ela. — Você tem alguma ideia da pessoa que está se tornando?

Ela esticou a mão, segurou o balcão e puxou-se para ficar em pé. Estava fraca, mas não permitiria que ele a tocasse.

— Waverly, não estou entendendo!

Em vez de falar alguma coisa, ela começou a arrumar o local, reunindo os copos da mesa, endireitando uma pilha de papéis e alinhando três pares de sapatos perto da porta. Pegou uma jaqueta que estava jogada em uma cadeira e pendurou-a, com carinho, no armário. Enquanto ela fazia essas coisas, Kieran a observava, confuso e magoado.

— Converse comigo — implorou a ela.

Mas os olhos de Waverly só revelavam sua fúria.

— Simplesmente não consigo acreditar nisso, Kieran.

— No quê?

— Você é exatamente como ela!

— Ela quem?

— Anne Mather!

— Quem?

Ele não sabia ao certo se conhecia o nome, embora lhe soasse familiar. Ou tinha lido em algum lugar?

— Ela é a líder da New Horizon, Kieran. A mente criminosa por trás do ataque.

Ele sentou-se, desajeitado, furioso e pasmo. Como Waverly estava sendo capaz de compará-lo a uma daquelas pessoas malignas?

— Ela é a capitã da nave deles — prosseguiu Waverly. — E a clériga deles, a messias deles. Ela detém todo o poder naquela nave, Kieran, e faz coisas terríveis com isso.

— Não sou como ela — objetou Kieran. — Sou uma boa pessoa.

— Ela também era. — Para amenizar um pouco a situação, Waverly sentou-se ao lado dele segurou-lhe o braço. — Mas agora ela se diz conhecedora da mente de Deus. Kieran, ninguém sabe o que Deus quer.

— Não há nada de errado em dizer às pessoas aquilo em que acredito, Waverly — ressaltou ele com uma ponta de ressentimento.

— Há *sim* algo de errado em fingir ser um profeta — disse ela, com o maxilar cerrado.

A injustiça contida no que ela estava dizendo atingiu-o com muita força.

— Você sabe pelo que eu passei? — protestou ele. — Levei surras, por pouco não morri de inanição e quase fui *assassinado*! — Kieran levantou-se, empurrando a mão dela, e gritou com o rosto vermelho: — Você não faz a mínima ideia do que foi viver nesta nave depois que você foi embora! Não faz ideia de nada disso!

Ele esperava que Waverly se afastasse, encolhendo-se, mas ela permaneceu cara a cara com ele.

— Sei como foi na New Horizon, Kieran. Anne Mather agia de forma piedosa, mas por dentro era totalmente violenta e insana, e se você continuar seguindo essa estrada, isso é o que você vai se tornar também!

— Estou transformando esta nave em uma comunidade! Transformando-nos em uma família!

— Você pode fazer isso sem ter que fingir saber qual é o plano de Deus. Porque ninguém sabe, e é errado agir como se soubesse.

— Por quê? Isso não faz sentido! Tudo que pensamos, fazemos e dizemos é o plano d'Ele para nós. É óbvio, não é?

— Não para mim — disse ela, comprimindo a boca em uma linha de teimosia. — O que quer que os seres humanos decidam fazer, os eventos se desenvolvem de uma maneira que não podemos controlar. E você acha que Deus está no controle.

— É claro que Ele está! Tudo que Ele faz, tudo que acontece, é por um motivo! E falar sobre isso ajuda os meninos. É o que os mantém vivos. De outra forma, eles teriam desistido, Waverly. Todo mundo estava tão... triste e inútil. Eu tinha de fortalecê-los de alguma maneira.

— E a única maneira era pregando o Sermão da Montanha?

— Dei a eles algo em que acreditar. Dei a eles um futuro!

— Você deu a eles um futuro?

Kieran ficou encarando-a. Como aquilo tinha acontecido? Onde estava toda a confiança que sua namorada tinha nele? Ela encarava-o de volta, o rosto imóvel. Waverly tinha sido sempre tão vazia, e sua boca, tão rígida?

— Mas... Waverly, sou eu.

O rosto dela transformou-se em uma massa de dor. Ela assentiu, sua cabeça pendeu, pesada, os dedos tremiam enquanto ela os pressionava em suas pálpebras.

— É por isso que é tão horrível.

— Meu amor... — Kieran colocou as mãos nos braços dela. — Você pode confiar em mim.

— Posso mesmo? Então me prove, Kieran. Livre-se dessa doença.

— Que doença? — ele perguntou, gritando. — Nunca me senti tão bem em toda a minha vida! Conheço meu propósito agora, Waverly. *O nosso propósito.* Nós temos um destino a cumprir, e preciso que você me ajude.

— Esse não é o caminho. Se você tivesse visto o que eu vi... Por favor, Kieran. — Ela pegou a mão dele e beijou-a. — Por favor, por favor, não se transforme naquela mulher.

— Eu *não* sou Anne Mather! — gritou ele, empurrando-a para longe com tanta força que Waverly cambaleou.

Ele saiu tempestuosamente pelo corredor, entrou em seus aposentos e jogou-se na cama, aquela que tinha compartilhado com Waverly apenas horas antes.

Como ela podia julgá-lo daquele jeito? Como podia achar que aquela coisa bela que ele tinha criado era algo ruim? Todo o resto do pessoal amava aquilo! Por que ela não?

Ele havia esperado críticas por parte dos céticos. Mas nunca pensara que Waverly seria um deles! Nunca, nunca em sua vida, se sentira tão profundamente traído. Ainda assim, ele a desejava.

Talvez, quando ela se acalmasse, mudaria de ideia. Poderia aprender a confiar nele de novo.

Farei com que ela confie novamente em mim.

Seguiu-se uma batida à porta, e ele sentou na cama.

— Entre — gritou, esperançoso. Talvez ela tivesse voltado para lhe pedir desculpas.

Mas era Arthur Deitrich, com o rosto ruborizado de tanta animação.

— Kieran! Acho que encontramos a New Horizon!

— Onde?

Kieran pôs-se de pé como um raio.

— Venha comigo, vou mostrar!

Ele seguiu Arthur até o Comando Central e deu uma olhada no *display* do radar. Havia um ponto na tela à frente dos dois, movendo-se em paralelo ao curso da própria Empyrean, em direção à Terra Nova.

— Foi tão fácil — disse Sarek, sorrindo pela primeira vez desde o ataque. — Fora da nebulosa, o radar funciona perfeitamente.

— Tem que ser a New Horizon! — disse Arthur. — Veja como está se movendo rápido.

Era verdade: o ponto se movia velozmente e produzia o som de um assovio. *São eles!*, pensou Kieran, atônito.

Esqueceu-se de Waverly e das coisas odiosas que ela havia dito. Tinha muito trabalho a realizar.

Waverly

Waverly deitou-se no chão do quarto desarrumado de sua mãe, inalterado desde que partira havia meses, como se tivesse ficado congelado no tempo. Segurou o cardigã gasto de sua mãe junto do peito e chorou. Não sentia falta somente da mãe, mas da sua vida. Porque agora se dava conta de que aquele período se fora. Para sempre. Nunca voltaria a ser a Waverly Marshall de antes. E Kieran... não sabia mais quem ele era.

O sorriso dele no púlpito, a forma como tinha erguido as mãos como se fosse abraçar a congregação, as palavras que havia usado, tudo nele a fazia se lembrar de... Ao pensar nisso, sentiu náuseas.

Quando as suas lágrimas secaram, foi vagar pelos pomares e colheu algumas ameixas e amêndoas. Sentou-se no pé de uma macieira para comer as frutas. Estava alegre por estar no pomar, ouvindo o zumbir das abelhas enquanto flertavam com as florescências acima de sua cabeça. Tinha sido horrível estar em seu apartamento, aquele que dividia com a mãe. Sabendo que talvez nunca mais a visse.

O que a minha mãe me diria agora?, indagou-se. *Ela provavelmente me perguntaria como me sinto em relação a ele. Perguntaria se consigo ignorar tudo isso.*

— Ainda o amo sim, mãe — sussurrou Waverly, com os olhos voltados para o solo limoso do pomar.

Era bem provável que sempre fosse amá-lo, mas não conseguia se deixar cegar como acontecera com Amanda. Tinha algo de patético na confiança infantil de Amanda em Anne Mather, que a fazia não enxergar as coisas malévolas que estavam acontecendo bem na frente de seus olhos. Não. Waverly não ficaria daquele jeito.

Mas como poderia continuar com Kieran? Como poderia se casar com ele agora?

Esse pensamento levou-a a sentir novos espasmos de dor por suas perdas, e enterrou o rosto no solo do pomar. A terra fértil foi entrando entre seus dentes e ela a mastigava, sentindo na boca uma mistura de saliva e terra enquanto chorava.

Na manhã seguinte, quando as lâmpadas ultravioleta foram acesas, Waverly sentou-se. Sua boca estava cheia de musgo, e havia terra em seus cabelos e nas suas roupas. Achou uma mangueira de irrigação, encheu a boca de água fria e depois cuspiu. Então bebeu longos e profundos goles de água até se sentir renovada.

Colheu damascos, sabendo que não fariam muito pela fome que sentia. Iria até o Abrigo Central para pegar alguns ovos, mas havia algo que queria fazer antes.

Foi mancando entre as árvores, inspirando o aroma das frutas e das flores. Entrou no elevador, selecionou seu andar e ficou esperando. Tentou clarear a mente. Forçou sua respiração a ficar mais lenta e suave. O que estava fazendo era lógico. Precisava de informações, só isso.

A cela estava silenciosa. Havia apenas um guarda em serviço, Percy Swift, que cochilava em sua cadeira com um cassetete sobre os joelhos. Ele ficou agitado quando Waverly se aproximou.

— Não são permitidos visitantes, são? — ela quis saber.

— Não. Ele está em confinamento. Na solitária. Ordens de Kieran Alden.

— Não se preocupe. Kieran disse que não tem problema — disse Waverly.

— É mesmo?

— Sou a namorada dele. Ele confia em mim.

O garoto olhou para Waverly com um ar de suspeita, mas ela o analisou de cima a baixo.

— Você tem que assinar aqui — disse Percy enquanto lhe oferecia um livro de assinaturas.

Isso não é traição, ela pensou enquanto assinava no livro. Depois passou deslizando por Percy e desceu o corredor em busca de Seth, a quem encontrou deitado em um catre na cela mais afastada, à sua direita. Seth acordou com o barulho e sentou na cama, com uma expressão de surpresa no rosto.

— Você sabia que voltamos? — ela quis saber.

Sentia a antiga atração por ele. Seth havia crescido desde que ela partira, o cabelo estava mais comprido e caía sobre seus olhos. Ela notou os ferimentos em seu rosto e sua magreza. O que Kieran vinha fazendo com ele?

— Eu sabia, sim — disse Seth. Depois acrescentou em um sussurro: — Seja bem-vinda de volta.

— Você se meteu em uma verdadeira confusão — observou Waverly.

— Acho que sim... — disse ele, em um tom comedido, passando os olhos por ela, cauteloso. — Por que você está aqui?

— Tenho perguntas.

— Que perguntas?

Waverly sentou-se no chão, apoiando o queixo no joelho.

— Por que você deixou Kieran quase morrer de inanição?

Seth deu risada.

— Ele contou pra você?

— Achei uma coisa bem cruel.

— Ele se pôs na posição de quase morrer de inanição. Kieran continuava a mentir para a tripulação, e tive que negar-lhe comida para tentar fazê-lo admitir a verdade. Mas ele não queria fazer isso.

— Ele é teimoso — comentou Waverly, e uma tristeza profunda ia se acumulando dentro dela. — No entanto, não merecia aquilo.

— Não o deixei morrendo de inanição. Permiti que um dos meus guardas o alimentasse escondido.

— Ah... — A voz de Waverly estava mais suave agora. — Foi logo depois que seu pai morreu, não foi?

— Depois que Kieran o matou, sim. — Seth coçou o pescoço e Waverly lembrou-se de que era um hábito que ele tinha quando estava nervoso. — Havia um milhão de maneiras de tirá-los da sala dos motores, e ele escolheu a mais perigosa.

— Então foi por isso que você tentou tomar o controle da nave?

Seth assentiu, exausto.

— Isso, além dos erros que ele cometeu, colocando todos nós em perigo. Ele colidiu com o domo atmosférico, você sabia disso? Tivemos de trabalhar um dia inteiro para fazer os reparos, tendo que vestir trajes espaciais sem nem saber como usá-los. E ele deixou nossos pais presos...

A voz de Seth ficou embargada.

— Sinto muito pelo seu pai, Seth.

— Eu também sinto! — ele gritou, como se as próprias palavras o surpreendessem. — Ele era um filho da puta mesquinho, mas sinto falta dele agora. Imagino que a gente aprende a amar aquilo com que se acostumou.

Waverly analisava Seth. Ele parecia transformado, mais humilde, e disposto a cooperar. Ela gostava mais dele agora.

— Você está sabendo dos serviços religiosos que Kieran está realizando? — perguntou-lhe, erguendo uma sobrancelha.

— Ele meio que criou um culto para si, não foi?

— Você não gosta disso? — perguntou Waverly tentando não imprimir nenhum julgamento pessoal na voz.

— Tudo que sei é que ele não realizou uma eleição para formar o Conselho Central. Está ignorando os estatutos. Toma as decisões sozinho, e qualquer um que poderia questioná-lo está trancafiado na cela ou doente, à beira da morte, na enfermaria.

Ao ouvir Seth colocar as coisas daquele jeito, o sangue de Waverly começou a correr frio em suas veias. Seth encarou-a.

— Por que você está aqui?

Waverly inclinou a cabeça, tentando ser cautelosa.

— Tinha algumas perguntas a lhe fazer.

— Você é a namorada de Kieran Alden. Obtenha suas informações com ele.

— Não sei mais quem ele é.

Os olhos de Waverly se encheram de lágrimas. Seth olhou surpreso para ela.

— Problemas no paraíso?

— Não existe tal coisa — disse ela, sem saber ao certo o que Seth estava querendo dizer.

— Ainda não sei por que você está aqui. Mesmo se vocês estiverem brigando, por que a versão de outra pessoa deveria importar pra você?

— Gosto de formar minhas próprias opiniões — disse Waverly com um sorriso seco.

— Bem, então você e eu temos algo em comum.

A náusea havia voltado, ela não sabia o que fazer. Não queria trair o namorado, mas aquele era realmente o Kieran que ela havia amado? Ou ele havia se transformado em algo perigoso?

— Então, Seth — começou, com a voz cuidadosa e em tom uniforme —, você não gosta da política de Kieran. O que acha que pode ser feito?

— Não pergunte a mim. Tentei e falhei.

— É sua própria culpa se isso aconteceu.

— Eu sei.

Ela ficou boquiaberta, surpresa. Essa era a última coisa que esperava ouvir de Seth.

— Sou rude demais com as pessoas. Muito parecido com meu pai — disse ele baixinho. Evitava o olhar de Waverly. — Kieran é bondoso. Por isso ele venceu.

Seth apoiou a testa no joelho, com a boca voltada para o chão, de forma que Waverly quase não ouviu o que ele disse, em um sussurro:

— Eu não sou uma boa pessoa.

Waverly buscou por uma palavra reconfortante, mas tudo que pensou em dizer soaria como mentira.

— Olha — falou Seth, erguendo os olhos para ela —, Kieran não pode se tornar uma espécie de líder barato de um culto. Não podemos permitir que ele destrua a si mesmo desse jeito, nem a esta nave.

Era precisamente isso que ela desejava ouvir, e o que a preocupava.

— Só me tira daqui, ok? — pediu Seth, agarrando uma das barras de ferro para puxar-se mais para perto de Waverly. — Podemos salvar Kieran dele mesmo. Vou lhe mostrar que posso ser uma pessoa melhor.

— Não preciso que você me mostre nada — disse ela em tom suave.

Os dois se olharam através das barras da cela. De súbito, o chão sob eles moveu-se. Waverly tombou de lado, sentia como se seu mundo estivesse deslizando. Olhou para Seth, que estava com os olhos arregalados, agarrado às barras da cela.

— Está acontecendo de novo — disse Waverly com um gemido, e descansou a testa no chão frio. — Eles voltaram.

— Não — disse Seth com calma. — Estamos mudando de direção, e acelerando, acho.

Waverly abriu os olhos e viu que ele estava pálido. Seth nunca parecera ter medo antes.

— Por que...?

— Nós vamos atrás deles — disse, soando estranhamente calmo. — Vamos entrar em guerra.

Waverly deitou a cabeça no chão de novo. Sentiu o sabor amargo da palavra enquanto a sussurrava: "Guerra".

— Sim — disse Seth baixinho. — Vamos precisar de coragem.

Agradecimentos

As teorias do doutor Sacvan Bercovitch, descritas no livro notável *The puritan origins of the American self* (As origens puritanas do self norte-americano), moldaram os temas principais em *Brilho.* Tenho uma dívida de gratidão com minha amiga e mentora Stephanie Spinner, por muitas das minhas escolhas de estilo. Além disso, agradeço muito a DJ e Jane Boushehri, Laura Resau, Todd Mitchell, Victoria Hanley, Catherine Stine e Slow Sanders pelo entusiasmo, apoio e sabedoria. A meu pai, a Mike e à minha mãe, obrigada pelos anos de encorajamento. A Rich, agradeço por toda sua ajuda com a parte da física, e pelo trabalho com os números todos os dias, de forma que eu pudesse fazer a minha parte com as palavras todos os dias também. Meus agradecimentos também vão a Jennifer Weis e a toda a equipe da St. Martins por me darem tão cálidas boas-vindas. Por fim, mas não menos importante, devo agradecer a Kathleen Anderson, a sábia que tornou tudo isso possível.